PAS UN PASSANT EN VUE

Barbara d'AMATO

PAS UN PASSANT EN VUE

Traduit de l'américain
par Yves et Claire Forget-Menot

DU MÊME AUTEUR
CHEZ LE MÊME ÉDITEUR

Avant qu'il ne soit trop tard

Titre original :
Authorized Personnel Only

© Barbara d'Amato, 2000.
© Éditions Michel Lafon, pour la traduction française, 2002.
7-13, boulevard Paul-Émile-Victor - Île de la Jatte
92521 Neuilly-sur-Seine Cedex

Remerciements

Merci à Mark Zubro pour son aide précieuse et au Dr Edward O. Uthman pour son expertise en matière d'autopsie.

LUNDI

1

13 h 30

La radio grésilla :

— *On les a perdus de vue ! La circulation est trop dense.*

— *Et la plaque ? Vous avez relevé le numéro ?*

— *Ils étaient trop loin.*

L'appel provenait de la voiture 332 appartenant au 3ᵉ District, au sud du Loop, le centre d'affaires de Chicago.

La voix du central s'enquit :

— *Où êtes-vous ?*

— *Au 1800 South Michigan. On s'en va.*

— *À toutes les unités proches du 1800 South Michigan, nous recherchons un coupé Ford vert avec à bord deux individus de sexe masculin. Blancs. Plutôt jeunes. Ils remontent vers le nord. Ils ont attaqué un bureau de change sur Jeffrey. Ils sont armés. Je répète : ils sont armés.*

— Un bureau de change ! Comme ça, en plein jour ! s'exclama Suze Figueroa.

— Ouais... Où va le monde ? bougonna Bennis à côté d'elle.

Les officiers de police Norm Bennis et Suze Figueroa filaient vers l'est dans leur voiture de patrouille : Roosevelt Road, direction le lac Michigan. Leur mission ? Ouvrir l'œil. On ne sait jamais ce qui peut se passer dans les rues de Chicago. Les véhicules de la police n'étant pas climatisés, ils avaient l'un comme l'autre baissé leur vitre. Figueroa conduisait. Ce qui ne plaisait guère à Bennis, mais il n'avait pas le choix. Sa coéquipière, grisée par la vitesse, les gyrophares et les hurlements de la sirène, insistait pour appliquer le règlement à la lettre : lors d'une patrouille à deux, on devait se succéder au volant toutes les quatre heures.

— Tourne à droite sur Michigan, lui ordonna Bennis.

— Bien, patron !

— Maintenant faufile-toi dans la voie de droite, et ralentis.

— T'as qu'à prendre ma place pendant que tu y es !

— Si seulement...

— Cause toujours !

Bennis, trente-six ans, noir, taille moyenne, était bâti en force : épaules carrées, hanches minces, longues jambes maigres de coureur de fond. Elle ? Dix ans de moins, moitié irlandaise, moitié latino. Et ils avaient aussi dix ans d'écart en ce qui concernait leur ancienneté dans la police – Bennis étant bien entendu le vétéran. Ce qui faisait de lui, de son propre avis en tout cas, le « chef ».

— Il s'approche dans le rétroviseur, déclara Bennis.

— Qui ça « il » ?

— Un coupé Ford vert avec deux types patibulaires.

— Oh, pourquoi faut-il que t'aies toujours raison, Bennis ?

La Ford les dépassa en ralentissant à leur hauteur, puis se rabattit sagement sur la droite. Le conducteur n'avait sans doute pas envie de se faire serrer pour une infraction mineure au code de la route. Cela ne dérangeait d'ailleurs ni Bennis ni Figueroa : ils tenaient leurs clients. Figueroa alluma la barre de gyrophares et fit hurler la sirène tandis que Bennis portait à ses lèvres le micro de la radio.

— Un, vingt-huit, déchiffra-t-il en scrutant la plaque d'immatriculation. On a levé notre lièvre !

À peine eut-il prononcé ces mots que la Ford détala comme l'animal en question.

— Merde ! Mets la gomme !

– Comme si j'allais m'endormir !

Figueroa appuya à fond sur l'accélérateur. Sur leur gauche, ils virent défiler à toute allure la 11e, la 9e, la 8e Rue – il n'y avait pas de 10e – qui se jetaient dans Michigan Avenue. Avec force crissements de pneus, la Ford slaloma entre les voitures, puis s'engouffra dans une rue à droite en manquant d'emporter au passage le pare-chocs d'une Toyota Celica. Le petit coupé sport pila – manœuvre inconsidérée qui l'envoya valser sur le trottoir où, par miracle, ne se trouvait aucun passant. Figueroa traita le conducteur de toutes sortes de noms d'oiseaux tout en braquant pour éviter de l'emboutir, puis remit tant bien que mal son propre véhicule dans l'axe de la circulation.

Devant eux, les voyants rouges des freins de la Ford s'allumèrent, l'espace d'une seconde, ce qui laissa le temps à Figueroa de se préparer. Toujours sur les chapeaux de roue, la Ford bifurqua à droite et fonça droit vers le grand carrefour de Balbo et de Lake Shore Drive. Au-delà : les eaux du lac Michigan. Elle était obligée de tourner à gauche ou à droite, à moins que le chauffeur n'ait l'intention d'aller dire bonjour aux poissons.

Bennis annonça à la radio :

– Il se dirige vers l'est sur Balbo.

La Ford avait grillé le feu et virait déjà à gauche en faisant gémir ses pneus. Un pick-up bleu percuta le flanc d'une Jeep.

– Où t'as pêché ton permis de conduire ? hurla Figueroa à l'adresse du conducteur du pick-up.

À 13 heures, la circulation était dense sur Lake Shore Drive, la grande artère qui longe le lac. La Ford accéléra, 60, 80, 100 km/h, zigzagua entre les obstacles. C'est à peine si Bennis et Figueroa aperçurent à gauche la gigantesque fontaine Buckingham et ses quatre groupes d'hippocampes.

Les automobilistes qui repéraient dans leur rétroviseur le gyrophare de la voiture de police se rangeaient sur la droite, ouvrant tout grand la voie à la Ford qui fusait comme un éclair vert.

– Ne te laisse pas semer ! vociféra Bennis.

– Merci pour le conseil, patron.

– Il file vers le nord sur Lake Shore ! s'écria Bennis, cette fois dans le micro.

À plus de 120 km/h, le monde autour d'eux devenait étrangement flou. Toujours en slalomant, la Ford atteignit le carrefour Jackson, plutôt embouteillé, puis le croisement de Monroe. Arrivée au niveau du Yacht Club, elle prit trop vite le virage au nord de Grant Park.

– Merde ! On est cuits ! s'écria Bennis

La Ford dérapa, emboutit la barrière de sécurité au milieu de la voie, la franchit en un clin d'œil et fit plusieurs tête-à-queue sur la chaussée en sens inverse – manquant par miracle six véhicules qui roulaient vers le sud –, avant de se propulser comme une fusée par-dessus le parapet du terrain de golf qui faisait l'orgueil du maire de Chicago : un green en pleine ville, vous pensez !

Figueroa passa sur la tôle de la barrière fracassée avec nettement plus de précautions que la Ford, puis elle profita du ralentissement général pour traverser la voie.

Devant eux, les fugitifs continuaient leur course folle au milieu des golfeurs qui s'égaillaient à toutes jambes, se réfugiant derrière les arbres, semant çà et là sur le gazon clubs, sacs et casquettes.

Figueroa se lança sans hésiter aux trousses de la Ford.

– Hep ! La pelouse est interdite ! lui dit Bennis.

– Je m'en fous !

– Bon, alors t'as intérêt à les arrêter. Sinon on va se faire chauffer les oreilles par M. le maire.

– Ils abandonnent leur véhicule !

Figueroa s'arrêta brutalement et bloqua le frein à main. Bennis avait déjà bondi dehors et courait... Les deux truands jaillirent en même temps de la Ford. Celui qui se trouvait côté passager se retourna. Il tenait un pistolet automatique.

– Bennis ! Attention !

Bennis poursuivait le conducteur. L'autre, se prenant sans doute pour Rambo, s'accroupit à moitié, les jambes largement écartées, pistolet au poing. Il tira sur Bennis. Et le manqua. *Dieu merci*, pensa Figueroa qui, n'ayant pas le temps de dégainer, lui sauta dessus de tout son poids. Cinquante kilos, ce n'est pas bien lourd, mais récoltés en pleine poitrine, ça fait quand même quelque chose. Sous le choc, le type bascula en arrière. Elle lui arracha le pistolet des mains. Sans le laisser reprendre son souffle, elle tomba sur lui en enfonçant le genou droit au milieu de son abdomen.

Figueroa leva les yeux : Bennis et le conducteur disparaissaient derrière la colline en direction de Randolph Street tandis que, dans un éblouissant halo de gyrophares, une demi-douzaine de voitures de patrouille remontaient à vive allure Lake Shore Drive.

15 h 30

À la fin du deuxième service, neuf flics se détendaient en buvant un verre au zinc du Furlough Bar.

— Si tu veux mon avis, votre gentleman cambrioleur, il a le QI d'un rutabaga, dit Corky Corcoran en croisant ses longs bras musclés sur le comptoir.

— Mais plutôt beau gosse, à ce qu'il paraît, intervint Sandi de l'autre côté du bar.

— C'est bien ça le problème, commenta Suze Figueroa. Il suffit qu'ils aient une belle gueule, et ils se croient tout permis.

— Qui ça ? interrogea Kim Duk O'Hara.

— Le braqueur, dit Corky. Tu n'écoutais pas ?

— Non, avoua Kim Duk.

Corky rit de bon cœur :

— C'est arrivé l'avant-veille de mon départ... (Il avait en effet quitté la police deux ans plus tôt.) Tous les journaux en ont fait leurs gros titres, je te raconte pas. Ils lui avaient même trouvé un sobriquet : le Gentleman Cambrioleur, rien que ça ! Monsieur était spécialisé dans le braquage d'épiceries...

– Les épiceries ! répéta Mileski. C'est mieux que les distributeurs. Tu y tires ton pognon au Smith & Wesson, jour et nuit, sept jours sur sept.

– Avec en bonus des cigarettes et des capotes, s'esclaffa Corky.

Morty, l'associé de Corky et copropriétaire du bar, poussa un grognement. Ancien flic lui aussi, il ne se montrait guère loquace. Son humeur irritable et grincheuse n'avait d'ailleurs pas l'air de déranger ses clients. Heureusement, Corky avait toujours le sourire.

– En tout cas, ça y est, on l'a ferré cette fois. Au bout de quinze ou dix-huit braquages, alors qu'il savait qu'on le guettait.

– En d'autres termes, il s'en est tiré près de vingt fois, railla Kim Duk.

– Ce sont les journalistes qui lui ont donné ce sobriquet de Gentleman Cambrioleur, parce qu'il est poli, tu vois ? Merde. À croire que c'est un héros ! Bon, eh bien, finalement, il entre dans une épicerie sur Kedzie. Il a l'air décontracté, le mec vraiment cool... En plus, il est super beau et... il a un 38 ! Il passe derrière la caisse et demande à la charmante demoiselle de bien vouloir lui remettre tout l'argent qui se trouve dedans, plus tous les paquets de clopes qu'il peut fourrer dans son sac à provisions. Et elle, elle s'exécute.

– Elle n'avait pas le choix, commenta Kim Duk.

– Il la remercie d'une voix mielleuse, puis se demande comment il va bien pouvoir se ménager une sortie en beauté. Après tout, il a déjà braqué toutes sortes de magasins, mais c'est la première fois qu'il opère dans un quartier aussi animé, là, au beau milieu du Loop, qui en plus est truffé de sens interdits. Alors il lui dit : « Dis donc, poupée, quel est le chemin le plus court pour la Kennedy Expressway ? » Comme elle est bien élevée, elle répond : « Prenez par Randolph Street. »

– Tu rigoles ou quoi ?

– Pas le moins du monde. Eh bien, tiens-toi bien, il l'embrasse sur la joue et se précipite dehors. Il n'a pas plus tôt franchi le seuil de la boutique qu'elle compose le 911 et informe la police du casse, en précisant que le malfrat va prendre par Randolph Street en direction de Kennedy. Bien entendu, l'opérateur s'étonne qu'elle soit si sûre de son fait, alors elle lui raconte toute l'histoire. Et voilà, c'est comme ça que mon équipier Jimmy-Jones Sharp et moi, on est entrés en scène. On met la sirène sur Madison et hop ! On n'a plus eu qu'à le cueillir.

— S'ils avaient un brin de jugeote, on ne les épinglerait jamais, conclut Norm.

— Dis donc, Morty, lança Corky en épongeant le zinc avec un chiffon. Pourquoi tu laisses toujours plein de bière sur le comptoir ?

— Ça protège des yuppies, repartit son collègue.

— Mais pas des microbes, hein ? Qu'est-ce que tu fais des bactéries ?

Morty renifla d'un air méchant en s'accotant à la machine à glaçons.

— Alors, Suzie, reprit Corky tout en frottant le comptoir. J'ai entendu dire que t'as fait des prouesses ?

La muraille de bouteilles qui s'élevait derrière lui, avec des étagères en verre sur fond de miroir, était la seule touche de lumière dans cet antre sombre dont les vitres n'avaient sans doute pas été lavées depuis les années cinquante. Le miroir, d'une propreté douteuse lui aussi, était un objet de conflit entre les deux barmen : chaque fois que Corky s'apprêtait à le faire reluire, Morty se mettait à hurler qu'il allait transformer son bar en lupanar ! Bref, du moment qu'il y avait à boire pour tous les goûts et pour toutes les bourses, tout allait pour le mieux.

— Ne m'appelle pas Suzie. C'est *Suze*, mon nom.

— À part une certaine boisson apéritive française au goût prononcé de racines, Suze comme Su...

— Arrête tout de suite ! coupa Figueroa. Ou tu vas le regretter...

— Bien, soupira Corky, alors comme ça, tu es notre héroïne du jour ?

— Arrête, je te dis !

17

– T'aurais désarmé cet enfoiré et sauvé les fesses à Bennis ?

– Cet enfoiré, comme tu dis, se prenait pour Rambo, dit Figueroa. Il tenait son automatique d'une seule main. Quel con ! Il n'avait pas l'air de savoir que ces engins-là, ça a un recul d'enfer, et ça se relève quand on tire. Il n'a pas dû comprendre quand la balle est passée *au-dessus* de la tête de Bennis.

– C'était quand même assez bien ficelé, comme scène d'action, ironisa Mileski.

– Tu sais ce qui m'a traversé l'esprit quand j'ai décidé de lui sauter sur le poil ? lança Figueroa.

– Non, mais tu vas me le dire.

– J'ai pensé que j'aurais plus vite fait de lui tomber dessus que de m'escrimer à expliquer aux bœufs-carottes pourquoi je m'étais « servie de mon arme à feu » !

– Ça, c'est bien vrai, approuva Corky avec enthousiasme.

– Triste mais vrai, renchérit Mileski.

– Le pire, intervint Bennis, c'est que ce fumier s'est volatilisé. J'ai dévalé derrière lui la pente jusqu'à Randolph Street. Sur ses talons, je vous jure ! Mais une fois dans la rue, il a sorti une poignée de billets de sa poche et les a lancés en l'air, comme ça...

– Pas possible !

– Si, répondit Bennis, et les passants se sont joyeusement jetés dessus. Ils ne m'ont pas laissé passer. À mon avis, une fois sur Michigan Avenue, il a sauté dans un taxi.

– Avec une part du butin du bureau de change, je suppose, renifla Figueroa. On a trouvé le plus gros paquet dans la voiture, mais il se sera bourré les poches.

– Au moins, celui-là, on peut dire qu'il avait quelque chose dans la cervelle ! s'exclama Mileski, hilare.

– Je te parie qu'il a été assez intelligent pour garder une bonne partie du pognon, approuva Figueroa.

– On vit dans un monde étrange, commenta philosophiquement Corky en alignant des verres étincelants sur le comptoir.

Suze poussa un soupir de contentement. Il n'y avait rien de meilleur que de baisser la garde après le service, de boire un petit verre entre copains, des gens avec qui on était sur la même longueur d'onde. Sans doute tout le monde éprouve-t-il le besoin de se détendre après le travail, mais dans la police, c'est indispensable.

Son seul regret, c'était de ne plus être la seule femme officier au Furlough. Sandi Didrickson – surnommée « Sainte-Nibois » par ses collègues masculins pour la bonne raison qu'elle arrivait toujours après la tournée générale en prétendant ne rien vouloir boire –, s'enfilait trois bières, dont les deux premières d'une traite, puis filait sur les ailes de l'ébriété, le tout sans avoir l'air d'y toucher. Alors que Figueroa était plutôt du genre un-verre-et-un-seul, vu qu'elle devait rentrer s'occuper des enfants et de sa sœur Sheryl, la garde-malade terminant sa journée à 17 heures.

– Mais pourquoi ces gens t'ont-ils bloqué le passage ? interrogea Sainte-Nibois, qui n'était pas une flèche.

– Ils ne pensaient qu'à ramasser tous ces dollars par terre.

– Mais ils voyaient bien que t'étais un officier de police, non ?

– Raison de plus ! s'esclaffa Bennis.

Figueroa se leva d'un coup, comme mue par un ressort :

– Bon, les gars, salut !

Un murmure parcourut le bar. Au moment où elle enfila sa veste, Bennis croisa son regard et articula :

– Merci !

2

La maison de Figueroa était peinte en prune avec les armatures des vérandas et les encorbellements soulignés de beige. Contre toute attente, l'effet était plutôt réussi. Les résidences étaient peintes en deux tons selon une mode récente qui visait à retrouver les coloris originaux des façades. C'est ainsi que les voisins immédiats de Suze vivaient entre des murs gris tourterelle rehaussés de vert pomme. La maison suivante était orange citrouille et taupe.

La rue était bordée d'autres demeures imposantes dans le même style victorien, qu'un de ses collègues féru d'architecture avait qualifié de « pain d'épice » : de grandes bâtisses en bois richement décorées avec de larges fenêtres à pignon, une rotonde, des vérandas couvertes, des balcons et des balustrades. Se glissaient parfois entre elles, contrastant par leur structure de plain-pied aux formes simples et rectilignes, des maisons à grandes baies vitrées datant manifestement des années cinquante. Au lendemain de la Seconde Guerre mondiale, en effet, pour renflouer leurs finances déficientes, les propriétaires des grosses maisons avaient vendu un bon morceau de leur jardin comme terrain à bâtir.

Il ne s'agissait cependant pas d'un quartier riche. Certes, les habitants repeignaient régulièrement, mais on voyait çà et là des gouttières affaissées sous le poids des ans et des intempéries. Les toits de bardeaux goudronnés avaient des allures de toiles rapiécées. Quant aux jardins, ils étaient entretenus avec amour, mais, hélas, par des mains inexpertes. Des taches marron mitaient le velouté des pelouses trop souvent tondues, tandis que les buissons affichaient des airs anorexiques à force d'avoir été taillés.

Située à cinq kilomètres du Loop, la rue n'échappait pas aux problèmes les plus courants à Chicago : débordement des égouts, pénurie de places de stationnement et pléthore d'ornières et de nids-de-poule.

Suze Figueroa trouva à se garer à deux pâtés de maisons seulement de chez elle. D'après une superstition personnelle, c'était de bon augure pour le reste de la journée. Lorsqu'elle était contrainte de stationner plus loin, elle y voyait une mise en garde : attention, malchance, pépins en vue. Et entre les deux ? Eh bien, il fallait prévoir une météo instable, des ondées...

Figueroa rangea ses menottes dans leur étui et l'étui dans sa poche revolver. Ensuite, elle verrouilla les portes de sa voiture d'un coup de clé de contact électronique.

L'air était moite et chaud. Elle était en nage et épuisée par les péripéties de la journée. Il était 16 h 30 quand elle s'introduisit dans la maison par la porte de derrière. Jay-Jay n'allait pas tarder à rentrer de l'école ; le bus scolaire le déposait tous les jours à 17 heures. Son fils avait sept ans déjà, et il restait après les heures de classe à l'entraînement de football. Les filles de sa sœur, Maria et Kat, revenaient à 17 h 15 ; Kat, douze ans, répétait avec l'orchestre de son école. Quant à Maria, l'aînée de la maisonnée, elle « faisait ses devoirs » chez une copine ; autrement dit, elle révisait ses leçons de maquillage et se livrait à une étude comparative des garçons du lycée.

Figueroa balaya la cuisine du regard afin de vérifier que tout était bien en place, au cas où un petit cambrioleur à la manque leur aurait rendu visite. Mais il n'y avait qu'Alma Sturdley, la garde-malade, qui préparait le thé.

— Bonsoir, mademoiselle Sturdley, lança Figueroa.

Elle aurait préféré l'appeler Alma, mais comme cette dame refusait de lui donner du Suze, la jeune femme était coincée.

Alma avait été préférée à deux autres candidates pour la seule raison qu'elle avait l'air incroyablement propre. Et dans l'ensemble, ce choix s'était révélé judicieux.

– Bonsoir, madame, rétorqua l'aide-soignante.

Figueroa se dirigea vers la penderie pour y accrocher son imperméable. Tout en marchant, elle tira de son holster bien calé sous son aisselle son Colt Python 357 Magnum afin d'y placer le cran de sûreté. Quand on a trois enfants dans une maison, mieux vaut ne pas laisser traîner un revolver chargé. Elle le replaça d'un geste ferme sous son bras. À l'instar de tous les flics, sans son arme, elle se sentait exposée aux pires coups du sort.

Elle traversa le couloir pour passer la tête dans la chambre de Sheryl.

– Salut, ma choute ! dit-elle gaiement. Comment ça va ?

– Bing ! répondit Sheryl.

Pour une obscure raison, chaque fois qu'elle voulait dire « bien », Sheryl prononçait « bing » : c'était l'un des rares mots dont elle se servait de manière prévisible.

Sheryl avait été victime d'un terrible accident six mois plus tôt sur la Kennedy Expressway : sa voiture avait fait plusieurs tonneaux après avoir percuté le rail de sécurité. Pendant quelques jours, son mari Robert, Suze, Kat, Maria et Jay-Jay avaient cru la perdre. Elle était sortie du coma et s'était remise de ses fractures, mais les « séquelles du traumatisme crânien », pour employer l'expression barbare des médecins, se révélèrent terrifiantes. Quatre mois après son retour à la maison, elle n'était pas encore capable de marcher seule, son côté gauche recevant de son cerveau des messages contradictoires. Elle souffrait aussi d'importants troubles du langage.

– Je reviens dans une minute ! lui lança Figueroa.

– Je t'attends, rétorqua Sheryl cette fois tout à fait distinctement.

Plutôt que d'emprunter l'escalier principal qui s'élançait vers les deux paliers dans une courbe gracieuse soulignée par une rampe en acajou, Suze choisit l'étroit escalier de service où elle avait l'impression de frôler les spectres de femmes de chambre, montant et descendant avec des paniers de linge ; des femmes en cheveux, qui suaient sous leur uniforme à une époque où l'on ignorait encore les joies de la climatisation.

Jay-Jay et Suze logeaient au deuxième. Deux des quatre chambres y servaient de débarras : c'était là que s'entassaient des cartons remplis d'objets que personne n'osait jeter, ainsi que les vêtements d'hiver. Robert et les deux filles dormaient au premier, qui comprenait en tout cinq chambres et deux salles de bains. Lorsque Sheryl serait tout à fait remise, ils comptaient la voir se réinstaller dans la grande chambre, avec son mari. Mais pour le moment, il valait mieux la laisser au rez-de-chaussée.

Après avoir libéré l'infirmière, Suze se mit en devoir de préparer le dîner : des *rigatoni marinara* – avec beaucoup d'ail – et surtout des cookies au beurre de cacahouètes.

Voilà au moins une activité qui ne nécessitait pas l'exercice de grandes facultés intellectuelles. Un verre de beurre de cacahouètes, un verre de sucre, un verre et demi de farine, du beurre, du sel, un œuf ; on mélange le tout pendant que le four chauffe... Bientôt, les cookies répandirent dans la maison une odeur de fête. Après quoi, Figueroa s'attela à la sauce des pâtes : il fallait émincer les oignons, l'ail, couper en dés quelques tomates et courgettes.

Une fois les biscuits sortis du four, elle alla s'asseoir quelques minutes au bout du lit de Sheryl pour lui relater une version épurée de sa journée.

Du fond du jardin, l'homme observa le battant en bois puis la porte-moustiquaire qui s'ouvraient pour laisser le passage à une fille d'une douzaine d'années, transportant deux énormes sacs-

23

poubelle noirs, qu'elle tenait dans ses bras comme si elle dansait avec deux grosses dames.

— Pourquoi c'est toujours moi qui sors les poubelles ? gémit-elle par-dessus son épaule.

Une voix féminine à l'intérieur répondit d'un ton patient :

— Ce n'est pas toujours toi. Seulement le lundi et le mercredi.

Une frêle jeune femme brune se profila sur le seuil pour rouvrir la moustiquaire qui venait de claquer.

— Maria s'en charge le mardi et le jeudi. Jay-Jay le vendredi et le samedi, poursuivit-elle. Tu le sais très bien !

La gamine se retourna pour adresser un large sourire à la jeune femme qui s'était adossée à la porte.

— Dis-moi, Kat, tu ne serais pas en train de me mener en bateau ?

La fillette pouffa :

— Je t'ai bien eue, hein, tante Suze ?

— Ouais, ouais... Eh bien, tu peux toujours ramer !

La moustiquaire claqua. La jeune femme avait disparu à l'intérieur, laissant la porte ouverte. L'homme avait eu tout le loisir de l'étudier.

La fillette descendit l'allée en ciment sans se presser. Elle portait une minijupe grise et un pull en angora rose sous lequel on devinait deux petits seins durs comme des pommes.

Kat progressait d'un pas dansant en dépit du volume des sacs plastique. Sa jupette, retroussée par la pression d'une des poubelles, découvrait une culotte blanche en coton.

C'était dangereux de laisser une enfant sortir à moitié nue. On voyait presque le duvet sur la peau douce de ses cuisses. Une jupe si courte, des jambes si lisses, si minces...

Elle passa tout près de lui. L'un des sacs frôla le tronc d'un sapin et l'autre faillit renverser un pot de géraniums rouges.

Il respirait son odeur, merveilleuse, cette odeur de savon et de shampooing que dégagent les petites filles.

Elle tourna à droite au bout de l'allée et descendit le chemin qui menait au garage délabré et aux trois bacs à ordures installés près de la route. L'homme l'avait perdue de vue, il entendait seulement le crissement de ses pas sur le gravier.

Quelques secondes plus tard, les mains vides, elle remonta l'allée en sautillant d'un pied sur l'autre. Elle rentra dans la maison. La moustiquaire claqua mais elle laissa la porte en bois grande ouverte. Silence. La femme brune ne se trouvait sans doute plus à la cuisine.

Il remonta l'allée d'un pas vif. Arrivé devant la moustiquaire, il leva la main comme s'il s'apprêtait à frapper... au cas où il y aurait eu quelqu'un à l'intérieur. Puis, après une longue inspection à travers le grillage, il entra.

3

Tous les jours Alma Sturdley arrivait à 8 heures du matin et quittait la maison à 17 heures. Comme Suze partait tôt, Robert attendait la garde-malade pour se rendre à son travail. Et le soir, lorsque Suze était retenue plus tard que d'habitude, elle téléphonait à son beau-frère pour qu'il la remplace auprès de Sheryl. Maria, pour sa part, était priée de signaler quand elle avait l'intention d'aller « faire ses devoirs » chez une copine, au cas où on ait besoin d'elle. Bref, en termes d'organisation, ce n'était pas simple. Alma s'occupait de Sheryl ; elle lui donnait à manger, la lavait, l'aidait à marcher deux fois par jour. Cinq fois par semaine, un kinésithérapeute venait à 9 heures. Tous les jeudis, le neurologue passait à 16 h 30 et restait une heure, de sorte que ce jour-là, Suze pouvait rentrer à 17 h 30. Mais comme on n'était jamais sûr de rien, elle appelait toujours à la maison pour vérifier.

– C'est génial ! s'exclama Kat tandis que les six habitants de la maison se mettaient à table.

Assise dans son fauteuil roulant, Sheryl avait la taille maintenue par une ceinture de sécurité au cas où elle basculerait et glisserait de son siège ; son côté gauche étant plus faible que l'autre, elle avait du mal à garder l'équilibre.

Debout dans l'encadrement de la porte, Suze s'enquit :

– Qu'est-ce qui est si génial ?

– On va donner une représentation publique ! Le jour de la Grande Parade ! C'est génial, hein, P'pa ?

— Et ça va nous coûter combien ? marmonna Robert.

La réaction de son père mit un bémol à l'enthousiasme de Kat.

— Peut-être bien zéro dollar, dit-elle. On a six mois pour se préparer. Alors on va s'autofinancer en vendant des croissants et en lavant des voitures...

La tête de Sheryl branla à droite et à gauche, signe chez elle d'une grande excitation.

— *Bravacherie !* s'exclama-t-elle.

Kat, qui déchiffrait mieux que quiconque les propos de Sheryl, traduisit :

— Bravo, ma chérie.

Kat adressa un sourire plein de tendresse à sa mère. Les muscles de la bouche de Sheryl refusaient d'obéir aux ordres de son cerveau. En outre, elle n'avait pas toujours les idées très claires. Suze était persuadée que sa sœur subissait le contrecoup de plusieurs mois de mobilité réduite, et surtout du passage brutal d'une vie trépidante d'ingénieur informatique, assumant pleinement ses responsabilités de mère, à un état de dépendance physique total. Étaient-ce les efforts démesurés de son esprit pour trouver de nouvelles marques, ou les soubresauts de ses progrès et de ses régressions ? Toujours est-il que quelque chose lui donnait des bouffées hallucinatoires.

Suze laissa à Kat le soin d'exposer à Robert son projet de voyage à Washington. Elle n'avait pas à se mêler de leurs histoires, et de toute façon, elle avait de quoi s'occuper à la cuisine. Elle se sentait souvent de trop, même si elle était persuadée que Robert lui était reconnaissant de tout ce qu'elle faisait pour Sheryl et les filles. Et elle avait toujours peur qu'en étant obligé de donner des soins de sa femme, Robert n'éprouve plus de désir pour elle.

L'énorme plat de *rigatoni marinara* attendait au chaud dans le four éteint. En l'apportant à la salle à manger, elle vérifia si le bol de parmesan râpé se trouvait bien sur la table, ainsi que la salade, la citronnade et le lait. Puis elle s'assit.

27

— On va mettre en scène le célèbre tableau de la guerre d'Indépendance. Tu sais... Mrs Spears dit qu'il s'appelle *Yankee Doodle*. Le peintre, c'est... Archibal McNeal Willard. Il y a deux tambours et un joueur de flûte. Je serai le flûtiste.

— C'est logique, intervint Maria d'un ton supérieur de sœur aînée, puisque tu en joues, de la flûte.

— Oui, c'est pas *super ?*

— Le flûtiste, c'est celui qui a le mouchoir plein de sang autour de la tête ? lança gaiement Jay-Jay.

— Ouais ! Ça me coulera dans le cou et tout, acquiesça Kat en mimant un frisson.

— *Cool !* dit Jay-Jay. Tu vas rencontrer le président ?

— Sûrement. Enfin, je pense. Peut-être...

Jay-Jay se tourna vers Suze :

— Je peux y aller aussi, M'man ?

— Je ne crois pas, mon chéri. Tu ne fais pas partie de l'orchestre.

Comme Jay-Jay grimaçait de dépit, Suze ajouta pour le consoler :

— En plus, en janvier, je te rappelle qu'il y a ton match de foot.

— Ah, oui, c'est vrai !

Robert choisit ce moment pour émettre une critique d'ordre culinaire :

— Il n'y a pas de viande dans les pâtes ?

— On ne met jamais de viande dans la *marinara*. De toute façon, les médecins s'accordent pour dire qu'il faut manger moins de protéines animales et plus de légumes.

— Peut-être, mais moi, je préfère mes pâtes avec des saucisses.

— La prochaine fois, je préparerai un plat de saucisses spécialement pour toi, soupira Suze.

Elle glissa un regard complice à Sheryl. Même si elle avait du mal à s'exprimer, quand elle n'était pas la proie de ses démons, sa sœur comprenait parfaitement ce qui se disait sous son toit.

Il était grand temps qu'elle et Jay-Jay se trouvent un appartement, songea Suze pour la énième fois. Seulement, elle ne pouvait laisser Sheryl : elle était encore beaucoup trop fragile.

Les gosses gloussèrent, se taquinèrent et rivalisèrent d'âneries pour distraire Sheryl, en racontant les blagues les plus idiotes.

— Tu connais l'histoire de Fleupeuteu la mouette ? lança Jay-Jay.

— Non, répliqua Kat avec un sourire intéressé.

— Eh bien, c'est une mouette qui se balade près d'un aérodrome, récita le petit garçon. Tout d'un coup, un hélico décolle, et... *Fleupeuteu* la mouette !

Maria poussa un grognement de mépris.

Cette ambiance pétillante de gaieté, même si elle n'était pas toujours du meilleur goût, était excellente pour le moral de la convalescente, contrairement à la chape de plomb qui s'abattait sur la maisonnée dès que la mère de Suze et de Sheryl venait leur rendre visite. Elle parlait à cette dernière comme si elle était mourante, à mi-voix, et chassait systématiquement les enfants de la pièce.

— C'est mon tour de faire la vaisselle ! décréta Jay-Jay.

Sa bonne volonté était touchante.

— Et c'est à Maria de charger le lave-vaisselle, rappela Kat.

— Jay-Jay, pendant que tu y es, tu peux rapporter les cookies ? demanda Suze.

— Tout de suite, *Mama-san*.

— D'où est-ce qu'il sort ça ? s'étonna Robert en haussant les épaules.

— De l'école, répliqua le petit garçon. En CE1 on étudie la Chine et le Japon.

— Ah. Et en CE2 ?

— J'sais pas.

— Le Croissant fertile, répondit Kat. La Mésopotamie et tout ça.

— Oh là là ! fit Suze en contemplant d'un air interloqué le plat de cookies que son fils venait de poser devant eux. Jay-Jay, tu en as mangé ?

– Non, mais ça va pas tarder.

Pourtant, elle avait la nette impression d'avoir laissé dans la cuisine une jolie montagne de biscuits. Mais peut-être était-elle distraite. Après tout, la fatigue de la journée... Sheryl n'était peut-être pas la seule à être sujette à des hallucinations, qui sait ?

À 2 heures du matin, alors que la maison était silencieuse depuis un long moment, l'homme se dirigea vers l'escalier. Il se doutait que le vieux parquet du grenier craquerait sous ses pas. Aussi était-il resté aussi tranquille que possible, allongé sur un tas de manteaux. Il en avait mal partout. D'autant qu'il faisait chaud comme dans un four, si près du toit. Cela commençait seulement à se rafraîchir. Mais l'air lui collait encore à la peau comme un gant de toilette mouillé.

Quelle chance de posséder deux escalier, pensa-t-il. C'était comme ça, dans la vie. Quelquefois la fortune vous souriait, d'autres fois elle vous boudait.

Il se glissa comme une couleuvre jusqu'à l'étroit escalier de service. Le grenier avait sans doute été utilisé jadis pour loger les domestiques. Des lambeaux de papier peint délavé étaient encore accrochés à la cloison.

Un étage plus bas, au deuxième, le papier, quoique ancien, devenait plus coquet. Des roses blanches sur fond bleu clair. L'étage de la nounou et des mioches ? L'homme scruta le couloir obscur. C'était toujours fascinant, songea-t-il, de constater à quel point on avait peu besoin de ses yeux pour se repérer dans des lieux inconnus. Il flottait à cet étage une odeur d'encaustique, signe qu'il était habité. Il sentait aussi un parfum sucré de bain moussant, attestant la présence d'une femme, d'une jeune fille... d'un enfant ? Ce qui collait à la configuration familiale telle qu'il l'avait observée. Il y avait pour finir des notes boisées, oui, un relent de terre et de pelouse... L'enfant pratiquait-il un sport de plein air ?

Il descendit les dernières marches jusqu'au palier. La première porte du couloir était ouverte. Y risquerait-il un coup d'œil ? À pas de loup, il s'avança jusqu'au seuil. Une odeur de cuir vint chatouiller ses narines. La lumière tamisée d'un réverbère de la rue enveloppait le lit où reposait un petit corps, vraiment tout petit, et les murs décorés d'une crosse de hockey et d'un gant de baseball. Sur le sol, dans un coin, un ballon de foot semblait attendre le pied de son propriétaire. *Très mauvais de laisser des objets traîner par terre*, se dit l'homme, *on pourrait trébucher.*

Donc, le petit garçon occupait cette chambre, récapitula-t-il en reculant doucement dans le couloir pour regagner l'escalier. Il descendit encore d'un étage. Une pâle lueur brillait au bout du couloir. Une porte était ouverte, mais les plus proches, l'une à gauche, l'autre à droite, ne l'étaient pas. Il se pencha pour coller le nez à la serrure de l'une d'elles. Ça sentait les fleurs – la rose et le lilas, peut-être, il n'y connaissait pas grand-chose –, mais ce n'étaient pas des vraies fleurs, ça il en était certain. Du parfum. Une des gamines... La nymphette de tout à l'heure, toute douce, avec sa jupette ?

Il inhala les effluves de parfum bon marché comme un œnologue testant le bouquet d'un grand cru. Puis il descendit au rez-de-chaussée où il hésita entre la cuisine et l'escalier du sous-sol.

Il opta pour la cuisine. Une coulée de clarté jaunâtre provenant du réverbère se répandait sur le rebord de la fenêtre, au-dessus de l'évier. Sans oser allumer l'électricité, il resta là, debout, pendant une ou deux minutes, se félicitant d'avoir su pénétrer l'intimité d'étrangers : la cuisine n'était-elle pas le cœur d'une maison ?

Puis il défit sa braguette et urina dans l'évier. Un jet fumant, voluptueux, impossible à interrompre. Il n'y avait pas de toilettes dans le grenier. Quant aux commodités du deuxième étage, il aurait fallu, pour s'en servir et tirer la chasse, attendre le lendemain, l'heure où tout le monde se retrouve pour le petit déjeuner et où le tintamarre couvrirait le barrissement d'un éléphant.

31

Maintenant, voyons ce que ce frigo a dans le ventre. Surpris par l'éclat aveuglant qui en jaillit, il manqua refermer la porte de frayeur. La femme qui dormait au rez-de-chaussée risquait de se réveiller. Quoique, peut-être pas... Peu importait. De toute façon, c'était un vrai légume ; elle pouvait à peine parler.

En plus, les ados, ça fait tout le temps des razzias dans les frigos, non ?

Il s'était bien amusé à écouter leur conversation à table. Ah, ces plaisanteries en sucre d'orge des fillettes... Et le légume qui faisait gloup-gloup-gloup... Il avait tout entendu, depuis l'escalier de service, en se gavant de biscuits.

Retenant la porte du réfrigérateur avec son épaule gauche, il sortit un bol : un plat de nouilles. Sans prendre la peine de refermer, il mangea avec ses doigts... Pas mauvais, sauf que ça manquait de viande. Le type à table, tout à l'heure, n'avait pas tort. Il remit le bol en place, convaincu que personne ne remarquerait son larcin. Avec trois gosses dans la maison, qui pouvait tenir un compte exact du contenu d'un garde-manger ?

Il se rinça les doigts sous un filet d'eau au-dessus de l'évier et en profita pour nettoyer les traces d'urine. Puis il retourna à son repas improvisé. Il trouva des tranches de salami dans une boîte en plastique ; il prit soin d'en laisser quatre avant de refermer soigneusement le couvercle. Personne ne remarquerait rien.

Succulent.

Il était prêt à visiter le sous-sol.

MARDI

4

2 h 30

Un vieil homme se tenait immobile au milieu de la rue, pile devant le quartier général de la police de Chicago, au coin de la 11e Rue et de State Street. Le cou ployé, il contemplait comme en transe le bout de ses pieds sur la ligne blanche, se demandant s'il était très tard le soir ou très tôt le matin. Une barbe et une chevelure aussi longues qu'hirsutes lui mangeaient le visage. Et la peau que l'on devinait entre les poils était noire de crasse. Un pantalon, jadis d'un marron roux, une veste usée à rayures bleu marine et un polo beige foncé. Des vêtements qui lui avaient été donnés, il ne se rappelait plus quand, par l'Armée du Salut. Ses chaussettes, maculées de boue, tirebouchonnaient sur une paire de baskets qu'il avait extraite d'un bac à ordures. En dépit de la chaleur, il portait en sus un imperméable noir élimé qu'il possédait depuis toujours ; depuis l'époque où il était encore « quelqu'un ».

Ses mains étaient propres. Il venait de se les laver dans les toilettes d'Union Station, juste avant que les gars de la sécurité ne le jettent dehors.

Comme il levait le nez vers la façade du building qui abritait le QG de la police, un coup de klaxon retentit dans son dos. Où avait-il la tête ? La nuit, il aurait dû voir venir de loin les phares du véhicule. Il se dépêcha de traverser, traînant des pieds sur l'asphalte, claudiquant à cause de l'arthrose qui faisait grincer ses genoux, pour aller se poster à côté de la grande porte d'entrée du bâtiment.

Un demi-siècle plus tôt, il avait épousé son amour de jeunesse, Barbara Jean, jolie comme un cœur, la plus belle de toutes les filles du lycée. Le mariage avait duré, apparemment heureux. Apparemment. Ils n'avaient pas eu d'enfant. Puis il avait pris sa retraite. Deux ans après, lasse de son humeur chagrine, sa femme l'avait quitté.

Autrefois, ce clochard était officier de police. Il avait pris sa retraite au bout de vingt-cinq ans de service, avec une pension complète et un an de salaire. Il s'était aperçu alors qu'il n'avait aucun ami en dehors de ses collègues. Cette année-là, il passa l'hiver avec son épouse à Sarasota, en Floride – un lieu idyllique, où le soleil brillait tous les jours, où il n'y avait jamais de neige, ni de gel, où l'on n'avait pas besoin de pelleter l'allée devant son garage. L'ennui, c'est qu'ils ne connaissaient personne, et trouvaient le climat monotone. Ils étaient donc remontés à Chicago. Mais là, n'ayant pas encore pris leur retraite, leurs anciennes relations n'avaient guère de temps à leur consacrer.

Il avait bien tenté de se raccrocher à ses ex-compagnons, rien que pour échapper à la solitude. Mais ses copains avaient d'autres chats à fouetter. Ils bavardaient un peu avec lui, par politesse, impatients de retourner travailler.

C'était un phénomène étrange, vraiment. Du jour au lendemain, vous franchissez une porte entre deux mondes. Vous qui, avec les potes, cassiez du sucre sur le dos de vos supérieurs, vous plaigniez du nouveau règlement, vous payiez la tête des civils, buviez une bière au comptoir après une descente, vous voilà tout d'un coup donnant une fête d'adieu, entonnant des hymnes à la fraternité éternelle. Et le jour d'après, pfft ! vous n'êtes plus rien. Zéro. Rideau.

Il avait entendu des histoires semblables à propos de flics partant à la retraite. Mais personne n'y croyait vraiment avant d'en passer par là. Comme la mort. Ou la vieillesse. Ça n'arrivait qu'aux autres...

Rien que pour ne pas rester chez lui, pendant un certain temps, il avait passé ses journées sur un banc près de son ancien lieu de travail, le 18e District, sur Chicago Avenue. Mais au bout d'un moment, il n'avait plus supporté le ballet des voitures noir et blanc, surtout quand elles jaillissaient les unes après les autres du bâtiment telle une meute illuminée par le clignotement des gyrophares. Il avait beau savoir que ces missions n'avaient rien de glorieux en dépit des apparences, il était possédé par une envie folle d'y participer, d'être de nouveau « l'un des nôtres », comme ils disaient dans le service.

Il connaissait cependant deux autres flics au rancart, plus âgés que lui, qui passaient le plus clair de leur temps à maugréer et à boire, double vice qui s'était à la longue avéré contagieux.

La suite était écrite : sa femme l'avait quitté et il n'avait même pas essayé de la retenir, jugeant qu'elle avait déjà été courageuse de tenir jusque-là. Puis, quelques années plus tard, c'était sa maison qu'il avait perdue. Sa pension s'était dissipée dans l'alcool et les chambres à la semaine de quelques hôtels miteux. Peu à peu, sa vie s'était désagrégée.

Il leva les yeux sur la façade du poste de police. N'avait-il pas entendu dire qu'ils allaient déménager dans un building neuf quelque part, et que celui-ci était voué à la démolition ? Difficile à croire. Pendant deux ans, de 1971 à 1972, il avait travaillé ici en qualité d'assistant du chef du personnel. Personne n'avait accès à son supérieur sans passer par lui. Ah, les belles années...

Comme il s'appuyait le dos au mur, deux jeunes flics en uniforme sortirent par la grande porte.

– Dis donc, le vieux, faut circuler ! lui lança l'un des deux, un grand échalas.

– Bien sûr, bien sûr, marmonna-t-il en tâtant dans sa poche le goulot de sa bouteille de vin, un geste machinal chez lui quand il se sentait nerveux.

– Et que ça saute ! ajouta son collègue, un petit râblé.

Le grand fit montre d'un peu plus de miséricorde :

– Tu veux l'adresse d'un refuge ?

– Non, non.

Les refuges étaient sa hantise. Tous ces dingues, cette crasse, ces maladies... À la rigueur quand l'hiver emprisonnait la ville dans les glaces, mais ce soir, il faisait beaucoup trop doux.

Il s'écarta de quelques pas, histoire de montrer sa bonne volonté. Mais déjà les policiers s'éloignaient, ne pensaient plus à lui.

Où était donc cette impasse dans State Street ? Il pourrait aller s'y allonger en attendant le jour ; la tête sur son imper roulé, comme il l'avait fait des dizaines, des centaines de fois.

À un bloc de l'impasse qu'éclairait en partie la lumière rosâtre des réverbères de State Street, il plongea la main dans la poche pour prendre la bouteille par le goulot, mais cette fois il la secoua. D'après le bruit, il ne restait plus qu'un fond. Et il ne pouvait pas dormir sans avoir bu. Ce qui signifiait qu'il lui fallait ramasser de quoi se payer à boire... Il extirpa de l'autre poche de son imperméable le gobelet en carton dont il se servait pour faire la manche.

L'ennui, c'était qu'il était tard, très tard. Quelque chose comme 2 ou 3 heures du matin. Il oubliait toujours l'heure dans State Street à cause de l'éclat des réverbères et du trafic perpétuel. N'empêche, il n'y avait pas un passant en vue. Nulle bonne âme pour venir déposer un sou dans son escarcelle. Et les flics qui sortaient du building ? Il aurait dû réclamer quelque chose aux deux jeunes de tout à l'heure. Non, il ne pouvait pas tomber aussi bas...

Tout d'un coup, une ombre noire se superposa à la sienne sur le macadam. Surpris, il se retourna. On n'était jamais trop prudent. Pourtant, à cette heure, dans ce quartier, il y avait peu de chance de tomber sur un sadique ou des bandes de loubards. Ceux-là rôdaient plutôt du côté des stations du métro aérien, en quête de portefeuilles bien garnis.

– Vous auriez pas quelques petites pièces ? dit-il machinalement, effrayé lui-même par le désespoir qui perçait dans sa voix.

– Je crois que je peux faire quelque chose pour vous.

5

Extrait du *Chicago Sun-Times*, daté du 31 mai :

Plus de deux cent vingt sans-logis, hommes et femmes, se partageront un montant de 300 000 dollars, indemnités fixées à la suite de la décision ce jour du juge Morton Eidesman de considérer la confiscation de leurs biens comme une violation de leurs droits. Il y a deux ans de cela, les services de nettoyage de la ville avaient fait le ménage dans Lower Wacker Drive, en conséquence de quoi les SDF avaient perdu tout ce qui leur appartenait.

Une plainte avait été déposée par un collectif de sans-abri contre l'abus de pouvoir perpétré par les employés des services sanitaires.

« Ils ne nous considèrent pas comme des êtres humains, a déclaré un des plaignants, William Lyall. Le juge a pris la bonne décision, que Dieu le bénisse. »

7 h 30

À l'appel de ce matin-là, le sergent Pat Touhy fonctionnait en mode « général Patton ». Un jour, Clint Eastwood dit à un réalisateur qu'il avait en tout et pour tout deux expressions faciales

39

dans sa panoplie d'acteur et qu'il mettait l'une et l'autre à sa disposition. Eh bien, Touhy était comme la star de cinéma. Elle se présentait soit en Patton – un être revêche mais avec qui l'on savait à quoi s'en tenir – soit en « officier compréhensif » – un sourire faux-jeton dont il fallait se méfier comme de la peste.

Elle termina son petit laïus pédagogique sur la procédure de la fouille. Puis elle déclara :

– Bien, venons-en maintenant aux affaires courantes...

– On a retrouvé le deuxième type du casse du bureau de change ? demanda Bennis. S'ils l'ont chopé, je le reconnaîtrai.

– Non. Et celui que vous avez coffré refuse de parler...

– Et... Merde !

– ... Sauf pour se plaindre de la brutalité de Figueroa, qui lui aurait soi-disant défoncé la rate.

– Vous rigolez ! se défendit l'accusée. Ce type doit bien peser cent vingt kilos. Alors moi, avec mes cinquante...

– D'après lui, vous lui avez sauté dessus quand il était déjà à terre.

– Ah, sûrement pas !

– Tu aurais dû le descendre, souffla Mileski.

– D'accord. La prochaine fois, je saurai.

Sainte-Nibois s'étonna :

– Pourquoi t'as pas tiré, Suze, au fait ? Je me souviens plus de ton explication.

Quelques grognements fusèrent de-ci de-là.

– Par pur réflexe humanitaire, repartit Figueroa.

– Attendez un peu, là ! intervint Bennis. Figueroa m'a sauvé la vie. Vous n'allez pas permettre qu'on l'embête pour ça !

– Laissez tomber, Bennis, ordonna Touhy. Je sais qu'elle vous a sauvé la peau. Les Huiles aussi. Les bureaucrates appliquent le protocole, un point c'est tout. Ils ouvrent le parapluie en grand, comme toujours. Au fait, Figueroa, quand on en aura fini ici, vous vous rendrez à Branch 71. Le procureur veut vous interroger avant la mise en accusation. Bien, à part ça, on a un problème. Les unités de recherche et d'investigation pataugent dans la choucroute. Alors Didrickson, Mileski, O'Hara, Figueroa et Bennis, vous allez vous coltiner jusqu'à la Zone 4 et vous mettre à leur service. Et je compte aussi sur vous pour ne pas lâcher les affaires en cours. Bennis et Figueroa, ne faites pas semblant d'oublier les pickpockets ! On a un paquet de magasins de luxe qui fulminent.

— Vous voulez rire, sergent ! s'écria Bennis. Comment on va faire pour mener deux missions en même temps ?

— Où voulez-vous en venir exactement ? rétorqua Touhy en se renfrognant.

— C'est quoi, le problème de la Zone 4 ? lança Mileski.

— Hier soir, il y a eu une grande fiesta en l'honneur du départ à la retraite du patron du service de recherche et d'investigation. Tous les enquêteurs disponibles étaient présents. Les deux tiers de la basse-cour, quoi. Eh bien, ils ont été atteints d'intoxication alimentaire.

— Quel flair, messieurs les enquêteurs ! s'exclama Bennis.

— Il y avait quoi au menu ? s'enquit Figueroa.

— Soupe à l'oignon, bœuf bourguignon, petits pois...

— Un peu lourd, tout ça... commenta Mileski.

— Vous n'y êtes pas du tout, corrigea Touhy, sans la moindre ironie. Ils pensent que c'est la crème anglaise. Les œufs n'auraient pas été assez cuits... ou bien ils étaient restés trop longtemps à température ambiante. Avec la chaleur qu'il fait... Bref, une salmonellose. Quarante pour cent des inspecteurs se sont fait porter pâle.

— Pour combien de temps ?

— Deux ou trois jours au moins. Bon. Voilà comment nous allons procéder. Mileski et Didrickson, vous faites équipe. O'Hara reste seul. Figueroa et Bennis se remettent ensemble dès qu'elle en aura terminé avec le procureur.

Kim Duk O'Hara, avec son bon sens habituel, argua :

— Qu'est-ce qu'on fait des excès de vitesse, des stationnements en double file et tout ça, sergent ?

— Eh bien, Chicago devra se débrouiller sans nous aujourd'hui.

Là-dessus, Patton leur donna congé.

41

Le procureur chargé de l'affaire Herzog – le type à qui Figueroa avait fait brouter l'herbe du terrain de golf – souhaitait en effet lui parler avant la mise en accusation. Le dossier ayant une certaine importance, et elle aucune, c'était à elle de se déplacer. Par un heureux hasard, les locaux de Branch 71, l'un des quinze tribunaux de Cook County, se trouvaient dans le même immeuble que le quartier général de la police de Chicago et le poste du 1ᵉʳ District. Dans quelques mois, ce serait de l'histoire ancienne. Le 1ᵉʳ District déménageait bientôt au 1700, South State Avenue. Les bureaux du siège de la police allaient occuper un building entier à eux tout seuls. Quant aux tribunaux... ils allaient Dieu sait où. Et le building actuel ? La proie des démolisseurs. « Une page d'histoire va être tournée », disaient les uns. Les autres rétorquaient tout haut ou pensaient tout bas : « C'est pas trop tôt ! »

Mais pour l'instant, non seulement le procureur et le poste du 1ᵉʳ District se trouvaient entre les mêmes murs, mais aussi Herzog lui-même, derrière les barreaux de sa cellule, au 11ᵉ étage, juste sous le quartier de détention des femmes, que les flics surnommaient « le poulailler ».

Figueroa eût-elle appartenu à un autre district, elle aurait quand même été obligée d'aller voir le procureur. D'un geste magnanime, elle tendit à Bennis sa barre de chocolat fourré aux amandes, lui fit part de son espoir de ne pas être trop longue et se dirigea vers l'ascenseur, qu'elle attendit une éternité.

Elle identifia le procureur Francis Xavier Malley à son air empoté. Les bras croisés, il tenait son attaché-case coincé entre son mollet gauche et le mur et tapait du pied dans le vaste couloir désert derrière la salle du tribunal.

– Officier Figueroa ?

– Procureur Malley ?

– Je vous attendais. J'ai demandé à ce qu'on fasse monter Herzog.

– J'ai fait aussi vite que possible, répliqua-t-elle d'un ton un peu acerbe.

À l'école de police, un instructeur qu'elle admirait beaucoup leur avait dit un jour : « Ne risquez pas votre uniforme pour les cons. Ils sont trop nombreux, et tous les jours vous en avez de nouvelles couvées qui éclosent. » Quand bien même, elle ne put s'empêcher d'ajouter :

– Mais évidemment, si on engageait quelqu'un pour accélérer la vitesse des ascenseurs...

– Pourquoi vous en êtes-vous prise à Herzog, pour commencer ?

– Vous avez lu le rapport ?

– Il n'y a pas matière à plaisanter. Son avocat veut aller jusqu'au procès. Selon lui, Herzog refuse de plaider coupable. Je voudrais bien savoir comment vous vous défendrez à la barre...

– Nous étions en patrouille sur Roosevelt Road, en direction de Michigan Avenue. On a reçu l'appel du central concernant le hold-up. On avait la description de la voiture, un coupé Ford vert, qui apparemment se dirigeait vers nous. Deux malfaiteurs de race blanche. Je les ai vus une minute plus tard. Dès qu'ils ont compris qu'on était à leurs trousses, ils ont accéléré à fond. On a retrouvé le produit du vol dans la voiture, ce n'est pas une preuve suffisante ?

– Des billets de banque. Ils pourraient appartenir à n'importe qui.

– Vous y allez pas un peu fort, là ? Alors qu'ils ont détalé tous les deux comme des lapins ? Et l'employé du bureau de change ? Il ne l'a pas reconnu ?

– Il n'a pas vu son visage. Celui qui l'a attaqué portait un masque.

– Génial ! Et le deuxième ? Celui qui conduisait la Ford ?

– Le deuxième ? Le gérant du bureau de change ne l'a même pas vu. Il est resté dans la voiture avec le moteur en marche. De toute façon, il a disparu dans la nature. C'est vous qui êtes censés le retrouver, pas moi !

– Bien. Et si on voyait ce qu'on peut faire de celui qu'on a coffré ? Il se pourrait qu'il donne son complice, non ? Vous ne pouvez pas lui proposer une remise de peine ? Si celui que nous tenons n'est pas le cerveau du tandem...

Elle laissa sa phrase en suspens. Une voix masculine venait de s'exclamer :

– Malley !

Un homme vêtu d'un costume à fines rayures blanches se matérialisa comme par magie à côté d'eux. Figueroa n'était pas une experte en matière de mode, mais elle en savait assez pour voir que ce costume valait beaucoup moins cher que celui du procureur. D'où elle déduisit qu'il s'agissait d'un avocat commis d'office.

– Ben, répliqua Malley comme à regret. Ben Jenks... Officier Figueroa.

Tout en serrant la main de cette dernière, l'avocat précisa :

– Herzog plaide non coupable.

– Alors pourquoi s'est-il enfui ? interrogea Figueroa.

– Les gens ont peur de la police, vous savez. Il ignorait pourquoi vous vouliez lui parler.

– Mais il était sûr que ça sentait le roussi ! rétorqua-t-elle, refusant de se laisser démonter.

– On l'a coffré parce qu'il était en possession d'une arme à feu non enregistrée, précisa Malley à l'intention de l'avocat.

– Et aussi pour avoir tenté d'abattre un agent de police ! s'éleva Figueroa à qui la moutarde montait au nez.

Faisant la sourde oreille, l'avocat rapprocha son visage de celui de Suze :

– Stop ! Vous avez outrepassé vos droits en usant de violence à son égard lors de son arrestation ! Les ecchymoses dont il est couvert sont à mettre à votre passif.

Figueroa poussa un soupir d'exaspération, puis lança :

– Il devrait éviter de tirer sur des flics s'il ne veut pas se récolter des bleus !

De nouveau comme si elle n'existait pas, le procureur se tourna vers l'avocat :

– Le moment est peut-être venu d'entrer dans la salle, qu'en pensez-vous ?

– Ce type est deux fois plus grand et plus gros que moi, je vous ferais remarquer ! poursuivit de son côté Figueroa.

– Ça ne compte pas, riposta Jenks.

Dans la salle, les gens commençaient à s'installer.

– Ce sera tout, merci, officier Figueroa, conclut le procureur Malley toujours sans regarder la jeune femme.

Alors qu'elle était sur le point de redescendre, elle aperçut Herzog, qu'un gardien escortait jusqu'au banc des accusés. Son avocat s'avança à sa rencontre. Suze fit un léger détour pour lui lancer un :

– Salut, Herzog !

Elle se posta à côté de lui et lui donna un coup d'épaule sous l'œil sévère de Jenks et Malley. Elle ne lui arrivait pas à l'épaule. Rien que la circonférence de la cuisse de cet homme était supérieure à son tour de poitrine !

Jenks et Malley échangèrent un regard – exactement l'effet que recherchait Figueroa. Ils étaient sans doute en train de se figurer tous les deux ce qui allait se passer dans la tête des jurés quand ils les verraient côte à côte.

Jugeant toute parole inutile, elle se contenta de les saluer d'un signe de tête – sans un sourire – puis elle se détourna et prit le chemin des ascenseurs.

– Alors là, c'est trop cool ! s'exclama Figueroa en tambourinant avec ses doigts contre le tableau de bord tandis qu'ils roulaient tous les deux vers la Zone 4.

– Qu'est-ce que t'as, tout d'un coup ? grommela Bennis.

– J'ai toujours rêvé d'être inspecteur de la criminelle. Inspectrice, si tu préfères. C'est vraiment le pied !

– Je dois avouer que ton tempérament flegmatique, ta patience et ton sang-froid m'ont toujours impressionné au cours de nos périlleuses aventures, ironisa son compagnon.

— Taratata !

— C'est pas toi, peut-être, qui m'as affirmé qu'il était priori-
taire de rentrer à la maison t'occuper de ton petit Jay-Jay ? Tu
ne te rappelles pas m'avoir dit que c'était une bénédiction
d'appartenir aux unités de voie publique qui rentrent plan-plan
chez elles après leurs huit heures de service ?

— Oui, c'est sûr, mais...

— Les gens croient en général qu'un flic, ça bosse tout le temps.
C'est faux, on le sait ; merci au syndicat. Mais pas pour les enquêteurs. Eux, ils savent jamais à quelle heure ils rentreront chez
eux.

— Quel rabat-joie tu fais...

Il avait raison, bien sûr. On ne pouvait pas à la fois s'occuper
d'un enfant et travailler quinze heures par jour. À moins d'en-
gager une baby-sitter. Mais avec quel argent ? Non, Jay-Jay était
encore trop petit, et il y avait Sheryl.

— Jay-Jay n'aura pas toujours sept ans, enchaîna-t-elle pourtant, refusant de s'avouer battue. Et puis j'ai besoin de m'habituer
pour quand je serai chef de district.

— C'est vrai, j'avais oublié ce projet.

— Et pour quand je serai commissaire divisionnaire !

— Oh !

— Je te nommerai chef de patrouille.

— Ah !

Figueroa se tut. Si Bennis avait envie de jouer les idiots, libre
à lui. Elle ne put s'empêcher de le taquiner à son tour en demandant :

— Au fait, Bennis, comment va Yolanda ?

— Yolanda ! Quelle question ! Tu sais bien que je l'ai pas vue
depuis des mois. Je sors avec Amanda maintenant.

— Yolanda, Amanda... Comment tu veux que je m'y retrouve ?

— Tu as des trous de mémoire ou quoi ? Il y a eu Deirdre entre
les deux.

— Entre les deux ? Ben mon cochon...

6

– C'était pas la crème anglaise, décréta le sergent Mossbacher. Et c'était pas non plus une salmonelle, mais quelque chose de pire !

– Pire qu'une salmonelle ? s'étonna Figueroa en forçant un peu sur les yeux ronds pour faire plaisir à l'enquêteur.

– Ils pensent que le coupable s'appelle *E. coli*, continua son interlocuteur en posant un gros doigt sur son calepin. *E. coli* 0157:H7. Une bactérie qui peut provoquer de graves maladies. Elle était dans la salade.

– Et on dit que la salade, c'est bon pour la santé, soupira Bennis. J'ai toujours trouvé ça louche...

– C'est pas de la blague. Apparemment, un des employés des cuisines était porteur, et... je sais que c'est pas très agréable... mais il ne se serait pas bien lavé les mains après avoir été au petit coin.

– Beurk ! fit Figueroa.

Les enquêteurs malades provenant des différentes Zones de la ville, il avait fallu renflouer les effectifs en recrutant des agents parmi les unités de voie publique. Car on ne pouvait pas s'abstenir d'une enquête en bonne et due forme en cas de crime de sang : la mémoire des témoins oculaires s'émousse vite, d'autant qu'elle finit par être influencée par les récits des journalistes. Par ailleurs, les indices, s'ils ne sont pas relevés, ont une fâcheuse tendance à disparaître.

Bennis et Figueroa avaient été transférés en Zone 4. À Chicago, les unités de voies publiques sont implantées dans vingt-cinq Districts, tandis que les unités de recherche et d'investigation se regroupent dans seulement cinq Zones. Le 1er District fait partie de la Zone 4, dont le centre se trouve loin vers la périphérie, au 3151 West Harrison Avenue, et qui couvre aussi les 10e, 11e, 12e et 13e Districts, configuration qui découpe dans le cœur de la ville une tranche géographique.

Ils avaient patienté avec leurs collègues du 1er District dans la grande salle qui sembla particulièrement calme à Figueroa. Sans doute les enquêteurs étaient-ils tous débordés à cause des nombreuses absences...

Mileski et Sainte-Nibois avaient été appelés en premier, avec pour mission de faire le tour des boutiques et des restaurants autour d'une banque victime la veille au soir d'une attaque à main armée. Kim Duk O'Hara avait été envoyé seul dans un palace du Loop pour enquêter sur la mort par étouffement d'une jolie jeune femme – du gâteau, dans des locaux climatisés – mais l'ingrat trouva quand même le moyen de râler : il aimait trop sa voiture de patrouille, ses gyrophares et sa sirène.

Quand était venu le tour de Bennis et Figueroa, on leur avait indiqué un bureau au fond du couloir en leur disant :

– Vous, le sergent Mossbacher veut vous voir.

7

La maison était silencieuse. Alors qu'il n'était pas 10 heures du matin, il faisait une chaleur suffocante dans le grenier. Sa montre marchait encore, un coup de chance. Peut-être était-elle équipée d'une de ces piles qui durent toujours parce qu'on a oublié de leur adjoindre un facteur de péremption. Bref, après la série noire de lundi, il méritait bien un prix de consolation.

Si seulement il pouvait se procurer un peu de fraîcheur. Il n'y avait même pas de ventilateur d'évacuation : à quelques centimètres au-dessus de lui, les bardeaux goudronnés étaient brûlants, surtout sur la pente du toit orientée vers l'est. Ça promettait pour cet après-midi !

À quoi pensaient les habitants de cette maison ? Ignoraient-ils qu'avec un ventilateur au grenier, ils feraient d'énormes économies d'électricité ? Les imbéciles !

Puis il se rappela que lui-même avait jeté pas mal d'argent par les fenêtres récemment. Bien sûr, ce n'était pas sa faute. Il avait eu un problème, et ça lui avait coûté cher.

Il était en nage. Il détestait transpirer. C'était si peu hygiénique. Peut-être serait-il plus avisé de descendre au deuxième étage pour y passer la journée ? Du moment qu'il ne s'assoupissait pas. De toute façon, personne n'allait rentrer avant 15 h 30. Il avait noté que la fliquette était de retour vers 17 heures et hier, le seul homme de la maison n'était apparu que vers 18 heures.

Au fond, il pourrait même se permettre de dormir un peu. Dans le lit du petit monstre. Qui allait remarquer quoi que ce soit ? À cet âge, les garçons ne sont-ils pas des créatures suantes et malpropres ?

Il se dirigea sur la pointe des pieds vers l'escalier, s'arrêtant de temps à autre pour tendre l'oreille. Sur le palier du deuxième, tout était si calme qu'il entendit distinctement la porte du réfrigérateur se fermer dans la cuisine et la voix de la garde-malade :

— Bien, maintenant, voyons.

Elle parlait au légume sans doute. Ses pas résonnèrent dans l'entrée puis dans la chambre de l'infirme. Il descendit jusqu'au palier du premier.

— Maintenant, madame Sheryl, reprit la garde-malade, si nous prenions un bon petit bain ?

Un bain ! Son rêve ! Il lui en fallait un, à lui aussi, ou au moins une douche. Oui. C'était indispensable !

— Bien, alors nous allons attendre sagement ici, madame Sheryl. Je vais nous en faire couler un. Pas trop chaud à cause de la température... Mais ça nous fera du bien avant l'arrivée de la kiné.

— Piotre. Drelin.

Piotre drelin ! On fait pas mieux dans le genre débile, se dit-il.

— On voudrait peut-être le prendre après les exercices ? continua la voix de la garde-malade. Non, je pense que c'est mieux tout de suite. D'accord ?

S'ensuivit un bruit de cataracte : le bain coulait. Il eut alors un éclair de génie et remonta quatre à quatre l'escalier jusqu'au deuxième, fonçant dans la salle de bains pour ouvrir les robinets de la baignoire. Quelques centimètres d'eau fraîche suffiraient. Peut-être un peu plus...

La plomberie dans cette vieille baraque faisait un tel raffut que cette demeurée de garde-malade ne remarquerait sûrement rien.

Et s'il se trompait ? Si elle se rendait compte de quelque chose... ? Dans ce cas, si elle venait à monter, à le trouver là, eh bien, l'escalier de service était beaucoup trop raide. Il ne répondait pas aux normes de sécurité actuelles. Un accident était si vite arrivé...

8

10 heures

— Pauvre type ! s'écria Suze. Pauvre vieux !

— Ouais, souffla à peine Bennis. Il ressemble à mon grand-père.

— Sauf que ton grand-père est noir.

— Et alors ? Il ressemble sans doute aussi au tien, de grand-père, Figueroa.

— Oui, c'est vrai.

— Il ressemble à tous les grands-pères, tu vois ?

— Oui, fit-elle tristement, oui, je sais.

Le médecin légiste se redressa légèrement pour leur lancer d'un ton mordant :

— Si vous allez vomir, tous les deux, je préfère que vous partiez.

— Je me sens très bien, protesta Figueroa avec un peu trop de conviction.

Bennis se racla la gorge avant de demander :

— Il n'a aucune pièce d'identité ?

Pour appuyer ses paroles, il indiqua une pile de vêtements sur l'étagère à deux mètres de la table d'autopsie. Il y avait aussi une bouteille de vin presque vide, un gobelet à café en carton et quatre-vingt-huit cents. L'assistant, qui avait déshabillé entièrement le corps, déclara :

– Non. Et en plus, ses poches sont trouées.

– Pauvre type, dit Bennis à son tour.

Le cœur de Figueroa se serra. C'était pour ça qu'elle avait de l'affection pour Norm Bennis. En dépit de ses onze ans dans la police, il était encore capable de sentiments humains.

– Bien, voyons ce que nous avons là, commença le médecin légiste, sexagénaire replet et barbu, en claquant une fois dans ses mains.

Sa barbe de père Noël caressait le col de sa blouse blanche sous laquelle on avait la surprise de voir un pantalon à carreaux vert et jaune, comme en portent les joueurs de golf sur le green, et une paire de mocassins. Une autopsie, en effet, n'était pas une opération très propre : les légistes portaient d'habitude un pantalon et des sur-bottes de chirurgien. Le Dr Percolin enfila ses gants en les faisant claquer en signe de satisfaction contre ses poignets. *Pour nous remettre à notre place, nous autres béotiens*, se dit Figueroa. Mais le Dr Percolin n'en était pas moins très aimable.

– Alors comme ça, vous êtes des bleus ? leur jeta-t-il. Vous n'avez jamais assisté à une autopsie ?

– Mais si, bien sûr, s'offusqua Bennis.

– Pendant ma formation, une fois, et deux fois quand il m'est arrivé de remplacer un inspecteur de la criminelle, informa Figueroa.

– Ainsi vous êtes des spécialistes, hum ?... Allez, je vous fais marcher, je suis un peu taquin. Depuis vingt-deux ans que je suis dans la partie, j'en apprends encore tous les jours. Au fait, si jamais vous tombez un jour sur un légiste qui prétend tout savoir, prenez vos jambes à votre cou. C'est un danger public. Des types comme ça, ça vous envoie des innocents en taule. Fiez-vous toujours aux résultats, d'accord ? Mais assez bavardé...

Le Dr Percolin examina le cadavre avec minutie, s'aidant d'une loupe si nécessaire. Puis il demanda à son assistant de prendre des photos avec un Polaroïd Cu-5 macroscopique de certaines parties du cadavre, dont le nez. Après quoi, ils retournèrent tous les deux le pauvre homme. Une fois qu'ils eurent trouvé ce qu'ils cherchaient – des signes de congestion hypostatique –, ils le remirent sur le dos et le médecin commença à dicter son rapport dans son micro-cravate relié à un magnéto qu'il actionnait à l'aide du pied :

– Homme de race blanche souffrant de dénutrition, un mètre quatre-vingts, soixante et onze kilos, cheveux gris, yeux bruns. Mâchoire et cou encore raides. Cicatrice d'appendicectomie, taille et dispositions normales...

Suze ne distinguait pas la moindre trace d'une blessure récente sur le corps, hormis quelques égratignures sur le nez, que le médecin avait archivées. La cause de la mort n'était pas évidente.

– ... Congestion hypostatique normale étant donné la position couchée sur le dos...

Percolin arrêta l'enregistrement pour leur montrer le visage du mort :

– Strangulation, c'est mon avis. Regardez ça...

– C'est sale.

– J'aurais dû dire plutôt sentez-moi ça, corrigea Percolin.

– C'est déjà fait.

Le corps dégageait une odeur de pomme mûre et de sueur, en plus du parfum de la mort, excréments et pisse. Le Dr Percolin, cependant, avait collé le nez contre le cou du cadavre. Bennis se pencha à son tour. Le menton du vieux était posé sur son torse crasseux. À l'instant même, un insecte, tout ce qu'il y avait de vivant, sortit de dessous son aisselle gauche.

– Bouh ! s'exclama Bennis.

Le médecin haussa les épaules :

– Il a dû trouver que l'ambiance s'était réchauffée. Ces bestioles se tiennent toujours tranquilles dans le frigo.

L'insecte tomba par terre. Le médecin et son assistant ne lui jetèrent même pas un regard.

– Bien, procédons avec méthode. Regardez le corps dans son ensemble, continua le médecin.

Suze écarquilla les paupières. Les poils du pubis étaient souillés d'une espèce d'une matière jaune granuleuse, peut-être de l'urine ? Les chevilles étaient recouvertes d'une couche de saleté gris marron, surtout au-dessus de la ligne des chaussettes.

– C'est drôle, dit-elle au médecin, ses mains et son visage sont propres. Il a une barbe de trois ou quatre jours, mais la peau est rose dessous.

– Bon, d'accord, il a fait ses ablutions, partielles certes, mais enfin... Ça nous avance à quoi ? objecta Bennis.

Le Dr Percolin hocha la tête :

– Un mauvais point pour vous. Vous êtes enquêteurs, n'oubliez pas.

– Bien, alors, éclairez ma lanterne.

– Je ne peux que vous répéter : sentez-moi ça.

En râlant, Bennis se pencha et renifla d'abord le visage, puis les mains. Ensuite ce fut le tour de Figueroa.

– Mais... C'est pas la même odeur ! s'exclama-t-elle.

– Exactement ! opina le médecin légiste en la gratifiant d'un large sourire. Et qu'en déduisez-vous ?

– Il s'est lavé les mains avec du savon liquide bon marché comme il y en a dans les toilettes publiques. Je reconnais tout à fait ce parfum.

– Et le visage ?

– On croirait une de ces serviettes imbibées qu'on distribue parfois dans certains restaurants. Au citron vert...

– Bravo.

– Mais pourquoi ne pas se laver les mains et le visage avec le même savon ?

– Ah, voilà la question.

Le Dr Percolin s'employa ensuite à placer un cube sous le cou du mort, lui renversant légèrement la tête en arrière et révélant une longue et étroite marbrure jaune brun, sèche comme une feuille morte, en travers de sa gorge – une trace jusqu'ici dissimulée par les rides de la peau relâchée du cou.

– Comment savez-vous qu'il a été étranglé ?

– J'aimerais vous répondre que j'ai un don de double vue. Il a le visage tuméfié. Ce n'est pas très visible parce qu'il est vieux, mais enfin... Et regardez ses yeux, tous ces petits vaisseaux qui ont pété, là, dans le blanc, poursuivit le médecin en soulevant les paupières. Des hémorragies pétéchiales, c'est comme ça qu'on les appelle. Il y en a aussi dans l'iris, mais on voit mieux dans le blanc... et sur le visage, regardez...

– Je vois. Si la victime a été pendue ou étranglée, vous repérez ces hémo...

– Non, coupa le médecin, pas pendue. Étranglée. Si la victime a vraiment été tuée par pendaison, elle est tombée d'une certaine hauteur, forcément. Le choc est si brutal, que les artères du cou se ferment instantanément. Mais quand vous étranglez quelqu'un, les artères profondes, celles qui remontent le long de la colonne vertébrale, continuent de pomper, tandis que les veines qui distribuent le sang se trouvent comprimées, si bien que le sang se trouve coincé.

– Et que la pression monte.

– Oui. Maintenant, regardez bien ce sillon autour de son cou, il n'en parcourt que les trois quarts de la circonférence. La nuque ne porte pas la moindre trace.

– Il a été étranglé par-derrière ? avança Figueroa.

– Tout à fait. Et nous allons lier cela aux écorchures de son nez.

– Il a été étranglé après avoir été jeté par terre !

– Ou maintenu par terre, corrigea le légiste. La corde autour de son cou, vous avez raison, a été tirée par-derrière. Il s'est peut-être débattu... Vous êtes du genre forte en thème, si je comprends bien ? taquina-t-il en se tournant vers Figueroa.

Suze haussa les épaules :

– J'aimerais bien travailler à la criminelle, c'est vrai.

– Eh bien, pourquoi pas ? Après tout, on n'a qu'une vie, acquiesça le Dr Percolin en retournant à son cadavre.

D'un geste sec, avec un long scalpel, il effectua une incision en Y sur le torse : depuis chaque épaule jusqu'au sternum, puis tout droit jusqu'au pubis. Pendant qu'une odeur de viande se dégageait du corps, le légiste, en fredonnant, ouvrit la cage thoracique et retira les différents organes pour les poser sur le plateau que lui présentait son assistant. Il coupa le péricarde, la membrane qui entoure le cœur, et fouilla dans les poumons à la recherche de caillots.

— Il a le cœur plutôt en bon état, pour un vieil ivrogne, commenta-t-il. Il aurait pu vivre encore un bon nombre d'années, pauvre bougre.

Figueroa était impressionnée. Le Dr Percolin ne se conduisait pas avec ce détachement moqueur qu'avait montré son professeur de médecine légale à l'école de police. Il ne considérait manifestement pas ce qu'il avait devant lui sur la table comme un morceau de viande, mais comme l'enveloppe de ce qui avait été un homme. Si seulement il arrêtait de chantonner ces airs country... Curieusement, ses chansons devinrent de plus en plus mélancoliques, puis les notes s'espacèrent. Figueroa se demanda ce qui se passait. Quoi qu'il en soit, il ne laissait rien filtrer au fil des commentaires dont il nourrissait son dictaphone. Arrivé au système digestif, il vida l'estomac de son contenu.

— Il n'avait rien mangé. Juste bu. De l'alcool. À l'odeur, on dirait du whisky, du scotch. Qu'en pensez-vous, officier Bennis ?

— Du scotch, et du meilleur, acquiesça Bennis qui était un connaisseur.

— Je crois que vous avez raison. Un grand scotch. Ce qui est un peu bizarre, vous m'avouerez, quand on a en tout et pour tout quatre-vingt-huit cents en poche...

Était-ce cette histoire de scotch qui avait rendu le légiste aussi songeur ? Non, il était devenu beaucoup plus grave bien avant cette découverte...

— Bien, continua le Dr Percolin, il avait un ulcère à l'estomac. Cela n'a rien d'étonnant quand on boit autant sans s'alimenter.

Il trouva aussi un début de cirrhose. Pas d'appendice, ce qui collait avec la présence de la cicatrice. Percolin préleva un peu de sang et d'humeur vitrée pour vérifier la présence de substances toxicologiques et d'éthanol. Plus quelques échantillons de tissu, d'estomac et d'intestin.

– Vous pouvez rassembler les morceaux, Jimmy, lança-t-il à son assistant. Vous avez déjà relevé les empreintes, n'est-ce pas ?

– Naturellement.

– J'en aimerais bien, moi aussi, une copie, avança Bennis. Je voudrais faire des recherches dans le système automatique d'identification des empreintes digitales de l'AFIS et du FBI.

– Bon, alors, ça y est, on a fini ? s'impatienta Figueroa.

– Ici, oui, opina Percolin. Les analyses toxicologiques prendront une bonne semaine.

– C'est trop long ! décréta-t-elle en se disant que d'ici là, ils seraient, Bennis et elle, retournés patrouiller dans les rues de Chicago.

– Ne vous inquiétez pas, officier Figueroa. Je doute qu'elles nous apprennent autre chose. Je crois que vous tenez l'essentiel.

– D'accord, docteur. Alors, qu'est-ce qui vous chiffonne ?

Un sourire éclaira soudain son visage, un sourire un peu gêné d'homme pris au dépourvu.

– Vous me plaisez, Figueroa, lui assura-t-il. Vous avez du bon sens.

– Merci. Donc ?

– Je vais vous dire ce que je vais faire. Jimmy, allez me chercher des éprouvettes et un peu d'eau stérile.

L'assistant apporta plusieurs paquets scellés. Le médecin changea de gants de chirurgien, puis, après avoir ouvert un tube en plastique, posa celui-ci à côté de l'épaule du mort. Ensuite, il déchira un sachet contenant une compresse de gaze. L'assistant versa de l'eau sur la gaze au-dessus de la main de Percolin. Celui-ci essuya ensuite avec la compresse mouillée un côté de la partie propre du visage du mort. Aussitôt, il fourra le bout de tissu dans le tube et le referma. Il répéta l'opération de l'autre côté du visage. Puis sur le front.

– On verra si le labo trouve ce dont on s'est servi pour lui laver la figure. Il y a plusieurs méthodes qui permettent de détecter des traces infimes de substances chimiques. En partant de l'hypothèse que tout ne s'est pas évaporé. Qui sait ? Le tout, c'est d'avoir une idée du produit.

– Vous voulez parler du produit dont le mort s'est servi pour se débarbouiller ? avança Suze.

– Non, quelqu'un d'autre.

– Le meurtrier a lavé la figure de sa victime ? s'écria presque la jeune femme.

– Je ne pense pas que ce puisse être un passant comme vous ou moi, si ?

– Non, acquiesça Bennis, bien sûr que non. Mais pourquoi ? Comment peut-on avoir une idée aussi biscornue ? Vous ne croyez pas plutôt qu'il s'est lavé les mains, mettons dans une gare routière, puis qu'il a trouvé ces lingettes pré-imprégnées par exemple là où il a acheté son scotch, des lingettes...

Percolin fit la grimace :

– Pour tout vous avouer, je suis tombé sur une affaire singulière il y a une semaine, ou dix jours, je ne sais plus. Il s'agissait d'un sans-abri. Il a été étouffé avec les vêtements qu'il transportait partout avec lui dans un sac. Pas trace d'étranglement. Et il avait les mains sales. Mais son visage avait été lavé, et dégageait la même odeur que celui-ci.

De retour dans leur voiture de patrouille, Bennis, qui avait pris d'office le volant, jeta à sa passagère d'un ton faussement dégagé :

– À ton avis, le toubib croit à un tueur en série ?

– Avec une série de deux ? ironisa Figueroa. Je n'en sais rien.

– Il pousse pas un peu ?

– Un tueur qui lave la figure de ses victimes. C'est dingue...

– Et alors ? Les tueurs, en général, c'est ce qu'ils sont, des dingues ! fit remarquer Bennis.

– Quelqu'un a nettoyé la figure de ces deux hommes.

– Ta, ta, ta ! Ils se sont lavé eux-mêmes la figure !

– Attends voir ! s'exclama Figueroa. Il y a un moyen de savoir si c'est le tueur qui a lavé le visage du mort... On n'a qu'à revoir tous les objets découverts sur le lieu du crime.

– Et on cherche quoi, au juste ?

– La lingette parfumée au citron. Les gars de la police scientifique ramassent tout ce qui traîne sur le site. Si elle se trouvait près du corps, de deux choses l'une : soit la victime a fait un brin de toilette avant de mourir, soit le tueur est un vrai maniaque et l'aura laissée tomber là. Mais si on n'a pas retrouvé de lingette, alors c'est que le tueur l'a emportée, et que c'est un maniaque intelligent !

– Hé, dis-moi, c'est pas bête ce que tu racontes là... Ah, mais, minute ! Tu vas trop vite en besogne. La victime a très bien pu se laver la figure ailleurs.

Figueroa se tapa sur la cuisse en s'exclamant :

– Ah ! Merde ! C'est vrai !

Un silence morose se prolongea quelques pénibles minutes. Puis Suze avança :

– Il y a un moyen de le savoir !

– Lequel ?

– Arrête la voiture. Je vais téléphoner au Dr Percolin.

– Prends mon portable.

– Le nez de la victime a été écorché alors que le tueur l'étranglait au sol, par derrière. Bien. Si c'est le pauvre type qui s'est débarbouillé tout seul, la blessure sur son nez devrait être souillée. Mais si elle est aussi propre que le reste de son visage, on tient un solide indice !

9

– Voilà le dossier de l'affaire précédente, déclara le sergent Mossbacher en faisant glisser sur son bureau une chemise brune vers Bennis et Figueroa. Un sans-abri du nom de James Manualo. Son corps a été retrouvé au fond d'une ruelle sous le métro aérien, le 21 mai au matin. Il avait sans doute été assassiné quelques heures plus tôt. Mais ça m'étonnerait que ça vous mène quelque part.

– On aimerait revoir les dépositions sur cette affaire à la lumière du nouveau meurtre.

– Comme vous voudrez. Mais deux enquêteurs expérimentés ont déjà travaillé là-dessus une semaine.

– À plein temps ? Pendant toute une semaine, vraiment ?

– De toute façon, nous avons plus de renseignements maintenant, argua Figueroa. Nous avons un nouveau meurtre sur les...

Elle laissa sa phrase en suspens : un hurlement venait de s'élever dans le couloir. En un clin d'œil, ils bondirent tous les trois vers la porte. Bennis et Mossbacher, qui n'étaient ni l'un ni l'autre des poids plume, eurent un peu de mal à la franchir en même temps ; Figueroa dut pousser son équipier dans le dos pour l'aider à se dégager.

Quelques secondes plus tard, ils déboulèrent au pas de course dans le hall d'entrée, la main sur le holster, prêts à dégainer. Dès qu'ils virent ce qui se passait, ils se détendirent. Debout au milieu de la salle, une secrétaire hurlait à pleins poumons. À genoux devant elle, un homme, manifestement un gars de la maison en civil, était en train de rendre tripes et boyaux sur le carrelage.

Un deuxième homme accourait vers lui.

— Stop ! aboya Mossbacher. Godfrey, ne t'approche pas de lui !

— Mais on ne peut pas le laisser comme ça ! protesta l'autre en s'immobilisant tandis que le malade se relevait tant bien que mal.

— Godfrey ! Tire-toi ! Paul ! Assieds-toi ! N'essaye pas de te lever ! continua de grogner Mossbacher. Anne, appelez une ambulance...

— Je n'ai pas besoin d'aide, ça va très bien, gémit le dénommé Paul.

Comme Godfrey faisait de nouveau mine de vouloir se porter au secours de son collègue, Mossbacher reprit :

— Ce n'est pas la peine que tout le monde attrape cette saloperie !

— Je veux pas aller à l'hôpital, je vais très bien, je vous assure, répéta le malade.

Il n'avait pas plus tôt prononcé ces mots que ses yeux roulèrent dans leur orbite et qu'il s'affaissa sur lui-même.

— Bennis, Figueroa, qu'est-ce que vous attendez ?

— On pourrait peut-être faire quelque chose, avança Bennis.

— Ce que vous pouvez faire, c'est prendre votre dossier sous le bras et aller voir ailleurs ! glapit Mossbacher, de plus en plus exaspéré. Toute cette histoire pour deux clodos !

— Allons éplucher ce dossier au Furlough, proposa Suze. Et il faut téléphoner au toubib.

— Tu es folle ou quoi ? On peut pas aller boire un verre pendant les heures de service !

— OK. Va pour la cafète.

Ils s'installèrent à une table coincée entre le distributeur de café et le distributeur de chips.

– Tu sais, ce type qui s'est écroulé tout à l'heure devant nous...
Tu crois qu'un colibacille peut mettre autant de temps à se
déclarer ? questionna Figueroa.

– La moyenne est de vingt-quatre heures, mais ça peut mettre
plus longtemps.

– Quand ça met plus longtemps, ça signifie que c'est plus
grave ou moins grave ?

– Avec *E. coli* 0517:H7, c'est toujours grave, parfois mortel
même, énonça Bennis d'une voix lugubre.

– Comment se fait-il que tu saches toujours tout ? se plaignit
Figueroa, histoire de lui remonter le moral.

Elle laissa Bennis quelques minutes pour aller téléphoner au
médecin légiste. À son retour, elle arborait un large sourire.

– Alors ? la pressa Bennis.

– Oui, les égratignures sur le nez du mort sont *propres*.

– Merde ! Le tueur l'a soûlé. Il l'a jeté à terre sur le ventre
puis l'a étranglé, et ensuite, il lui a lavé la figure ! Un sadique !
Quelle lâcheté !

– Oui, un vrai malade mental en tout cas, opina Figueroa dont
le sourire avait cédé la place à une moue de profond dégoût.

À cet instant, le sergent Touhy entra dans la cafétéria, l'œil
rivé sur le distributeur de barres chocolatées et autres friandises.
Mais voyant Bennis et Figueroa, elle se figea et les interpella
d'une voix rude :

– Qu'est-ce que vous faites là ?

– On bosse, se défendit Suze en montrant du doigt les papiers
étalés sur la table devant eux.

– Ah, bien, acquiesça Touhy en contemplant le contenu du
dossier.

Figueroa la regarda pour sa part d'un air interloqué. Que lui
arrivait-il ? Cela ne lui ressemblait pas de se satisfaire de si peu,
de ne pas les houspiller rien que pour la forme.

– Qu'est-ce qui ne va pas, sergent ? lança donc la jeune
femme.

– Un inspecteur est mort. *E. coli* a provoqué chez lui une insuffisance rénale aiguë.

– Un type jeune, cheveux noirs, maigre ? énuméra Figueroa qui songeait au gars qui s'était écroulé tout à l'heure sous leurs yeux.

– Non. Il avait cinquante-huit ans... J'ai fait équipe avec lui pendant un an, à mes débuts dans la police.

Figueroa fut prise d'un frisson. Les choses allaient de mal en pis. Si maintenant Touhy elle-même se mettait à avoir du cœur ! On pouvait s'attendre à tout... Pourquoi pas du caviar et du chablis à la cafète ?

10

— Dis, Morty, pourquoi tu t'es rangé ? interrogea Mileski en s'accoudant au comptoir.

— Bah, tu sais bien.

Contrairement à son associé Corky, intarissable bavard, le taciturne Morty pesait ses mots. Ils étaient une dizaine ce jour-là, au Furlough Bar, après le deuxième service.

— Non, je voudrais savoir, insista Mileski.

— C'est pas intéressant.

— Mais si, on veut tous savoir !

Les autres émirent des « Mmm » et des « Oui, oui ».

— Bon, j'en ai eu marre de me faire pisser dessus.

— Par les chefs ? Par les gens de la rue ?

Morty se contenta de hausser les épaules.

— Il faut nous raconter, intervint Figueroa. Maintenant que tu nous as alléchés, il faut aller jusqu'au bout.

Le barman lui adressa une affreuse grimace.

— C'est vrai, j'en ai eu marre de me faire pisser dessus. Ç'a été ma dernière affaire. J'étais pas enquêteur, juste flic de patrouille. Je ne demandais rien à personne, quoi. Le 19ᵉ District. Et puis un jour, le central m'appelle : je dois me rendre à telle adresse pour vérifier que tout va bien.

Il s'interrompit. Trois voix en chœur :

— Allez, continue !

— Bon, bon, grommela Morty. Le central me donne l'adresse

d'un immeuble. Il s'agit d'une femme. J'y vais. Ah, on n'avait plus à se demander si elle allait bien !... Une gamine, vingt ans tout au plus, dans sa chambre, morte depuis au moins trois jours ; avec la canicule, elle était toute gonflée. Sa mère n'arrêtait pas de me tourner autour en chialant et en se tordant les mains. Mais j'ai vu le sang sur les draps et sa chemise... J'ai téléphoné au central.

— Et alors ?

— Ils savaient sûrement qu'elle était morte depuis longtemps. Tu vois, ils vivaient tous entassés dans cet appartement. À sept. La mère, le père, la fille, quatre frères. Je me suis dit, ils ont attendu que l'odeur devienne insupportable pour nous appeler. Et les frères qui n'avaient à la bouche que « putain » et « et merde »...

— Origine ? interrogea Bennis.

— Europe de l'Est. Les parents parlaient avec un accent et les enfants, leur espéranto, c'était « putain » et « et merde »... Bon, eh bien, je ferme la porte de la chambre tellement ça pue et je vais patienter dans le couloir. Je passe devant les quatre frères, et qu'est-ce qu'ils font ? Je vous le donne en mille... Ils descendent leur braguette et me pissent dessus !

Silence de mort. Figueroa le rompit :

— Pourquoi tu ne les as pas arrêtés ?

— Tout seul ? De toute façon, quand les collègues sont arrivés, tu penses, les autres connards, ils s'étaient envolés. Et puis les arrêter pour quoi ?

— Pour insulte à agent ? proposa Kim Duk.

— C'est ça, pour devenir l'agent insulté par deux paires de zobs. Ça m'aurait fait une belle jambe !

— Oui, mais on ne peut pas laisser...

— Écoute, j'avais déjà écopé vingt ans. Ç'a été la goutte qui a fait déborder le vase.

Sainte-Nibois choisit ce moment pour intervenir :

— Pourquoi ils t'ont si mal traité ? Ils avaient tué leur sœur ?

Morty haussa les épaules, puis décida qu'il leur concéderait quelques mots supplémentaires :

– Non. C'est son petit copain qui l'avait butée. À coups de couteau.

– Alors, pourquoi ?

– Primo, ils pouvaient pas sacquer les flics. Deuzio, si on coffrait le petit copain, il leur échappait.

– Leur échappait ?

– Ils ne croyaient pas dans l'efficacité de la justice. Ils comptaient s'occuper de lui à leur manière.

Figueroa quitta le bar largement à temps pour aller faire des courses pour le dîner sur le chemin du retour. Elle ne trouva pas de place pour se garer à moins de trois pâtés de maisons de chez elle, devant une demeure peinte en rose saumon et bleu. Attention aux mauvais coups du sort...

Je ne suis pas aussi superstitieuse que ça, quand même, se dit-elle en marchant sur le trottoir, chargée de ses deux sacs à provision. *Ça me distrait sur la route du retour, voilà tout.*

Robert, bien entendu, rangeait sa voiture dans le garage, mais ce dernier était si délabré qu'un de ces jours, une rafale de vent ou une tempête de neige aurait raison de ses planches disjointes... et Suze préférait que ce jour-là, ce soit la voiture de Robert et non la sienne qui se trouve en dessous.

Il était presque 17 heures. Après avoir déposé les sacs en papier sur la table de la cuisine, elle procéda au désarmement routinier de son revolver. Elle passa la tête dans la chambre de Sheryl. Cette dernière émit un « Oumpf ! » que Suze ne sut pas interpréter à la lettre, mais dont elle comprit l'esprit quand elle vit sa sœur se détourner pour cacher ses yeux mouillés de larmes.

Suze recula vivement en disant :

– Je suis en nage, je vais me rafraîchir un peu... Je reviens dans cinq minutes.

Une fois dans sa propre chambre, elle jeta sa veste sur le fauteuil et entra dans la salle de bains pour s'asperger le visage d'eau froide, comme si en se débarbouillant, elle pouvait effacer les huit heures passées dans la voiture de patrouille, l'agressivité de tous ces gens, des gens qui lui faisaient pitié, des drogués, des alcooliques, des déchets de l'humanité... Elle se lava aussi les mains, naturellement, comme elle l'avait déjà fait plusieurs fois dans la journée, afin de prévenir tout risque de contagion : il lui arrivait d'être en contact avec des personnes susceptibles d'être tuberculeuses, pour ne prendre qu'un exemple. Elle avait même peur d'attraper la grippe, pas tellement pour elle, mais pour Sheryl, qui dans son état, avait un taux d'immunité très bas. Et puis, bien sûr, elle pensait aussi à Maria, à Kat, à Jay-Jay.

Elle prit le savon. Il était humide ; humide sur le dessus, mouillé dessous.

Curieux, se dit-elle. Alma ne monte jamais à cet étage. Suze faisait son propre ménage et celui de Jay-Jay. Et de toute façon, le nettoyage et le repassage n'étaient pas compris dans les attributions de la garde-malade. Elle était là uniquement pour s'occuper de Sheryl. Jay-Jay et les filles étaient partis à 8 h 45 ce matin ; Suze les avait déposés elle-même à l'école sur le chemin du boulot. Robert avait attendu l'arrivée d'Alma à 8 heures, mais il se servait de la salle de bains du premier. Alors, qui pouvait bien être monté ici cet après-midi ?

Suze descendit s'en enquérir auprès d'Alma tout en se disant qu'elle ne devait pas avoir l'air de la critiquer. Mais une fois en bas, elle se rappela la tristesse qu'elle avait perçue chez Sheryl tout à l'heure. Elle trouva sa sœur penchée en avant et agitant sa jambe droite comme si elle voulait se lever. Le mystère du savon mouillé lui sortit tout à fait de l'esprit.

23 h 35

La vieille au Caddie hésita au coin de la 11ᵉ Rue et de Wabash Avenue. De l'endroit où elle se trouvait, elle scrutait l'obscurité qui régnait sous le bâti métallique du métro aérien, le « El », qui passait derrière le quartier général de la police, le long de Holden Court. C'était aussi le raccourci qu'empruntaient les flics pour se rendre au parking. Ce passage, ayant subi pendant de nombreuses années l'alternance destructrice des gels de l'hiver et des chaleurs torrides de l'été, ne gardait qu'un souvenir lointain de son ancien revêtement : des plaques de goudron s'affaissaient dans des ornières qui parsemaient la chaussée comme des trous d'obus. Pour les éviter, les voitures la parcouraient en zigzaguant. Les trottoirs, eux, appartenaient au peuple des sans-abri. Au pied des piliers de métal, ils avaient dressé des baraques à partir d'immondices.

La vieille était venue jusqu'ici à cause des bouteilles et des cannettes qu'on y trouvait en cherchant un peu. Les flics, avant d'arriver au parking, jetaient presque toujours par la fenêtre de leur voiture la boisson alcoolisée qu'ils avaient à la main – surtout des cannettes –, histoire d'avoir l'air professionnel, sans doute, se disait-elle en plissant les yeux pour s'habituer aux ténèbres. L'ennui, c'était que le métro interceptait la lumière des réverbères. La ruelle ressemblait à un tunnel noir.

Mettons qu'elle trouve quelques cannettes, elle allait pouvoir les revendre pour quelques cents au centre de recyclage et avec cette maigre recette s'acheter une bonne boutanche. Elle recompta la récolte cliquetante dans le sac perché sur le Caddie : vingt-neuf, trente... trente et une... Et patatras ! la montagne s'écroula. Peu importait. Elle avait assez d'expérience en la matière pour savoir qu'il lui fallait quelques cannettes de plus.

Elle poussa le chariot dans l'allée. Il lui était difficile d'éviter les ornières dans la nuit. Chaque fois qu'elle en devinait une, elle appuyait sur le manche de manière à soulever les roues avant de la voiture et à laisser les roues arrière glisser dans le trou. Comme dans le temps quand elle promenait Danny dans sa poussette. Quel âge ça lui faisait, maintenant ? Vingt-cinq ans ? Trente ? Où vivait-il ? Était-il marié ? Avait-elle des petits-enfants ? Une petite-fille ? Elle aurait tant aimé avoir une petite-fille...

Il lui arrivait parfois de s'étonner en constatant que des pans entiers de sa vie s'étaient effacés de sa mémoire. Elle se souvenait d'avoir été une enfant, ça elle s'en souvenait très bien. Des choses très précises lui revenaient sans crier gare, comme si elles s'étaient passées tout à l'heure. Le jardin sous la neige, l'odeur du ragoût qu'avait fait cuire sa mère un jour qu'elle n'avait pas été à l'école à cause du blizzard. En revanche, ces quinze, vingt dernières années...

Soudain, le métro au-dessus de sa tête fit entendre un rugissement assourdissant qui lui vida l'esprit de toute pensée. De la suie tomba en pluie autour d'elle. À croire qu'elle était enfermée dans la cage thoracique d'un dinosaure d'acier. C'est alors qu'elle aperçut, non loin d'un pilier, cinq ou six cannettes de Bud Light. Elle éclata d'un rire joyeux, se dépêcha d'aller les ramasser pour les déposer dans son sac. Puis, à quelques pas, une lueur fit scintiller le verre de deux bouteilles au fond d'une ornière. *Pourvu qu'elles ne soient pas cassées*, se dit-elle en s'avançant. Ces salauds ne voulaient jamais les reprendre quand elles étaient cassées.

Les bouteilles étaient toutes les deux brisées. Elle enfouit son visage entre ses mains et après avoir pleuré un peu, essuya ses larmes, maculant ses joues et son nez de bandes noires de crasse. Puis elle aperçut une silhouette à contre-jour, debout, à quelques mètres du côté de la rue éclairée.

— Une dame ne pleure jamais, dit une voix.

— Je pleure pas.

— Si, vous pleuriez. Mais j'ai là quelque chose qui va vous faire du bien. Regardez.

Sans aucun doute possible, c'était bien une bouteille qu'il tenait à la main, une bouteille pleine d'un liquide ambré qui chatoyait dans la faible clarté. Un alcool de luxe... Il pencha la bouteille d'un côté puis de l'autre. Son contenu fit un ravissant clapotis.

— Et si on s'offrait une petite fête ? proposa la silhouette en ombre chinoise. Ça vous consolera.

MERCREDI

11

Extrait de *Boul Mich Beat*, de Mike Rocco
Chicago Today, mercredi 1er juin

Le conseil municipal, dans sa grande sagesse, a décidé de s'atteler au problème des sans-abri. Le conseiller Ed Voladivic a amorcé le débat par cette petite phrase : « Pourquoi s'inquiéter ? Nous sommes en été. Les clochards n'ont pas froid. » Et son alter ego, Cordell Wasserstrom, de renchérir : « Je paie des fortunes pour que mes gosses aillent camper dans les bois. Alors où est le problème ? »

Eh bien, moi, je vais vous dire où il est, le problème, messieurs. Nous n'avons peut-être pas tous envie de faire du camping. Et encore moins de dormir sur les trottoirs de Lower Wacker.

Vous aimeriez, vous, poser la tête sur un oreiller en ciment ? Et si le bitume de Chicago est si splendide que ça, on se demande pourquoi le Holiday Inn et le Palmer House ne font pas faillite !

Louons à prix d'or quelques mètres carrés de trottoir aux touristes, pendant que nous y sommes ! C'est moins cher sur LaSalle Street. Envoyez vos enfants passer la nuit à Grant Park ; il y a des réductions pour les moins de douze ans.

L'argent coulera à flots dans les caisses de la ville, non ?

Bennis reçut l'appel à 3 h 21. Inutile de dire qu'il n'était pas enchanté, mais il se rendit néanmoins aussitôt sur le lieu du crime d'où il téléphona à Figueroa.

— Sous le « El », près de la 8ᵉ Rue, lui indiqua-t-il. Tu ne peux pas le louper. C'est éclairé comme à la fête foraine...

— J'arrive.

Suze enfila en toute hâte son uniforme, sans oublier son holster et tous ses accessoires, puis elle descendit au premier pour avertir Robert que la sonnerie n'avait pu réveiller, vu qu'elle disposait d'une ligne privée dans sa chambre.

— Qu'est-ce qu'il y a ? hurla-t-il quand elle eut cogné trois fois à la porte de son beau-frère.

— Une urgence. Il faut que j'y aille.

— Tu es obligée de me réveiller ?

— Je compte sur toi pour t'occuper des enfants.

— Oh, et puis merde !

— Écoute, tu n'as pas besoin de leur préparer un énorme petit déjeuner. Des céréales feront amplement l'affaire.

— Bon, bon.

— Tu n'as pas besoin non plus de leur préparer des sandwiches. Donne-leur juste un peu d'argent pour s'en acheter à la cafétéria. Et si je ne suis pas de retour avant 7 heures, il faudra que tu les conduises à l'école.

— Mouais.

— N'oublie pas de téléphoner à la surveillante pour l'avertir que les enfants seront en retard parce que tu dois attendre l'arrivée de Mlle Sturdley à 8 heures.

— Merde !

— Désolée.

Il sait parfaitement tout ça. Mais il ne résiste pas à la tentation de jouer les martyrs. Je me demande pourquoi je m'excuse.

Suze descendit au rez-de-chaussée sur la pointe des pieds, une précaution a priori inutile, puisque les enfants dormaient en général comme des loirs ; mais ils avaient l'art de se réveiller quand on avait justement envie qu'ils dorment. Arrivée en bas, elle entendit un bruit. Sheryl ? Sa sœur s'agitait beaucoup la nuit. Pourtant le son ne semblait pas provenir de sa chambre. Plutôt de la cuisine. Mais quand elle la traversa pour sortir, elle ne vit rien d'anormal. Sans doute une souris ou un rat. Un voisin prétendait que toutes ces vieilles baraques en étaient infestées. Suze ne partageait pas cet avis. Mais elle n'en frissonna pas moins à la pensée qu'un de ces rongeurs pouvait ramper à l'intérieur des murs, à quelques centimètres d'eux. Des rats aux dents jaunes et aux vilaines queues poilues vivant à vos côtés à votre insu, se glissant sous les meubles quand vous dormez. Horrible.

Une fois dans la rue cependant, elle oublia son irritation à l'égard de son beau-frère et sa terreur des rats, tant était vive sa curiosité à l'égard du meurtre dont Bennis lui avait dressé un profil rapide au téléphone. Quand elle se gara dans le parking du quartier général de la police, sur State Street, son cœur battait plus fort que d'habitude.

L'officier Harry Pressfield faisait partie du premier service, de 23 à 7 heures. En général, Bennis et Figueroa le croisaient dans les vestiaires. C'était Pressfield qui avait découvert le corps sous le « El » à 3 heures du matin, alors qu'il rentrait prendre un café au poste du 1er District. Figueroa n'eut aucun mal à trouver le lieu du délit. Un essaim de flics s'y trouvait agglutiné. Il était 4 heures du matin. Bennis se tenait penché sur un tas de haillons.

Mossbacher était là, lui aussi, l'air d'être tombé du lit, le nez et les yeux rouge vif. Était-il alcoolique ? se demanda Suze. Insomniaque ? Stressé ?

La victime était une femme. Ce qui n'était pas évident à première vue, tant elle était enfouie sous des couches de vêtements unisexes. Et curieusement, Figueroa était surprise : elle ne s'attendait pas à tomber sur une femme. Il est vrai qu'on retrouvait de temps à autre une prostituée refroidie dans ce quartier. Mais si rarement...

En plus, il s'agissait cette fois d'une femme âgée. Emmitouflée comme en plein hiver par cette chaleur... Un manteau en cachemire largement troué aux deux coudes dont l'ourlet déchiré était noir de crasse, une chemise à fleurs de couleur indéterminée, une tunique violette en lambeaux, et un pantalon de ski vert pomme. Le tout huileux et d'une saleté repoussante. Figueroa se rappela aussitôt un exposé sur le Moyen Âge, à l'école, au cours duquel elle avait expliqué que les pauvres empilaient les vêtements les uns sur les autres, laissant les anciens pourrir sous les nouveaux jusqu'à ce qu'ils s'effilochent et tombent comme des feuilles mortes. Elle revit en esprit les expressions horrifiées de ses camarades de classe qui n'imaginaient pas la vie sans machines à laver, et à qui on achetait des habits neufs dès que les vieux avaient un trou. Mais ce qu'elle avait là, sous les yeux, semblait l'incarnation moderne d'un spécimen surgi des bas-fonds médiévaux.

Les cheveux de la vieille, gris et clairsemés, étaient eux aussi graisseux, raidis par la crasse. Au bout de ses bras, rigides comme des bouts de bois, ses mains étaient couvertes de poussière. Ses yeux, à moitié fermés, enfoncés dans leur orbite. Ses chevilles barbouillées.

Mais son visage, en revanche, était propre.

Mossbacher grogna « Figueroa », comme s'il disait « bonjour » ou « comment allez-vous ? », puis ils se dirigèrent tous les deux vers le deuxième policier en tenue, une femme que Figueroa avait vaguement l'impression de connaître. Mossbacher lui fit signe, lui montrant où il souhaitait qu'elle pose le ruban jaune du périmètre de sécurité. Elle en attacha un bout à un poteau télégraphique, traversa la ruelle et enroula plusieurs fois la bande autour d'un pilier du métro aérien. Après quoi, elle longea sur toute sa longueur une section de grillage dont les mailles étaient trop serrées pour qu'elle pût y passer son ruban, si bien qu'elle se servit pour tisser son périmètre des déchirures dans la barrière. Puis, une fois que le tour fut complet, elle sortit deux pancartes INTERDIT SAUF AUTORISATIONS SPÉCIALES qu'elle s'empressa de scotcher, le premier, derrière le corps, sur le poteau télégraphique, le second côté sud, sur le mur de brique d'un immeuble d'habitation.

Sur ce, Figueroa et Bennis allèrent examiner le corps. La victime était étendue sur le dos, les jambes légèrement repliées, un bras posé sur la poitrine, l'autre allongé le long du corps. À quelques mètres, un Caddie garni de bouteilles et de cannettes.

Un technicien de la police scientifique – un quadragénaire au crâne presque rasé vêtu d'un Levi's et d'un coupe-vent kaki – tournait autour de la morte, la mitraillant de son appareil photo. Estimant enfin qu'il avait ce dont il avait besoin, il rangea son appareil dans un sac en toile bleue et ouvrit une mallette noire.

– Vous pourriez photographier de près le chariot ? demanda Bennis.

– Vous êtes qui, au juste ? rétorqua le technicien, manifestement exaspéré.

– Officier Bennis.

– Je n'obéis pas aux officiers de voie publique.

– L'officier Figueroa et moi sommes chargés de l'enquête. Vous savez ce qui est arrivé aux inspect...

– J'en ai entendu parler, coupa le technicien. Mais croyez-en ma vieille expérience, vous n'avez pas besoin de photos du Caddie.

– Peut-être, mais j'en veux quand même, s'obstina Bennis.

– Et je souhaite qu'on relève les empreintes sur les cannettes, ajouta Figueroa.

– Pourquoi ?

– Supposons qu'on l'ait appâtée avec une boisson...

– Mais... Il y en a au moins cinquante là-dedans !

– Et c'est pas tout ! Il faut recueillir jusqu'au dernier grain de poussière tout autour du corps, et garder l'œil ouvert au cas où apparaîtrait une de ces foutues lingettes au citron.

– Vous êtes zinzins ! protesta le technicien. L'allée est tapissée de détritus en tout genre.

Cette dernière remarque fit bondir Bennis :

77

– Qu'est-ce qui vous prend ? On vous paye pour récolter les indices !

– Merde, c'est qu'une clocharde ! Une ivrogne...

– C'est à n'y pas croire ! s'écria à son tour Figueroa. C'est quoi, ce que vous avez là, un meurtre, non ? Alors, faites votre boulot.

– Vous n'êtes pas inspecteurs !

La voix tonitruante de Mossbacher déchira soudain l'air. Il hurla :

– Qu'est-ce ce qui se passe ?

Ses semelles claquèrent furieusement sur l'asphalte défoncé de l'allée.

– Ces agents de la voie publique veulent me donner des ordres ! gémit le technicien.

– Berkley, enfin, tu sais bien ce qui est convenu en cas de crise ! continua à fulminer Mossbacher. Tu as des ordres, tu obéis !

Le dénommé Berkley émit un grognement et sortit à contre-cœur son appareil photo de sa pochette bleue.

– Et je voudrais qu'on silhouette le corps, ajouta Figueroa.

Le technicien enregistra sans un mot tandis que Bennis se tournait vers Mossbacher en donnant un coup de pied à un bout de chiffon qui traînait par terre :

– Figueroa et moi, on va mettre la main à la pâte et fouiller là-dedans pour voir si on ne trouve pas une lingette pré-imprégnée, style Handi Wipes ou Wet Ones.

Mais d'un geste impérieux, Mossbacher leur fit signe de le suivre du côté de la voiture de patrouille.

– Tout de suite, patron ! dit Bennis

– Enfin, commença-t-il sur un ton de reproche, il faut vous présenter aux gars de la police scientifique et aux témoins comme des inspecteurs.

– Bien, patron.

– Et ôtez donc cet uniforme. Comme ça, ils ne sauront pas qui vous êtes...

– Bien, patron, acquiesça Bennis.

– Et surtout, pas d'excès de zèle. Vous êtes nouveaux, d'accord, tout feu tout flamme. Alors, moi je vous dis : du calme ! On ne peut pas relever les empreintes sur *tout,* partout. C'est impossible. Fiez-vous au manuel.

– D'après le manuel, la deuxième étape d'une enquête après l'examen du lieu du crime consiste à interroger les témoins, énonça Bennis en montrant ce qui les entourait d'un grand mouvement du bras. Qui sait ? Il se trouve peut-être pas loin quelqu'un qui connaissait la morte. Ou un insomniaque qui a assisté à la scène de sa fenêtre. Quelle fenêtre, me direz-vous ?

Tout en prononçant ces derniers mots, il indiqua le grillage et le mur aveugle au fond du parking.

– Je vois, soupira Mossbacher.

Le mur en brique constituait l'arrière d'un immeuble de quatre étages et ne présentait pratiquement pas d'ouvertures, sans doute parce que personne n'avait envie de contempler le métro aérien. Seule une série de lucarnes avaient été percées les unes au-dessus des autres – une par appartement – vers le coin du côté sud.

– C'est pas très encourageant, observa Mossbacher.

– Et les passagers du « El » n'ont rien pu voir de ce qui se passait sous le pont.

– En effet, approuva le sergent.

– Si on cherchait du côté des autres sans-abri ? suggéra Figueroa.

Mossbacher esquissa un sourire apitoyé :

– Vous pouvez toujours essayer.

– Il va falloir retrouver le nom de tous les flics qui sont sortis cette nuit, déclara Suze. On ne sait jamais, ils ont pu apercevoir cette pauvre femme. Ou son agresseur...

– Ouais.

– Et n'oublions pas d'interroger tous les gens qui se trouvaient dans le bâtiment du quartier général de la police, les secrétaires, le personnel d'entretien.

– Je ne pense pas qu'il y ait beaucoup de secrétaires dans les bureaux à ces heures indues, objecta Bennis. Mais des gars de l'entretien, oui, peut-être. On va faire ça tout de suite.

Il s'écarta du corps pour se planter de l'autre côté de l'allée. De là, les constructions métalliques du métro aérien ne bloquaient plus la vue. Ce n'était évidemment pas le lieu du crime, mais enfin...

– On a aussi ces deux appartements-là, dit Bennis en indiquant le côté ouest de l'immeuble.

Au troisième, la fenêtre du coin brillait. Au cinquième, tout l'appartement était illuminé.

– Ils sont réveillés, là-haut, continua Bennis. Et quand il y a eu crime de sang, tu peux aller frapper aux portes à n'importe quelle heure. On n'a qu'à démarrer avec l'appartement éclairé.

Un homme et une femme se tenaient debout dans l'embrasure d'une porte en bois vernis que l'homme – dans les trente-cinq ans, mal rasé, les cheveux en broussaille – retenait d'une main nerveuse. Un bébé tout rouge hurlait dans les bras de la femme. On n'avait pas besoin de leur demander pourquoi ils étaient debout à une heure pareille.

– Je peux vous poser quelques questions ? avança Figueroa.

En guise de réponse, elle récolta un long silence.

– Nous n'avons rien à vous reprocher, vraiment, ajouta-t-elle.

Cette fois, ils s'exprimèrent, dans une langue riche en consonnes gutturales. Figueroa, qui n'avait distingué dans le flot que les mots *verstandig* et *politeagent,* comprit qu'ils étaient inquiets et apeurés. Elle pointa vers la fenêtre en articulant avec soin :

– Vous voyez cette *fenêtre ?*

Le petit séjour comportait en effet deux fenêtres en angle. C'était celle qui donnait vers l'ouest et le « El », et donc vers le lieu du crime, qui les intéressait. L'homme et la femme se tournèrent tous les deux vers la fenêtre. Le bébé passa du rouge au violet et émit des cris à vous vriller les tympans ; il était désespéré ; le monde était un enfer.

– Coliques ? interrogea Figueroa presque machinalement.

– *Ouuu, colic, ja, ellendig* ! dit la femme. *Kinderarts !*

Figueroa hocha la tête en se disant qu'ils parlaient la langue universelle des parents, quand, soudain, l'homme s'écria :

– Marika !

Qu'est-ce qui lui prenait ? Figueroa était stupéfaite. L'homme cria de nouveau :

– Marika !

Comme les pleurs du bébé redoublaient, sa mère se mit à le bercer en se balançant d'un pied sur l'autre. C'est alors que surgit derrière les parents une minuscule petite fille de six ou sept ans, dans une chemise de nuit trop grande pour elle. Elle regarda tour à tour Figueroa et Bennis avec de grands yeux ensommeillés. Figueroa lui sourit. Quand elle était petite, sa mère lui achetait aussi des vêtements trop grands, pour qu'elle puisse les porter « au moins deux ans ».

– Quel est le problème ? s'enquit l'enfant dans un anglais parfait.

Ainsi, les parents avaient une interprète à domicile... Figueroa expliqua en haussant la voix pour se faire entendre malgré les vagissements du bébé qu'un assassinat avait été commis dans l'allée en bas de chez eux. À 23 heures ou plus tard. Avaient-ils une déclaration à faire à la police ? L'enfant écouta avec une attention soutenue.

– Entrez, invita la petite en s'écartant pour les laisser passer.

Pendant que Figueroa et Bennis regardaient dehors, la fillette exposa la situation à ses parents.

Figueroa poussa un soupir : c'était bien ce qu'elle craignait ; on ne voyait pratiquement que le métro aérien, un bout de State Street, une fraction du parking et pas du tout l'allée du crime. Vers le nord, on apercevait le building de la police. Et en collant son nez à la vitre, en contrebas, un tronçon de la bretelle qui passait sous le « El » le long de l'allée.

La petite fille reprit alors en anglais :

– Ma mère n'a rien vu. Elle est très inquiète pour Adrian. Mais il va très bien. Les bébés pleurent, c'est normal.

– Je sais, approuva Figueroa.

– Mais maman est inquiète, c'est normal aussi quand on est une bonne mère.

Sidérée d'entendre une enfant de cet âge tenir un discours qui avait l'air de sortir d'un manuel de puériculture, Figueroa sourit de nouveau en disant :

– Ta mère a raison de s'en occuper, il faut prendre les pleurs des bébés au sérieux... Et ton père, a-t-il vu quelque chose ?

– Il dit qu'il a promené Adrian dans l'appartement à 1 h 30. Il dit qu'il y avait un homme qui traversait le parking. Mais il y a tout le temps des gens qui passent par là.

– À 1 h 30 du matin ?

– Oui. C'est un poste de police.

– C'est vrai. À quoi ressemblait cet homme ? Était-il grand ? Gros ? Maigre ? Vieux ? Jeune ? Et... oui... dans quelle direction se dirigeait-il ?

Après un conciliabule ponctué par les cris du bébé qui se muèrent bientôt en hoquets, sa mère décida d'aller le promener dans le couloir.

– Il avait l'air normal, d'après papa... Mais il n'était pas vieux. Ni gros. Il avait un sac à commissions dans les bras. Et il se dirigeait tout doucement vers l'allée.

– Tout doucement ?

Figueroa n'avait jamais vu aucun flic traverser cet endroit épouvantable d'un pas de sénateur ; en général, on avait envie d'en être sorti le plus vite possible !

Il y eut un nouveau conciliabule entre le père et la fille.

– Oui, papa dit « tout doucement ». Ensuite il a disparu sous le métro.

– C'était à quelle heure exactement ?

La fillette interrogea le père, puis se tourna vers Suze :

— Toujours 1 h 30. Il s'est penché à la fenêtre avec Adrian dans les bras. Il était fatigué, très fatigué, dit-il.

— Dis, ma puce, dans quelle langue vous parlez ?

— Le néerlandais. Nous venons de Hollande.

Figueroa tendit la main à la fillette :

— Merci, Marika. Tes renseignements nous ont été très utiles.

— Oh, vous n'avez pas à me remercier, tout le monde en aurait fait autant.

En principe, une enquête en bonne et due forme était conduite par deux équipes de deux inspecteurs, dirigés par un sergent, chargés d'interroger tous les témoins potentiels autour du lieu du crime, quitte à retourner ultérieurement dans le quartier pour voir ceux qui étaient absents. Dans cette affaire, ils n'étaient que deux. Ce qui, soit dit en passant, n'avait en réalité rien d'exceptionnel. Un inspecteur avait un jour confié à Bennis qu'en huit ans de carrière, il n'avait jamais participé à une enquête « réglementaire ».

L'autre appartement dont les fenêtres étaient éclairées se trouvait au cinquième étage. Bennis et Figueroa eurent le plaisir de voir de la lumière filtrer sous la porte dans le couloir.

Ils frappèrent. Des bruits. Personne n'ouvrit. Une voix masculine s'éleva :

— Allez-vous-en !

Figueroa et Bennis avaient au fil du temps mis au point un « numéro » pour les interrogatoires : le costaud jouait au flic autoritaire tandis que sa collègue intervenait lorsque la douceur féminine pouvait rassurer.

— Monsieur, puisque vous êtes debout, commença Bennis, nous aimerions vous dire un mot. Nous sommes de la police.

— Allez-vous-en ! Je ne vous connais pas.

— Monsieur, je vais vous montrer ma plaque, regardez dans votre judas.

– Je peux pas me hisser jusque-là.

Figueroa murmura à l'oreille de Bennis :

– Tu crois qu'il est handicapé ?

– Écoutez, monsieur, je... je n'aime pas trop faire ça, mais si je vous passais ma plaque sous la porte, ça irait ?

– Bon, bon, dit la voix.

Une serrure grinça, une chaîne cliqueta et la porte s'entrouvrit. Une odeur de renfermé s'échappa de l'appartement, mélangée à des relents de cuisine surgelée. Macaronis au gratin. Raviolis. Poulet brocolis et pommes de terre. L'homme était en effet en fauteuil roulant, un plaid jeté sur ses genoux.

– On peut vous parler cinq minutes ? On a vu la lumière d'en bas.

– Me parler ? Au milieu de la nuit ? grommela-t-il en ouvrant en grand la porte et en reculant pour leur laisser le passage.

Bennis expliqua brièvement la situation. Le meurtre. L'allée. Il situa l'heure du crime entre 23 heures et 3 heures du matin.

– J'ai rien vu, déclara leur interlocuteur.

– Pourtant, votre fenêtre donne pile sur l'allée, fit remarquer Bennis en se frayant un chemin entre les boîtes en carton et les piles de magazines.

Pour la simple raison qu'on se trouvait à une altitude plus élevée, de cette fenêtre, on avait en effet une bien meilleure vue sur l'allée que de chez la famille néerlandaise. On voyait aussi mieux le parking et State Street. Sauf que l'on ne distinguait pas le lieu même du crime.

– Vous n'êtes pas allé à la fenêtre ? continua à interroger Bennis.

– Non. J'écrivais des lettres.

Il n'y avait pas de salle à manger, et le coin cuisine était encombré de livres, de magazines, d'une vieille machine à écrire et de ramettes de papier blanc. La fenêtre donnait plein sud. Il ne pouvait rien avoir vu de là.

– Vous écriviez des lettres ? répéta Bennis à qui l'on avait appris à l'école de police que le meilleur moyen de faire avancer un interrogatoire poussif consistait à répéter, sur le mode interrogatif, les propos du témoin.

L'homme indiqua d'un geste la Smith-Corona qui ressemblait à une pièce d'antiquité. À côté des magazines et des journaux, des manuels de droit étaient hérissés de marque-pages.

— Oui, des lettres. D'abord au *Trib*.

— Au *Tribune ?* fit Bennis conformément à la même technique.

— Oui, mon garçon. Et au *Sun-Times*. C'est à propos du conseil municipal. Ce n'est pas démocratique, vous savez, la façon dont ils sont élus. En fait, tous les citoyens devraient pouvoir y faire entendre leur voix. En Nouvelle-Angleterre, ils respectent le vieux système recommandé par notre Constitution. Le suffrage universel direct. Oui, un homme, une voix. C'est ça qu'il nous faut, à Chicago. Que tout le monde dise ce qu'il ou elle pense. Lavons notre linge sale en public... Et avançons dans la transparence !

— Alors ? s'enquit Figueroa en se tournant vers Bennis une fois qu'ils furent sortis en vérifiant que le témoin avait bien fermé la porte.

— Tu souhaites entendre mon opinion ? ironisa Bennis.

— Oui. Comment un homme en fauteuil roulant fait-il pour vivre au cinquième sans ascenseur ? Comment les services sociaux peuvent-ils admettre une chose pareille ? Comment tu crois qu'il arrive à sortir ?

— Il ne sort jamais. J'ai vu une énorme parka dans son vestiaire. Beaucoup trop grande pour lui. À mon avis, il ne vit pas seul. Et il ne sort jamais.

— Et s'il a un problème ? S'il y a le feu et qu'il est tout seul ? S'il...

— Figueroa, signale le cas aux services sociaux. Je suis d'accord avec toi. Mais ne t'attends pas à des remerciements de sa part.

Ils frappèrent aux autres portes de l'immeuble. Toutes s'ouvrirent ; vu l'heure, les gens étaient chez eux, au lit. Tous déclarèrent n'avoir rien vu parce qu'ils dormaient et la plupart se montrèrent furieux d'avoir été réveillés.

Figueroa espérait cependant qu'ils allaient tomber sur l'oiseau rare : l'homme ou la femme qui, dans le noir, s'était absorbé dans la contemplation de l'allée pile à l'heure du crime. Une vision un peu inquiétante, certes, mais qui leur aurait été fort utile.

Trois heures plus tard, comme leurs recherches n'avaient rien donné, ils suspendirent les visites et s'occupèrent d'envoyer le corps à la morgue. Puis ils passèrent le lieu du crime au peigne fin en quête de leur fameuse lingette, qu'ils ne trouvèrent pas. Avant l'appel de 7 h 30, ils firent une pause devant une assiette d'œufs au bacon et une tasse de café. Suze avait au préalable téléphoné chez elle et était tombée sur Kat : Sheryl avait passé une mauvaise nuit, Robert s'était levé du pied gauche, Jay-Jay était agité, Maria rêveuse et Kat... adorable.

Lorsqu'ils arrivèrent au poste du 1er District, pile à l'heure pour l'appel, Norm et Suze trouvèrent un message à leur intention. Leur vieux clochard assassiné avait été identifié par l'AFIS. Il s'agissait d'un certain Michael Kilkenny O'Dowd. Un ancien flic.

12

Suze n'était pas de bonne humeur.

— Je ne vois pas pourquoi on nous fait perdre notre temps avec des pickpockets !

— C'est pas digne de nous ? lança Bennis d'une voix blanche.

Elle détestait son coéquipier quand il prenait son air docte de vieux sage au sommet de sa montagne.

— Là n'est pas la question. Le plus important, c'est l'enquête sur ces meurtres, marmonna-t-elle en faisant un créneau impeccable sur Chesnut Street pour se glisser dans une place minuscule entre deux voitures.

— Mmm...

— Merde, Bennis ! Trois personnes ont déjà été tuées !

— Oui, et si nous étions dans *New York District*, on aurait une affaire à la fois, alors que là, on peut s'estimer heureux que Touhy ne nous ait pas refilé l'histoire du tracteur vandalisé au bord du lac, ou bien la disparition de la Sanisette sur le chantier de construction.

— Et pourquoi ne pas nous lancer sur la piste des fraudeurs qui ne rendent pas leurs livres à la bibliothèque municipale, pendant qu'ils y sont ?

— Suze, ma vieille, il t'est jamais arrivé de perdre ton portefeuille ?

— Deux fois, répondit-elle d'un ton lugubre.

— Il y avait de l'argent dedans ?

– Ouais, il y a des années. J'avais le fric du loyer. Mais les deux fois, ça m'a fait un coup terrible. Mes cartes de crédit, mon permis de conduire, mon permis de port d'arme, ma carte de bibliothèque, les photos de Jay-Jay à deux mois. Je sais ce que tu cherches à me dire. Les pickpockets vous pourrissent la vie. Mais ils ne vous tuent pas !

Sur North Michigan Avenue, on trouvait le nec plus ultra du shopping de luxe. Depuis les grands magasins Lord & Taylor, Neiman Marcus, Saks Fifth Avenue, jusqu'au bijoutier Tiffany et au chocolatier Godiva, en passant par les boutiques très sélectes où il fallait montrer patte blanche pour qu'on daigne vous ouvrir la porte. Mais ce n'était pas là que Bennis et Figueroa allaient : les pickpockets sévissaient dans des sphères moins élitistes.

– Tu disais donc que ces salopards opèrent dans les grandes surfaces.

– Oui, quand il y a une démonstration, en particulier de maquillage. À croire, mesdames, que vous êtes si fascinées par votre beauté que vous en oubliez...

– Laisse tomber, tu veux, Bennis, coupa Figueroa.

Ils entrèrent chez Cadbury & Mason où une présentatrice en blouse blanche s'affairait à mélanger des poudres Versace pour que la couleur se fonde dans la peau de pêche du top model assise sur un tabouret devant elle. Une trentaine de clientes potentielles étaient agglutinées autour d'elles, comme médusées.

– Tu n'as pas peur de te faire remarquer, Bennis ? lança Figueroa en riant.

– Bon, eh bien, je vais te laisser avec ces dames. Moi, je vais discuter un peu avec le responsable de la sécurité.

Obéissant aux ordres de Mossbacher, ils avaient laissé leurs uniformes au vestiaire.

Figueroa ne détonnait pas trop au milieu de toutes ces femmes ; des vieilles dames aux cheveux violets vêtues de ravissants tailleurs en laine et couvertes de bijoux fantaisie ; des jeunes femmes en jean équipées de poussettes ou portant leur enfant sur les épaules. C'était une petite foule compacte, mais qui se renouvelait régulièrement, les unes partant pour être remplacées par d'autres.

Le paradis pour un pickpocket, songea Figueroa en collant son bras au sac à main d'une grande blonde. Sa voisine de gauche était plus jeune, vêtue d'un survêtement noir ; elle rangeait sans doute son portefeuille dans la banane qu'elle portait à la ceinture. Difficile à atteindre, mais pas impossible pour un spécialiste. Devant elle, une femme avec un enfant dans une poussette ; elle portait des boucles d'oreilles en plumes colorées, nota Figueroa, et son portefeuille dépassait de la poche revolver de son jean. Suze se surprit à la regarder fixement en se disant qu'il fallait un sacré cran pour voler. Elle se figura en train de tirer le portefeuille de la poche ; comment y arrivaient-ils sans que la victime ne s'aperçoive de rien ? Ne sursautait-elle pas quand on la touchait ? Suze se poussa un peu de manière à frôler le portefeuille. La femme ne sembla pas s'en émouvoir. Mais l'objet était encore bien enfoncé dans la poche.

Bon, se dit-elle. *Disons que je parvienne à le lui prendre. Et ensuite ? La victime ne va-t-elle pas tout de suite se rendre compte du larcin ? Est-ce que je me faufilerais hors de la foule pour prendre la poudre d'escampette ? Bien sûr. Je ne songerais plus qu'à fuir.*

Mais je ne courrais pas. Courir vous fait repérer. Je marcherais vite ? Je me cacherais ? J'aurais un complice qui distrairait les gens ? Peut-être. Je lui passerais le portefeuille et je resterais sur place ?

Si je partais brusquement après le vol, quelqu'un dans la foule risquerait de se souvenir de moi, non ?

Les magasins visés étaient les plus animées. Bennis et Figueroa les visitèrent tous. À midi, ils avaient vu tant de sortes de parfums, de rouges à lèvres, d'ombres à paupières, de vernis à ongles, qu'ils en avaient le vertige. Ils avaient rencontré quatre responsables de la sécurité et deux adjoints – leurs patrons étant respectivement au lit avec la grippe et à Détroit pour un congrès sur la sécurité. Six en tout ; cinq hommes, une femme ; trois ex-flics, deux ex-soldats ; un seul formé spécialement à ce métier. Tous âgés de trente-cinq à cinquante-cinq ans, les adjoints étant les plus jeunes.

Le dernier de la liste s'appelait Brandon Ely. Rien ne le distinguait vraiment des autres. Donc, ils étaient assis dans son bureau, plutôt somptueux, avec moquette de cinq centimètres. Ely devait avoir la cinquantaine, qu'il portait bedonnante et grisonnante. C'était un des anciens flics.

Il leur raconta à peu près la même chose que les autres.

– On n'a pas beaucoup de pickpockets, ici. C'est surtout les vols à l'étalage le fléau pour nous.

– Les employés ?

– Parfois, répondit Ely à regret.

– Lors du dernier délit, que s'est-il passé exactement ? demanda Bennis.

– C'était le jour du lancement du nouveau parfum Sans Souci. Il y avait une démonstration « pédagogique ». Une petite conférence sur les senteurs. Épicées, musquées, fruitées, fleuries, vous voyez le topo. Ils faisaient passer des morceaux de tissu imprimés à leur logo et imbibés chacun d'un parfum différent. Ensuite, ils ont donné des échantillons. Ce genre de distribution attire les foules. Ces dames pourraient se payer sans y penser un litre de Chanel N° 5, mais elles raffolent des échantillons gratuits. Bref, je me tenais non loin des portes qui donnent sur Michigan Avenue. Comme on a eu des vols à l'étalage la semaine passée, je ne reste pas dans mon bureau, je préfère être sur place et garder l'œil ouvert. Discrètement s'entend. Je ne me plante pas debout devant les portes comme un gardien, non. Je fais semblant d'essayer des gants. Je ne veux pas avoir l'air d'un employé du magasin.

– De quoi vous parlez, là ? s'éleva Bennis. Je croyais que vous nous aviez appelés pour des histoires de pickpockets ?

– Mais oui, mais oui. J'y arrive. Bien, alors que la foule

commençait à s'éclaircir, voilà qu'une cliente hurle : « Mon portefeuille ! On me l'a volé ! » Et en effet, son sac à main était grand ouvert et son portefeuille... envolé.

– Alors que vous étiez en train de surveiller tous ces gens ?

– Oui... Vous savez, dans un grand magasin comme le nôtre, il se passe tout le temps quelque chose, les clients baguenaudent, ils bloquent le passage aux autres, ça fait des embouteillages dans les allées. Et vous perdez de vue les gens très facilement. Vous savez sans doute que nous disposons nos rayons de façon à ce que les clients ne puissent pas traverser le magasin tout droit. Il faut les ralentir, accrocher leur regard... Toujours est-il qu'il n'y a que deux portes de sortie au rez-de-chaussée. De grandes portes à tambour flanquées de portes normales pour les poussettes et les fauteuils roulants, l'une qui donne sur Michigan, la seconde sur Pearson. Je surveillais la première et une de mes collègues de l'administration se chargeait de l'autre. Elle affirme qu'aucune des personnes ayant assisté à la démonstration n'est sortie par la porte de Pearson Street. De mon côté, j'ai vu trois clientes sortir par ma porte, mais aucune n'avait approché la victime, ça je peux vous l'assurer.

– Vous vous rappelez les gens qui l'entouraient ?

– Plus ou moins. Il y avait cinq ou six personnes. Mais celles qui se trouvaient devant elles, il m'était impossible de les voir.

– Pouvez-vous nous donner le signalement de celles qui se trouvaient derrière la victime ?

– Oui, des femmes ordinaires, je veux dire comme la moyenne de nos clientes... Mais ce qui m'inquiète, je dois l'avouer, c'est que la voleuse – car ce ne peut être qu'une femme –, n'ait pas quitté sur-le-champ le magasin après son forfait. Ce n'est pas ce que vous auriez fait ? interrogea-t-il en se tournant machinalement vers Figueroa.

– Oui, en effet.

– Eh bien, elle, non, elle est restée.

– Elle n'avait peut-être pas terminé sa journée, suggéra Bennis.

91

– C'est une idée.

Bennis et Figueroa se levèrent pour prendre congé.

– Vous nous mettrez leur signalement sur papier, s'il vous plaît, dit Bennis en tendant à Ely une carte, et vous nous le faxerez à ce numéro. En attendant, je vais demander à ce que quelques policiers fassent de temps en temps une ronde chez vous. Hélas, nous ne disposons pas d'assez d'hommes pour vous garantir une surveillance toute la journée.

– À vrai dire, c'est préférable, car figurez-vous que la police, ça n'attire pas la clientèle.

– Exact, approuva Figueroa. C'est pas amusant de se faire peindre les ongles en vermillon sous l'œil d'un flic.

Comme Ely fronçait les sourcils, Bennis s'empressa d'intervenir :

– Elle plaisante, mais ce qu'elle dit n'est pas faux. Nous essayons de garder un profil bas dans les magasins. Ce qui nous aiderait beaucoup, monsieur Ely, c'est si vous pouviez nous avertir à l'avance des horaires des différentes démonstrations.

– Entendu. Je n'y manquerai pas. Je vous les faxe dès demain, lui assura le chef des vigiles, soudain plus détendu. Après tout, on ne peut pas faire entendre un coup de sifflet à la fin d'une démonstration, style : « vérifiez vos sacs » !

– Sans doute pas, admit Bennis avec un sourire.

– Bon, on a perdu deux heures, et maintenant ? lança Figueroa dans l'ascenseur.

– On rentre au poste. Je voudrais voir où on en est à propos du braqueur du bureau de change.

– Bien, mais avant ça, il faut que je téléphone. Je te rappelle qu'il faut s'occuper d'avertir la famille d'O'Dowd.

Barbara Jean O'Dowd avait une voix très jeune, en tout cas beaucoup plus jeune que Suze s'y attendait. Figueroa trouva soudain honteux qu'elle ait abandonné son mari à sa dépression. C'était peut-être en partie à cause d'elle, après tout, que le pauvre homme avait fini par errer dans la ville avec en poche une bouteille de vin vide, quatre-vingt-huit cents et un gobelet en carton. Elle vivait à Elgin, dans la grande banlieue nord-ouest de Chicago. Bien entendu, on ne savait jamais quelle était la nature d'une relation de couple, mais quand même...

— J'ai une mauvaise nouvelle à vous annoncer, madame O'Dowd.

Silence. Figueroa ne permit pas qu'il se prolonge. D'après le dossier, les O'Dowd étaient sans enfants, mais encore une fois, on ne savait jamais... Elle ne voulait donner de sueurs froides à personne.

— Nous avons là un Michael Kilkenny O'Dowd, madame... Eh bien... Il est mort.

— Oh, mon pauvre Dowdou...

Elle avait l'air si sincèrement triste que Suze sentit sa colère s'éteindre d'un seul coup comme la flamme d'une bougie qu'on aurait soufflée.

— Qu'est-ce qui lui est arrivé ? Je me suis toujours dit qu'il finirait par...

— Finirait par quoi, madame O'Dowd ?

— Je... Il buvait tellement. Tout pouvait lui arriver. Comment ça s'est passé ? Une voiture l'a renversé ? Il ne s'est pas réveillé ? Quoi ? Dites-moi !

Figueroa lui expliqua en quelques mots. Après un temps de pause, Mme O'Dowd déclara :

— Vous avez sans doute des questions à me poser. Que voulez-vous savoir ?

— Vous l'avez vu récemment ?

— Non, pas depuis huit ou neuf ans au moins. Il ne téléphonait jamais. Il pensait que c'était mieux pour moi.

— Et ça l'était, mieux ?

— Je n'en sais rien.

— Vous avez des enfants ?

93

– Non.

– Il avait des amis ?

– Il n'en avait plus. Oh, c'est si triste, tout ça... Dowdou avait perdu la capacité d'être heureux. Il a eu l'élégance de refuser de partager son malheur. C'était un homme très digne. Je suis sûr qu'il aurait pu appeler certains de ses anciens amis. Mais il ne l'a pas fait.

– Je suis désolée.

– Je viendrai reconnaître le corps quand vous voudrez, proposa Mme O'Dowd. (Puis, après un instant d'hésitation, elle ajouta :) Officier Figueroa, à l'époque de Dowdou, il y avait peu de femmes dans la police, mais il a toujours été favorable à leur engagement.

– Un bon point pour lui.

– Et vous, vous avez des enfants ? Non, vous n'avez pas à me répondre. Les flics n'aiment pas parler de leur vie privée. Mais croyez-moi, ayez des enfants, beaucoup d'amis, des hobbies, des distractions. Car une fois que le couperet de la retraite tombe, c'est fini. Mon Dowdou était un type formidable tant qu'il était flic, mais il n'a pas su négocier ce tournant. Prenez le temps de cultiver vos amitiés. N'attendez pas. Ne vous dites pas que ça n'a pas d'importance. Plus tard, je vous le garantis, ça en aura.

En l'espace de trente-six heures, l'homme du grenier avait réussi à connaître sur le bout des doigts l'emploi du temps de la famille. Il s'amusait à rester assis sur la marche juste au-dessus du coude que faisait tout en haut l'étroite cage d'escalier. Si seulement il pouvait dépoussiérer un peu l'endroit... Personne dans cette maison ne semblait se soucier de la propreté du grenier. Mais s'il prenait l'initiative de faire un brin de ménage, il était convaincu que cela se remarquerait.

Sa présence passait inaperçue. Ni le gamin, ni la fliquette au deuxième ne s'étaient rendu compte qu'il y avait quelqu'un au-dessus de leur tête. Il écoutait leur bavardage le soir avant de se coucher, puis le matin au lever. Plus intéressant qu'une émission de télé. L'escalier amplifiait à la façon d'un cornet acoustique tous les sons en provenance des étages inférieurs. Il entendait même ce qui se passait à la cuisine.

Ce matin, la fliquette était partie vraiment très tôt. Au beau milieu de la nuit, elle était entrée en coup de vent dans la cuisine, lui laissant à peine le temps de déguerpir avec son carton de glace. Et le père, ce matin, pestait et maugréait d'avoir à s'occuper de tout. Un vrai beauf, celui-là. Ignorait-il que c'est le maître de maison qui met l'ambiance dans la famille ? Il était de son devoir de représenter l'ordre et la stabilité.

Une fois tout ce joli monde envolé, quand il ne resta plus que l'infirme et la garde-malade, l'homme descendit en catimini l'escalier de service jusqu'au palier entre le rez-de-chaussée et le premier. Il tendit alors l'oreille. Ce n'était pas passionnant. Le légume bafouillait à peine trois mots, et de son côté, la garde-malade ne relevait pas le niveau de la discussion.

Il remonta au grenier pour changer de chemise. Pendant la nuit, il avait volé un T-shirt et un maillot de corps dans le sèche-linge, au sous-sol. Ils étaient un peu trop grands pour lui, mais, quoi, il n'était guère en position de jouer les difficiles. Et il détestait se sentir sale. Son propre maillot de corps étant presque identique à l'autre, il se dit que s'il le laissait dans le panier de linge sale, il y avait des chances qu'il passe dans la lessive. Mais c'était trop risqué.

Au sous-sol, il avait en outre déniché un gros rouleau de ruban adhésif argenté, un tournevis et des ciseaux, bref, tout un petit attirail qu'il remonta dans le grenier.

Alma Sturdley prenait toujours son heure de déjeuner. Il avait été entendu qu'elle ne sortirait pas de la maison – il n'était pas question de laisser Sheryl seule en cas d'incendie. Mais elle pouvait s'asseoir avec une tasse de café et un sandwich, lire, tricoter, regarder la télévision, du moment que le volume était assez bas pour lui permettre d'entendre la sonnette de la malade. Comme Alma était une femme consciencieuse, elle se conformait à cet engagement.

Au moment de sa pause, elle s'installait sous la verrière de la véranda qui prolongeait le salon du côté sud de la maison. Kat, qui avait la main verte, avait transformé cet espace de lumière en véritable serre, et Robert y avait installé trois chaises longues. Jay-Jay, pour sa part, avait insisté pour qu'on y branche un petit poste de télévision pour les jours où il n'avait pas envie de regarder les mêmes émissions que ses cousines. Cet arrangement convenait à Alma, qui suivait à partir de midi un feuilleton à l'eau de rose. Au bout de deux jours, l'homme du grenier avait compris qu'il s'agissait d'un rituel.

À 11 heures le mercredi matin, il descendit de son grenier jusqu'au deuxième en prenant garde de ne pas marcher sur les lattes de bois qui craquaient. Il avait exploré timidement cet étage la veille, mais à présent, sachant que personne ne rentrait avant la fin de l'après-midi, il se sentait plus à son aise.

La chambre du gamin n'avait aucun intérêt pour lui. Il se dirigea vers celle de la fliquette. La moquette bleue absorba le bruit de ses pas. Trois peintures représentant des paysages de la côte ouest ornaient les murs, du même bleu que le tapis. Original, un flic qui aimait la décoration !

Une commode occupait l'espace entre les deux fenêtres à pignon. L'homme prit bonne note de l'orientation de la pièce par rapport au grenier au-dessus, afin de ne pas marcher sur la partie du plancher qui lui correspondait. Un flic, ça a l'oreille fine. On n'était jamais trop prudent.

Il ouvrit le premier tiroir de la commode. Des pulls, des sweat-shirts. Il tâta dans le fond. Rien de caché. Exploration du deuxième tiroir. Celui des sous-vêtements ; des soutiens-gorge, noirs ou couleur chair ; des culottes, la plupart toutes simples, cent pour cent coton, quelques-unes en soie noire ou en dentelle blanche. Il en prit une poignée pour y enfouir son nez. Une odeur de lessive, aucun arôme corporel... Il était déçu sans être étonné.

C'était le style tornade blanche, toujours à frotter les comptoirs de la cuisine, à vérifier si toute la vaisselle était bien rincée avant de la mettre dans la machine. Il l'entendait le soir bavarder avec les gosses en effectuant cette opération. Admirable.

Il replaça les sous-vêtements dans le tiroir, résistant à l'envie de mieux les plier qu'elle ne l'avait fait. Pourtant, pour le rangement, il lui aurait donné une bonne note. Quinze sur vingt – assez bien.

Le tiroir numéro trois contenait des chaussettes, des foulards et des bijoux. Il renifla un des foulards : il sentait le shampooing. Elle ne les lavait donc pas chaque fois qu'elle les mettait. Il tâta dans le fond. Quelques enveloppes, du papier, des crayons, rien d'intéressant. Le dernier tiroir était lui aussi rempli de tout un bric-à-brac. Dans son irritation, il le referma d'un coup sec. Puis il se figea. Il avait fait du bruit. Il perdait son sang-froid. C'était inadmissible.

Bien, maintenant, le placard.

Des robes, des chemisiers, des pantalons, le tout suspendu à des cintres. Beaucoup d'affaires de flic. Chemisiers bleus d'uniforme, chemises blanches, cravates bleues ; une drôle de veste imperméable de policier noire à rayures jaunes. L'ensemble étant bien rangé, les vêtements de flic à droite, avec les chaussures de flic alignées en dessous.

Il tâta l'étagère au-dessus du portant.

Ha ha ! Voilà ! Il s'en doutait. Il fallait bien qu'il soit quelque part. Aucun flic ne possédait qu'une seule arme, si ?

Il empoigna le Colt en acier inoxydable. Parfait ! Il ressentit un intense sentiment de soulagement.

C'est alors qu'il s'aperçut que le revolver était équipé d'un mécanisme de sécurité : une sorte de casque audio miniature, en caoutchouc, bien entendu verrouillé au cas où de petites mains se montreraient trop curieuses... Il sentit la colère le gagner. Son visage s'empourprer.

Du calme ! Garde ton sang-froid !

Il ouvrit et ferma le poing spasmodiquement. Bon, ça allait mieux. Il fallait trouver la clé.

Il retourna donc à la commode pour réexaminer le contenu des deux derniers tiroirs. Il y avait plusieurs clés, en effet, mais aucune de la bonne taille.

Alors, où ?

Elle la gardait peut-être à son trousseau ? Non, ce n'était pas logique. Celle qui fermait la sécurité de son arme de service, certes, mais l'autre ? Sans doute pas. Elle ne pouvait pas prendre le risque de la perdre.

Bien. En tout cas, si elle se trouvait dans cette chambre, ce n'était pas dans le placard. Trop près du revolver. Elle était trop soigneuse pour commettre une erreur pareille. Et il n'avait rien trouvé dans la commode. Pourtant, elle devait la garder sous la main, au cas où elle aurait besoin de s'en servir...

Les tableaux.

L'arrière des cascades du parc national du Yosemite ne présentait qu'une feuille de papier cartonnée lisse. Idem pour le buisson créosote sur fond de ciel bleu marine. Mais derrière le lac Mono baignant dans les lueurs nacrées de l'aube, ô miracle : une clé !

La clé.

Il la contempla d'abord avec un sourire satisfait, puis rapprocha l'arme du tableau afin de vérifier qu'il ne s'était pas trompé. Non, c'était la bonne. En prenant soin de ne pas toucher à l'adhésif qui la maintenait contre le carton, il replaça la peinture sur son clou et la redressa afin qu'elle fût bien droite. Il s'assura ensuite que les tiroirs de la commode étaient parfaitement rangés. Et remit le revolver sur son étagère.

Il n'avait pas l'intention de le prendre ; seulement maintenant, il savait où trouver une arme en cas de besoin.

Dans la chambre de Sheryl, la garde-malade consulta sa montre. 11 h 15. Elles avaient terminé les exercices de la matinée.

98

Sheryl était très fatiguée, et d'une pâleur effrayante, comme toujours quand elle avait été au-delà de ses forces. C'était souvent Alma qui était obligée de l'arrêter ; la malade voulait tellement s'en sortir. Elle se cramponnait aux bras de son fauteuil et recommençait le même mouvement obstinément. Parfois, Alma devait la gronder :

– Le médecin me mettrait à la porte si jamais il savait que je vous laisse vous exténuer...

Aujourd'hui, Sheryl avait essayé de se lever de son fauteuil sans se pencher de côté. Lever, assis, lever, assis.

– Vous faites des progrès, déclara Alma.

Elle ne trouvait pas encore son équilibre, mais c'était mieux. Le bras droit de Sheryl était incroyablement musclé, alors que le gauche restait à la traîne. D'ailleurs, il était beaucoup plus mince.

Plus que quarante-cinq minutes avant l'heure du déjeuner, se dit Alma. Elle allait commencer par préparer du thé afin qu'il ait le temps de tiédir. Elle aimait boire du thé glacé avec son sandwich. Aussi annonça-t-elle à Sheryl :

– Je vais à la cuisine. Vous voudriez une tasse de thé ?

– Ame-bing...

En trois mois, Alma n'était pas parvenue à déchiffrer ces espèces de borborygmes qui lui tenaient lieu de langage. Elle se fiait donc à ses mimiques. En l'occurrence, elle conclut à un manque d'enthousiasme signifiant que Sheryl ne voulait pas de thé.

– Bien, dit Alma, vous en prendrez peut-être tout à l'heure, quand il sera bien glacé.

Une fois dans la cuisine, elle remplit la bouilloire, puis la vida à moitié dans l'évier, jugeant après coup idiot de gâcher de l'électricité en en faisant chauffer plus que nécessaire. En outre, moins il y avait d'eau, plus c'était rapide.

En attendant que la bouilloire siffle, elle se mit à la fenêtre. Alors qu'elle contemplait les arbres du jardin, tout à coup, elle entendit un bruit sourd derrière elle. Elle fit volte-face. Personne. Personne non plus dans le couloir. La bouilloire siffla à ce

99

moment-là ; elle bougeait un peu sur la plaque chauffante. Le bruit venait sans doute de là.

Alma posa son sandwich emballé sur une assiette. Le 7 Up light qu'elle avait apporté ce matin resterait dans le réfrigérateur. Elle préférait boire du thé glacé avec son déjeuner. De toute façon, il fallait qu'elle attende midi. Elle était consciencieuse.

Au premier étage, l'homme resta une bonne minute près de la chambre de Kat, totalement immobile, figé comme une statue. Il maudissait intérieurement la porte dont le battant avait claqué tout seul.

De deux choses l'une : soit la garde-malade allait monter voir d'où provenait le bruit, soit elle resterait en bas. Dès qu'il entendrait ses pas dans l'escalier, si elle empruntait celui de service, il foncerait vers le grand pour filer jusqu'au grenier.

Deux minutes s'écoulèrent. Elle restait dans la cuisine. La bouilloire se mit à siffler.

Il s'en retourna dans la chambre de la gamine. Cette fois, il ne lâcha la poignée de la porte que lorsque celle-ci fut complètement ouverte, puis s'assura qu'elle n'allait pas claquer derrière lui. Les vieilles demeures ont tendance à être de guingois, c'est bien connu. Rien n'est au même niveau. Les portes ne ferment pas bien et il arrive souvent qu'elles se rouvrent d'elles-mêmes.

Le lit de la petite fille, qui accueillait une ménagerie de peluches, avait été fait à la va-vite. Les parents, de nos jours, n'apprenaient plus à leurs enfants à s'occuper de leurs affaires. Bon, c'est vrai, quand on a une mère dans un état aussi pitoyable... Mais il y avait la fliquette. Et leur père. Quelqu'un devrait leur apprendre à vivre.

Les animaux en peluche étaient cependant alignés avec une certaine rigueur : un chien blanc, un Pokémon jaune, une poupée de chiffon déchirée, deux ours – un petit tout pelé et un grand habillé d'un T-shirt –, un gros dinosaure vert... L'homme se coucha, le nez dans l'oreiller.

Il sentait son odeur.

Un arôme de petite fille ; il prit de profondes inspirations.

Quand elle était sortie du coma, Sheryl n'arrivait pas à comprendre ce que lui disaient les médecins et les infirmières. Incapable de faire face à la réalité, elle s'était renfermée en elle-même.

Ses multiples fractures la paralysaient physiquement. Mais ensuite, dès le début de la rééducation, elle avait pu constater que son incapacité à choisir et à limiter les mouvements de son corps n'avait rien à voir avec l'état de son squelette. Pourtant, elle s'était acharnée à guérir. Le souvenir du déambulateur resterait à jamais gravé dans sa mémoire. *Accroche-toi, marche droit, ne lâche pas, ne lâche pas, continue !* Et le kiné ne quittait jamais son côté gauche, son côté faible, la forçant à avancer, avancer, avancer.

– Il existe cinq techniques différentes de rééducation après un traumatisme tel que le vôtre, lui avait-il expliqué dès qu'elle avait réussi à se concentrer suffisamment pour l'écouter. Il y a la gymnastique de Root, le concept Bobath, la méthode Brunnstrom, la facilitation neuromusculaire proprioceptive...

Comme elle avait émit un grognement, il avait précisé :

– Il y a aussi la méthode Carr et Shepard. Toutes sont remarquables. Mais celle qui à notre avis obtient les meilleurs résultats, c'est celle de Bobath.

Il s'exprimait avec simplicité et gentillesse, sans condescendance, ce dont Sheryl lui avait été reconnaissante.

– Le concept Bobath met l'accent sur la sensation du mouvement plus que sur le mouvement lui-même. Et il tient compte de l'environnement du malade, ce qui est essentiel.

Il lui avait souri ; elle avait tenté de lui rendre son sourire – avait-elle réussi ? Elle n'en savait rien.

101

– Lors d'un traumatisme crânien grave, un certain nombre de cellules sont détruites. D'où ces mouvements involontaires des membres et cette perte de l'équilibre que vous constatez. Le but de la rééducation, c'est de pousser les cellules saines à changer de rôle et à remplacer celles qui ont été détruites...

Sheryl avait ouvert la bouche, et comme par miracle, un mot entier en était sorti :

– Facile.

Le visage du médecin s'était éclairé :

– Formidable ! Sauf que je vous garantis que ça ne le sera pas, facile. Vous allez souffrir. La partie droite de votre cerveau a été endommagée, vous êtes donc paralysée du côté gauche. Mais comptez sur moi, je ne vous permettrai pas de flancher.

Il avait tenu parole. Et elle avait tenu bon, recommençant les mêmes mouvements des centaines de fois, inlassablement. Une fois rentrée chez elle, elle avait continué ses séances à la maison, plus une série d'exercices biquotidiens à effectuer sous la surveillance de la garde-malade. Une consigne cependant : Sheryl ne devait pas s'épuiser. La seule consigne à laquelle elle avait du mal à se plier.

À midi tapant, Alma Sturdley versa le thé dans un verre rempli de glaçons. Puis elle se rendit dans la chambre de Sheryl.

– Je vais déjeuner, annonça-t-elle. Si vous avez besoin de moi, vous n'avez qu'à sonner.

En réalité, il arrivait très rarement à Sheryl d'appuyer sur le bouton accroché sur les barreaux de son lit. D'abord parce qu'elle avait du mal à l'atteindre quand elle était allongée. Et d'autre part, du moins c'était la théorie d'Alma, parce qu'elle avait peur de déranger.

La garde-malade exhala un soupir. Cette pauvre Sheryl, comme elle devait se sentir un poids pour les siens. Son accident avait obligé le reste de sa famille à faire son travail à sa place... En tout cas, une chose était sûre : elle avait la volonté de s'en sortir.

Depuis qu'elle était là, Sheryl marchait mieux. Elle se tenait presque debout toute seule maintenant, pendant près d'une minute d'affilée. Quand Alma était arrivée, il fallait deux personnes pour la soutenir. Seule son aphasie semblait ne pas vouloir progresser. Ce devait être horrible de ne pas pouvoir parler, d'avoir toutes ces pensées murées à l'intérieur de soi. Alma aimait tant papoter...

Sheryl avait un petit poste de télévision dans sa chambre. Alma aurait voulu qu'elle regarde des choses amusantes, des sitcoms, par exemple. Ça lui aurait remonté le moral. Certains acteurs étaient hilarants. Mais elle n'avait pas l'air intéressé. Quand Alma allumait le téléviseur, Sheryl se tournait de l'autre côté pour ne pas voir. Comme c'était étrange. *La pauvre*, se dit Alma en s'installant devant son soap opera préféré sous la véranda, *comme ça doit être dur*. Mais elle devait se surveiller pour ne pas trahir la pitié qu'elle ressentait.

Sur son lit, Sheryl ne bougeait pas. Elle s'efforçait d'écouter les bruits de son corps. Ce n'était pas toujours possible ; parfois son bras gauche était pris de tremblements ; parfois son pied gauche se tendait et se détendait alternativement au point de la rendre folle. Et rien n'y faisait, ni la concentration mentale, ni les techniques de relaxation, ni la force de sa volonté...

Elle avait de temps en temps des sortes de crises d'impatience lorsque les douleurs dans son dos, son cou et ses épaules devenaient insupportables. Alors elle se mettait à gigoter comme une crevette prise dans un filet, puis elle s'étirait le plus possible afin de se décontracter.

Pour le moment, toutefois, elle était tranquille. Elle percevait la fraîcheur et la douceur des draps sous ses doigts, la légèreté des couvertures sur ses membres. Quand elle inspirait, elle sentait l'air qui caressait l'intérieur de ses narines, descendait dans sa gorge. Autour d'elle, rien ne bougeait. L'atmosphère était épaisse, comme liquide, oui, elle avait l'impression de baigner dans une humidité chaude. Ce n'était pas désagréable, mais troublant. On ne se rendait jamais assez compte de combien l'être humain était dépendant de cette masse gazeuse... Il valait mieux ne pas trop penser à ces choses-là. Elle s'étira, puis se détendit de nouveau.

Depuis quatre mois, chaque muscle, chaque articulation de son corps étaient présents à son esprit en permanence. Au point qu'elle n'arrivait pas à croire qu'il y ait eu une époque où elle n'y pensait jamais. Trente-cinq ans de sa vie passés à se servir de cette merveilleuse machine comme si elle allait toujours être là, prête à fonctionner. À présent, elle percevait jusqu'au courant électrique qui circulait dans son système nerveux. Il descendait dans sa moelle épinière, se répandait jusqu'à la plante de ses pieds, ses orteils...

Au début, à l'hôpital, elle bouillait de colère. Ses pieds refusaient de lui obéir, ses yeux s'agitaient sans cesse, sa bouche se tordait dans tous les sens. Un des neurologues lui avait dit qu'elle avait raison d'être furieuse, que c'était une réaction saine.

— Parfois, en sortant d'un coma, les gens nient ce qui leur est arrivé, ils prétendent qu'ils n'ont jamais pu marcher, par exemple. C'est fréquent surtout quand l'hémisphère droit est touché. En d'autres termes, dans les cas comme le vôtre. Certains prétendent que le côté droit du cerveau cherche les difficultés, alors que le gauche est en quête de bien-être. D'après cette théorie, en coupant le moteur de l'angoisse, on roule heureux...

Elle avait répliqué par quelques monosyllabes incompréhensibles, dont il avait néanmoins saisi la substance.

— Non, ce n'est pas tellement qu'ils ont envie de voir la vie en rose. Ils croient sincèrement qu'ils ont toujours été comme ça. C'est un handicap de plus sur le chemin de la guérison.

— Ha, ha, ha, avait-elle dit, ou quelque chose d'approchant.

— Je sais combien tout cela est frustrant. Il y a de quoi être hors de soi, c'est tout à fait normal. Mais vous devez vous convaincre que votre colère va vous aider à vous en sortir.

En sortant du coma, Sheryl entendait des sons, mais ne parvenait pas à leur donner un sens. Elle ne sentait pas non plus ses membres. Puis un bruit de chute d'eau s'était mis à résonner dans sa tête. Les médecins, par la suite, devaient lui apprendre que le premier sens à se rétablir était l'ouïe.

On l'avait conduite aux chutes du Niagara. Et personne n'était là pour surveiller les filles. Maria n'avait que deux ans... *Attention, Maria tu vas tomber !*... À moins que, non, ce n'était pas de l'eau, mais des flammes qui grésillaient... les flammes de l'enfer... des diables la piquaient du bout de leur fourche... Ils lui crevaient les yeux...

Une semaine plus tard environ, elle s'était aperçue que c'était sans doute le bruit de son respirateur qui avait provoqué cette série d'hallucinations dignes des pires films catastrophe.

Désormais, Sheryl avait mis son passé entre parenthèses, se consacrant à l'observation de ses progrès. À présent, elle se tenait debout. Elle voyait correctement, même si parfois son œil gauche lui renvoyait une image un peu décalée, ce qui lui donnait le vertige. Et elle marchait de nouveau. Une grande victoire. À l'avenir, la difficulté principale était d'ordre mental. Elle n'était pas toujours sûre de savoir où elle se trouvait. Au beau milieu du dîner, elle avait l'impression d'être de retour à son bureau ; ou pire, à l'hôpital, avant un examen pénible. Comme elle avait conscience d'être désorientée, ces épisodes s'avéraient terrifiants. Elle n'avait même pas le contrôle de son propre cerveau. La preuve, c'est qu'elle ne maîtrisait pas le langage. Elle pensait par exemple au mot « chat » ; elle visualisait l'animal très nettement ; elle positionnait sa bouche en retroussant légèrement les lèvres pour le prononcer, et voilà que sortait le mot « mal », ou « fourche »... Et elle devait ravaler ses larmes parce qu'elle ne voulait pas faire de peine aux enfants qui ne supportaient pas de la voir pleurer.

Sa réaction n'était pas très courageuse, elle l'admettait, mais c'était la seule solution qu'elle avait trouvée : elle parlait de moins en moins. Tant pis si le médecin la grondait.

Bien sûr, elle s'entraînait quand elle était seule. Aujourd'hui, elle s'était exercée à prononcer : « quelle belle journée ».

105

– Baste-gorgère.

Elle fondit en larmes.

La garde-malade étant plantée pour une heure devant son télé-viseur : l'homme osa descendre l'escalier de service jusqu'en bas. Il marqua une halte sur le seuil de la cuisine et se pencha pour scruter le couloir. Il était déjà venu plusieurs fois dans cette pièce, mais toujours de nuit. C'était important qu'il la voie de jour. Il s'avança à pas de loup.

À gauche dans le couloir, le mur recelait un placard à balais. À droite, une salle de bains. Il examina cette dernière de manière à imprimer chaque détail dans sa mémoire, en particulier l'empla-cement de la fenêtre à guillotine.

Ensuite, il se dirigea vers la chambre de l'infirme – tout de suite à droite après la salle de bains. La porte voûtée du salon était à gauche. Il vérifia d'un coup d'œil que la garde-malade n'y était pas. Des voix lui parvenaient de la télévision. Il reprit le chemin de la chambre. Le légume risquait de le voir s'il passait la tête dans la pièce, mais qu'importait ? De toute façon, elle était muette. En outre, s'il était repéré, il aurait largement le temps de remonter en quatrième vitesse avant l'arrivée de la garde-malade.

La handicapée lui parut minuscule, étendue sur son côté droit, recroquevillée sur elle-même. Elle lui tournait le dos. Une cour-tepointe à fleurs rouge et bleue couvrait ses jambes.

Il étudia l'emplacement de la fenêtre, la même que dans la salle de bains, seulement plus grande. Le châssis inférieur était remonté de quelques centimètres. Puis il observa ce qu'il y avait sur la table de chevet : les flacons de médicaments, la carafe d'eau, l'assiette de cookies, le pot de fruits secs, les dessins des enfants. Le lit était un modèle d'hôpital à barreaux, lesquels étaient remontés au cran maximum, sans doute pour empêcher la malade de tomber. Il remarqua une sorte de barre de trapèze au-dessus d'elle, sûrement un instrument de rééducation. Il y avait

106

deux chaises, l'une à dossier droit, l'autre capitonnée. Des robes étaient suspendues à un portant. Toutes présentaient une fermeture éclair sur le devant.

C'est alors que ses yeux tombèrent sur le bouton de sonnette attaché au barreau du lit, à portée de main du légume, si tant est qu'elle fût allongée sur le dos.

Cette sonnette était essentielle à son plan.

Satisfait, l'homme remonta doucement dans son grenier.

13

À l'angle de la 26e Rue et de California Avenue, devant l'immeuble des tribunaux de Cook County, Figueroa et Bennis retrouvèrent le procureur Francis Xavier Malley, lequel leur annonça tout de go :

– Herzog a dénoncé son complice !

– Comme quoi les malfrats n'ont plus le sens de l'honneur, commenta Bennis. Tant mieux pour nous !

– Pourquoi a-t-il changé d'avis ? C'est vous qui avez réussi à le persuader, monsieur Malley ? s'enquit Suze.

– Si l'on peut dire. Je lui ai demandé pourquoi il était entré tout seul dans le bureau de change en prenant tous les risques, alors que son copain, lui, était resté planqué dans la voiture. Il a rétorqué que c'était prévu comme ça : s'il y avait un problème, Herzog se faisait prendre et l'autre en réchappait.

– Et...

Malley fronça les sourcils. Manifestement, il était du genre à s'écouter parler et n'aimait guère qu'on le presse d'en venir au fait.

– Herzog m'a dit qu'il était prêt à passer un accord, reprit-il. Le nom de son complice est Stanley Sisdel ; il habiterait sur West Addison. Herzog est venu une fois le prendre en voiture à cette adresse.

– C'est dans le 19e District. On l'a arrêté ?

– Non. Mais on y est allés. Un studio minuscule dans un

immeuble vraiment pourri. Je crois qu'il a monté ce casse pour améliorer son train de vie. Vous avez contrecarré ses projets, mes amis.

— Nous ne pouvons que nous en féliciter, commenta Bennis.

— Alors, que fait-on maintenant ? insista Figueroa.

— Je n'en sais rien, répliqua le procureur. Je ne suis pas flic, Dieu merci. Et vous connaissez la meilleure ?

— Non, mais vous allez nous la dire, ironisa Bennis.

— L'abruti dans la bagnole, Sisdel... Herzog prétend qu'il n'était même pas armé.

— Pas de flingue ? Mais pourquoi ?

— Au cas où il se ferait prendre. Même Herzog a compris ça, malgré le pois chiche qu'il a dans le ciboulot. En revanche, votre gars, Sisdel, lui, il est très futé. S'ils se faisaient choper en flagrant délit devant le bureau de change, comme il n'était pas armé, il pouvait toujours prétendre ignorer les intentions criminelles d'Herzog. Astucieux, non ?

— Génial ! lança Figueroa.

— Pas un mec très sympa, on dirait, observa Manny Jiminez, penché sur l'écran de son ordinateur.

Sur le bureau du petit génie en informatique de la Zone 4, un épais sandwich jambon fromage oignons dégageait des effluves qui faisaient saliver Figueroa et Bennis. Ils n'avaient pas eu le temps de déjeuner alors que l'horloge murale affichait déjà 14 heures. Manny venait d'écumer à leur demande les fichiers de police de la ville de Chicago, de Cook County et de l'Illinois pour retrouver le type du bureau de change.

— Ha ha ! ça y est, j'ai trouvé trace de votre homme.

Le nom donné par Herzog était Stan Sisdel, mais en réalité il s'agissait du pseudo d'un certain Harold Valentine, patronyme un peu mièvre pour un personnage aussi inquiétant.

— On dirait que notre Harold aime bien les petites filles, lâcha Manny en continuant à pianoter sur son clavier.

109

— Les petites filles et les casses dans les bureaux de change, ajouta Bennis. Un homme à double casquette.

— Triple. N'oubliez pas l'escroquerie, entre autres méfaits.

— Parfait, parfait, intervint Suze. Vous pouvez nous indiquer une piste ? Un réseau de complices ?

— Pas de complices connus. Il n'est peut-être pas du genre grégaire. Je vous donne que ce que j'ai. Date de naissance : 4 octobre 1965. Numéro de sécurité sociale, lieu de naissance... Je vous imprime tout ça. Collège Haydn, sorti en 1982. Deux ans de lycée. Devient... Eh ! regardez ça ! Courtier en matières premières. Quatre mois. Il semble avoir essayé de faire de la cavalerie. Essentiellement par correspondance, semble-t-il. Peut-être que ce n'est pas un grand bavard. Une supposition. Arrêté pour la première fois quand il s'est fait virer par la Bourse de Chicago. Attendez, je cherche des précisions sur d'autres sources.

— Tant que vous voudrez.

— Et voilà ! Registre national des délits sexuels. C'est formidable d'avoir accès à cette source. Le registre, je veux dire. Rien ne nous empêchait d'en avoir un il y a vingt ans ? Mais, bon. Ne me lancez pas sur ce sujet, je suis intarissable... Bien sûr, aujourd'hui, nous avons la loi sur le fichier des délinquants sexuels, alors ils doivent signaler où ils habitent. Qui dit que les choses ne s'améliorent pas ? Votre Harold a été repéré rôdant autour d'une école primaire. Mais comme il n'avait commis aucun délit jusque-là, il s'en est sorti en affirmant qu'il n'existait pas de loi interdisant à quiconque d'être assis sur un banc devant une cour de récréation. Et il avait raison. Quelque temps plus tard, évidemment, eh oui, on retrouve notre Harold !

— Oui, et alors ? pressa Figueroa.

— Quel fumier...

— Comme tous les délinquants, énonça philosophiquement Bennis.

— Celui-ci mord ses victimes, en l'occurrence : des petites filles de dix, douze ans. D'abord il les mord, puis il garde les mâchoires serrées et il aspire. Ce qui produit une marque très

110

particulière. Une ecchymose centrale avec une trace en étoile tout autour. Un des types des mœurs pourrait vous montrer une photo. Très caractéristique.

— Formidable ! Mais s'il est tellement occupé à mordre des fillettes, pourquoi s'intéresse-t-il aux bureaux de change ?

— Il doit avoir besoin d'oseille, rétorqua Manny avec une grimace.

— Valentine s'est fait prendre pour avoir enlevé l'enfant, non pas pour l'avoir mordu, spécifia Calvin Waters.

Les délits sexuels faisaient l'ordinaire de plusieurs services : notamment la criminelle, les mineurs, les unités spéciales ou la police des polices. Calvin, pour sa part, appartenait aux mœurs. Avec sa mine lugubre et son visage ridé comme une vieille pomme, il avait l'air d'une poupée triste.

— Valentine a été impliqué dans trois ou quatre autres affaires, poursuivit-il, mais on n'a pas pu le coincer avec certitude.

— Je croyais qu'il était possible de relever les empreintes dentaires, avança Figueroa.

— Oui, c'est exact, dans de nombreuses circonstances. Surtout sur des matières comme le fromage. Mais la chair humaine est très mobile, « plastique » pour employer le terme scientifique. Sauf sur les cadavres. Celle d'un gosse en bonne santé est très souple, et puis ça gigote tout le temps, à cet âge-là, énonça Calvin avec une moue qui montrait bien l'étendue de son amour pour les enfants.

— Surtout quand on les mord, grommela Bennis, de plus en plus irrité.

Figueroa lança à son équipier un regard inquiet. Bennis lui avait avoué qu'il ne voulait à aucun prix traiter de crimes concernant les enfants, et pour cette raison avait toujours refusé de travailler à la section des mineurs.

— Pourquoi a-t-il été relâché si vite ? s'enquit Figueroa.

— Ce n'est pas mentionné. Il est resté trente-neuf mois en

111

détention. Il lui est interdit de s'approcher à moins de cent mètres de n'importe quel terrain de jeu ou école.

— Alors, que fait-on ? On le cherche au-delà de ce périmètre ?

— Ce serait un début, répondit Waters.

— C'est si urgent que ça ?

— Cette catégorie de malade mental ne se contente pas d'avoir la main baladeuse. Ils ont en eux une rage rentrée qui les pousse à l'escalade.

— Ils tuent ?

— Ils violent. Et oui, ils peuvent aller jusqu'au meurtre.

14

Figueroa et Bennis avaient réclamé que le Dr Percolin se charge de l'autopsie de la vieille dame au Caddie. Par chance, le légiste était libre. Il les attendait de pied ferme.

– J'ai le taux d'alcoolémie d'O'Dowd. Trois grammes et demi, leur annonça-t-il en riant dans sa barbe.

Bennis siffla entre ses dents :

– Sacrément élevé ! J'ai arrêté une fois un automobiliste qui affichait trois grammes. Eh bien, il croyait qu'il était en train de poser un avion sur l'aéroport de Newark.

– Assez élevé pour provoquer un coma éthylique, acquiesça le médecin légiste. Entre deux et trois grammes, on est en général très mal. Pour les conducteurs, un gramme est le seuil à ne pas franchir.

Les hardes de la clocharde étaient posées sur une table, ainsi que son portefeuille et son permis de conduire, ce dernier ayant dépassé de huit ans sa date d'expiration. Il indiquait cependant le nom de la pauvre vieille : Abigail Ward. Un vieux déchet chiffonné, pensa Figueroa en voyant le cadavre grisâtre et rabougri posé sur la table. Lorsque Percolin et son assistant le retournèrent, ses os crissèrent contre l'acier inoxydable de la table d'autopsie. Son postérieur était plat et sans couleur. La morte était si maigre que ses vertèbres perçaient presque la peau de son dos.

Percolin démarra la description de l'état externe du cadavre, mais Figueroa n'écouta que d'une oreille. Elle était trop occupée à retenir ses larmes. Trop tard, elles roulaient déjà sur ses joues.

– Suze, susurra Bennis en fronçant les sourcils, un peu inquiet.

– Je ne pleure pas ! répliqua-t-elle.

À la grande surprise de Figueroa, le Dr Percolin, sans doute parce qu'il avait l'habitude de ce genre de réaction chez les néophytes, prit sa défense d'un ton qui n'admettait pas de réplique :

– Officier Bennis, l'officier Figueroa ne pleure pas, c'est bien clair ?

– Oui, patron, opina Bennis.

Là-dessus, Percolin appuya sur la pédale de son magnétophone. Figueroa nota qu'il portait les mêmes mocassins et le même pantalon de golf que la veille, plus des chaussettes jaunes.

– Ni contusions ni marques spéciales sur l'épiderme côté ventral et dorsal. Quelques points rouges sur l'épiderme de l'abdomen. Peut-être des piqûres d'insectes ou de parasites de la famille des tiques. Le visage a été nettoyé récemment.

Figueroa contempla les seins affaissés tels des ballons dégonflés, les tétons bruns et durs comme des figues séchées, en combattant une nouvelle montée de tristesse qui menaçait de l'envahir.

Percolin s'empara de son scalpel et pratiqua l'incision en Y. Il retira les tissus mous de la poitrine, puis examina les replis qu'il venait de faire. Après quoi, il s'empara d'une scie qui ressemblait comme une sœur aux scies circulaires que l'on utilise pour découper les panneaux de bois, mais avec des dents plus fines et une lame d'un diamètre plus petit.

Figueroa réussit à ne pas détourner le regard pendant qu'il découpait les côtes. Comme un soudeur à l'arc, Percolin portait un masque de Plexiglas. Une odeur d'os brûlé vint chatouiller leurs narines tandis qu'un léger brouillard de sang, d'os et de tissus enveloppait la table.

Il retira le devant de la cage thoracique.

– Le cœur est en bon état, annonça le médecin avec un sourire encourageant, comme si c'était là un indice prometteur. Mais elle a un petit problème pulmonaire.

— Du genre ? questionna Bennis.

— Elle a dû avoir la tuberculose autrefois. Pas d'inquiétude. C'est vieux. On dirait que tout est englobé dans du calcium. Je parie que c'était avant les nouvelles souches résistant aux antibiotiques.

— Formidable, grommela Bennis.

— Et aussi une pneumonie récente. C'est encore un peu visqueux ici, dans le lobe inférieur gauche.

Il piqua légèrement le poumon avec son index, geste qui produisit un bruit liquide, comme si on pressait une éponge mouillée.

— Pas étonnant, en dormant à la belle étoile. Sans soins médicaux.

Le temps passait. Percolin poursuivait son autopsie, et Suze, elle, cogitait. Comment diable trouver un meurtrier qui s'attaquait aux plus démunis, à des gens sans attache ? Perdue dans ses pensées, elle sursauta lorsque Percolin l'apostropha soudain :

— Figueroa ?

— Oui, docteur.

— Vous avez dit « pauvre vieille dame » tout à l'heure. Eh bien quel âge croyez-vous qu'elle ait ?

— Soixante-dix ans ?

— Moi, je pense plutôt qu'elle n'en a pas plus de cinquante-cinq.

— Vraiment ?

— Allez voir sur le permis de conduire. Elle a eu un bébé. Peut-être deux, mais pas plus. Probablement il y a trente ans.

— Figueroa s'approcha de la table où se trouvaient les affaires de la femme. Percolin avait visé juste. Abigail Ward avait cinquante et un ans.

Le légiste examina de nouveau les parois de l'estomac. Elles montraient, dit-il, les transformations typiques d'un alcoolisme prolongé. Il demanda à Suze de venir en humer le contenu.

– C'est de l'alcool, décréta l'officier de police. Mais je suis incapable de dire quelle catégorie. Moi, je ne bois que de la bière.

– Officier Bennis ?

Il s'approcha pour renifler à son tour.

– Bourbon. Du bon bourbon, d'ailleurs.

– C'est aussi mon opinion, acquiesça Percolin.

– Est-il possible de déterminer la marque, docteur ? s'enquit Figueroa. Si on n'en trouve pas partout, nous pourrions peut-être chercher où elle a pu se le procurer.

– Ouais. Et si le tueur l'avait emmenée dans un bar un peu chic ? avança Bennis.

– Habillée comme elle l'était ? J'en doute, répondit Percolin.

– On le lui a peut-être offert, comme ça, dans la rue. Nous pourrons peut-être apprendre où cette marque se vend, insista Bennis.

– O'Dowd, pour sa part, avait du bon whisky dans l'estomac, vous vous souvenez ? renchérit Figueroa.

– Le problème, pour l'identifier, c'est que l'alcool est absorbé très rapidement. Quinze minutes en moyenne. Et les acides de l'estomac s'y mélangent. Non, attendez une minute... Qu'est-ce que je raconte ? L'alcool est là. On peut le sentir. Cette dernière rasade a été administrée après plusieurs autres verres ; le tueur a dû lui faire boire une bonne dose d'alcool. Elle a pu absorber les cinq, six ou sept premiers verres. Ils n'étaient pas mélangés à de l'eau, pour autant qu'on puisse en juger. Ou du moins ce qui reste ne l'était pas. L'alcool est passé dans son sang et il lui en a fait boire tant et plus jusqu'à ce que l'estomac soit à moitié paralysé. Et donc, ce qui reste, ici, doit être assez pur.

– Vous pourriez l'identifier ?

– On peut identifier tout ce qu'on veut, si on est prêt à payer la facture du laboratoire. Je vous donne par exemple un élément : si l'échantillon prélevé contient de l'uréthane, c'est probablement du bourbon.

– Mais on sait déjà que c'est du bourbon rien qu'à l'odeur ! protesta Bennis avec véhémence.

– Au procès, vous croyez que ça suffira ? se moqua le légiste.

– Non, évidemment, admit Bennis, un peu penaud.

– L'uréthane est une substance chimique résiduelle après distillation. Hélas, elle est aussi hautement cancérigène. Mais deux ou trois des meilleurs bourbons présentent une faible teneur en uréthane. Ce qui pourrait réduire votre champ d'investigation sans lancer d'onéreuses analyses chimiques. En supposant que ce whisky révèle bien une faible teneur en uréthane, c'est donc un alcool coûteux. Est-ce que ça vous avance beaucoup ?

– Eh bien, ça élimine une centaine de bars du quartier du Loop et bon nombre de magasins de vins et spiritueux, déclara Bennis.

– Nous verrons bien. Si ça peut vous aider, tant mieux. J'envoie un échantillon et attendons le résultat.

Percolin se servit d'une louche miniature pour recueillir un prélèvement du liquide qui se trouvait dans l'estomac. Figueroa, dont le cœur se soulevait, émit un soupir sonore.

Une heure plus tard, le légiste avait terminé. Il enleva ses gants et les jeta dans une poubelle marquée DANGER DÉCHETS MÉDICAUX. Puis, il fit signe aux deux policiers de le suivre et les conduisit dans une sorte de bibliothèque, une petite pièce en retrait du hall d'entrée, encombrée de livres et de journaux.

– Au Canada, un litre d'eau-de-vie ne peut contenir plus de 0,4 mg d'uréthane.

– 0,4 mg ? Mais c'est rien ! s'exclama Bennis.

– Pourtant, c'est déjà beaucoup quand il s'agit de cette substance, objecta le légiste en ouvrant une revue. Figurez-vous qu'il existe des eaux-de-vie de prune qui présentent jusqu'à 5 mg d'uréthane. Mais ce n'est pas notre problème aujourd'hui. Regardez.

Du bout du doigt il suivit une colonne de chiffres à côté de la liste alphabétique de différentes marques de bourbon.

– Vous voyez, la plupart s'inscrivent dans une fourchette de 0,8 à 5 mg. Certains atteignent 6 ou 7 mg. Les plus chers, cependant, présentent une teneur comprise entre 0,2 et 0,3 mg.

– Mmm... je vois, marmonna Bennis.

– Autre question : à quelle vitesse l'uréthane est-il absorbé dans l'organisme ? Je ne suis pas chimiste, mais je pense que c'est très rapide. Enfin, chaque marque a probablement une signature chimique propre. Et il y a des chances pour que le FBI dispose d'une base de données sur tous les alcools. Je vais conserver un peu du contenu stomacal, au cas où il faudrait procéder à d'autres types d'analyses.

La plupart des autopsies prenaient moins d'une heure, Bennis et Figueroa le savaient : le fait que Percolin en eût pris près de deux, plus l'indéniable sérieux de son travail, et qu'il n'avait pas encore déterminé la cause de la mort, les impressionnaient.

– Dites-nous ce qui se passe. De quoi est-elle morte exactement ? demanda Bennis.

– J'aimerais bien le savoir. Ce pourrait être par suffocation.

– Comme le clochard d'hier, alors ?

– Non. Elle n'a pas été étranglée comme la victime d'hier. Il faut que je fasse analyser certains prélèvements par un expert.

Percolin avait prélevé un grand nombre d'échantillons, certains qu'il avait posés sur des lames de verre sur lesquelles il avait pulvérisé un fixatif, d'autres qu'il avait déposés dans de petites fioles munies de bouchons de couleurs différentes selon le type de liquide conservateur à l'intérieur. L'assistant avait apposé un numéro sur chaque échantillon.

– Que pensez-vous trouver grâce aux analyses en laboratoire ? demanda Figueroa.

– Si je ne me trompe pas, elles montreront qu'on lui a pulvérisé le visage avec un extincteur. Bon, attendez, laissez-moi vous expliquer... Il existe certains types d'extincteurs conçus spécifiquement pour les incendies de matériel informatique – pour lesquels on ne veut pas utiliser de l'eau, de la mousse ou n'importe quel produit qui laisse des résidus.

– Je suis au courant.

– Ils servent aussi dans les cuisines de restaurants parce qu'avec ces appareils, on peut éteindre un feu sans asperger la nourriture de produits nocifs. Les extincteurs de type Halon furent les premiers de ce genre, mais il en existe une douzaine de marques différentes aujourd'hui. Ils fonctionnent tous sur le même principe : ils utilisent un gaz qui éloigne l'oxygène du foyer d'incendie, de l'argon par exemple. Je crois que le tueur l'a soûlée, ce qui ne devait pas être bien difficile. Quand elle a été à moitié inconsciente, allongée au sol, il l'a aspergée avec l'extincteur jusqu'à ce qu'elle meure.

— Dehors ? s'étonna Figueroa. Mais ne faut-il pas utiliser les extincteurs avec une ventilation adéquate ?

— Votre femme était en mauvaise santé. Elle était immobilisée par la dose de bourbon. Elle n'aurait pas pu se débattre pendant qu'on l'étouffait. Et je crois que le gaz utilisé dans ces extincteurs est plus lourd que l'air. En tout cas, vous devriez au moins vérifier s'il y avait du vent hier soir. Si c'est le cas, je me suis peut-être trompé. La balle est dans votre camp. Et dans quelques jours, nous verrons ce que nous diront les prélèvements pulmonaires.

— Manualo a été étouffé, O'Dowd étranglé, et cette Mme Ward a peut-être suffoqué à cause d'un extincteur ? Trois personnes, trois modes opératoires différents. Ce n'est pas vraiment typique d'un tueur en série, si ? Je croyais qu'ils avaient des rituels immuables...

— Interrogez donc un profileur. Nous en avons un, ici. Mais si vous me demandez mon avis, je vous dirai que cela vous apprend quelque chose sur l'état psychique de l'assassin. Tous ces meurtres procèdent d'une même technique, la coupure d'oxygène. Je dirais qu'avec ces différentes variations sur un même thème, le tueur cherche à nous taquiner. Et il s'amuse beaucoup.

Ils quittèrent le Dr Percolin alors qu'il se lançait dans des recherches et des recoupements pour retrouver des cas similaires sur les dix-huit derniers mois.

— J'adore ces ordinateurs, leur confia-t-il. Grâce à eux, je ne suis plus obligé de respirer la poussière des bibliothèques.

119

De retour au poste de police, pendant que Bennis passait des coups de téléphone, Suze consulta Internet.

– Ça y est, j'ai le bulletin météo de la nuit dernière ! s'écria-t-elle. Pratiquement pas de vent. La température n'est jamais descendue au-dessous de vingt degrés.

– C'est ce que je pensais. C'était une nuit voluptueuse.

– Avec Miranda ou Yolanda ?

– Aucune des deux. Tu es obsédée par mes copines ? Et c'est Amanda, pas Miranda.

– Je ne veux pas le savoir !

– Ouais. J'ai bien un locataire qui s'appelle Valentine, déclara le gérant de l'immeuble vétuste. Un type plutôt bien. Il avait payé jusqu'à fin mai. Mais je ne l'ai pas revu. Il n'a pas déposé son chèque.

– Vous lui avez fait remplir une fiche lorsqu'il a loué son studio ? demanda Bennis en contemplant les murs lépreux du hall d'entrée.

– Ouais. Bien sûr. On le fait toujours.

– J'aimerais la voir, si vous permettez, monsieur.

Après avoir fouillé dans un tiroir de sa loge, l'homme leur apporta la fiche. Il y avait une case « adresse précédente » : Bennis aurait parié que l'information était fausse. Il la recopia néanmoins sur son calepin. Une autre ligne sur le montant du loyer, avec la signature de Valentine, mais pas grand-chose d'intéressant.

– Vous demandez des détails sur les antécédents familiaux ?

– Pas besoin. Le loyer du mois et la caution. C'est tout.

– Vous avez dit que c'était un « type bien ». Dans quel sens ? interrogea Bennis.

– Je ne sais pas.

– Vous le fréquentiez ? Vous alliez boire un coup ensemble ?

– Non.

– Alors, aidez-moi un peu. Dans quelle mesure était-il comme vous dites, un type bien ?

– Tranquille.

– Vous lui parliez ? Des conversations intéressantes ? Le foot ? Les Bears ? Les Bulls ? Les Cubs ?

– Non. On bavardait juste dans l'entrée.

– De quoi ?

– De la pluie, du beau temps. Ou juste un « bonjour » en passant !

– Mais pourquoi dites-vous que c'était un bon locataire ?

– Parce qu'on ne le voyait ou ne l'entendait pratiquement jamais.

– Valentine ? Qui est ce Valentine ?

L'homme qui répondait en ces termes à Bennis avait trois poils sur la verrue qui ornait son nez.

– Votre voisin. Il vivait dans l'appartement juste sous le vôtre.

– Sous le mien ? Vous croyez que je connais les gens qui vivent à l'étage en dessous ?

L'homme claqua la porte au nez de Bennis et de Figueroa.

– Charmant individu, commenta Bennis.

– Il faut voir le bon côté des choses : pas la peine de passer plus de temps avec ce type, de toute façon.

– Valentine. Juste à côté. Là, juste là ! insista Bennis en pointant à main droite, vers la porte de Valentine.

La porte en question ne portait pas de nom, mais on pouvait lire « 4D » sur une plaque de plastique. Le couloir sentait l'oignon.

– Quoi ? C'est « 4D », ronchonna la femme.

– Je sais. L'homme qui vivait ici s'appelait Valentine. Ou peut-être Sisdel.

– Pas vrai ? Drôles de noms, observa-t-elle d'un air morose.

Sistel, c'est ça ? Ma mère avait un paillasson en sistel quand on était mômes...

– En sisal, vous voulez dire, rectifia Figueroa.

– C'est ce que je vous disais. En sisal, reprit la femme, vexée.

– Vous l'avez déjà vu, ce M. Valentine ?

– Peut-être. Il revenait avec les commissions.

– Il vous a parlé ?

– Non. Il a juste détourné la tête, si je me souviens bien.

– Valentine. Juste à côté, énonça Figueroa à une autre locataire, indiquant cette fois la porte à gauche.

D'un commun accord, Bennis et elle avaient estimé plus judicieux de la laisser parler aux femmes, dans l'espoir d'obtenir plus de résultats...

– Oui ?

– Vous le connaissiez ?

– Non, répondit la femme d'un ton catégorique.

– Mais vous le voyiez rentrer et sortir ?

Cette fois la dame hésita :

– Parfois... En fait non... pas vraiment.

– Madame, pourrions-nous entrer et vous parler cinq minutes ?

Pas de réponse. Suze Figueroa regarda dans l'embrasure de la porte. La pièce comprenait un canapé turquoise tendu d'une épaisse housse de plastique transparent.

– Madame, pourrions-nous entrer ? répéta-t-elle.

Quelque part dans l'appartement, une petite voix retentit :

– Maman ? Est-ce que je peux avoir des chips ?

La femme répliqua :

– Hum...

Une petite fille surgit soudain à ses côtés. Elle avait environ dix ans et portait une jupe rouge, des collants et un pull blancs.

– Pourriez-vous m'en dire un peu plus sur ce M. Valentine ? s'obstina Figueroa en souriant à la petite.

– Maman ! s'exclama l'enfant.

– Nous ne savons rien, aboya la femme en faisant mine de fermer sa porte.

– Maman ! C'est le méchant monsieur ! insista la gamine.

– Non, répliqua sa mère d'un ton sec.

– Madame, votre fille parle bien de M. Valentine, n'est-ce pas ?

– Nous ne savons rien ! rétorqua la locataire.

Cette fois, elle leur claqua bel et bien la porte au nez.

– Eh bien, bravo, c'est réussi, soupira Bennis. Le tact féminin...

– Bon. On sait que Valentine habitait ici. Nous sommes pratiquement certains qu'il n'est pas repassé depuis un bout de temps. On sait en plus que c'était un solitaire.

– Nous voilà bien avancés.

– Donne-moi une carte !

Bennis lui tendit sa carte de visite. Figueroa frappa à la porte. Comme elle n'obtint pas de réponse, elle cria très fort à travers le panneau :

– Madame, si M. Valentine revient, appelez ce numéro. Ne vous approchez pas de lui. Ne lui demandez rien. Téléphonez-nous, c'est tout.

Toujours pas de réponse. Suze glissa la carte sous la porte, laissant juste un petit coin dépasser, comme la voile d'un bateau. Elle attendit trente secondes. Le triangle blanc disparut.

Le gérant de l'immeuble leur donna tout simplement la clé de chez Valentine. Parfois, il fallait des jours pour obtenir un mandat de perquisition et on vous regardait toujours comme si vous alliez voler les petites cuillères. Mais d'autres fois en revanche, on vous suppliait presque d'entrer.

– Il n'aime probablement pas Valentine, chuchota Bennis à l'oreille de son équipière.

Figueroa fit tourner la clé dans la serrure en murmurant à son tour :

– Tu sais qu'on pourrait nous accuser d'effraction ?

– Seulement si quelqu'un s'en aperçoit.

– Si on trouve le moindre indice accusant Valentine, on ne pourra pas s'en servir au tribunal sans mandat.

– Dans ce cas, on repart à zéro et on demande au cabinet du procureur d'envoyer quelqu'un qui trouvera les indices comme si de rien n'était.

– Le gérant lui dira que nous sommes déjà venus ! fit remarquer Figueroa.

– Mais seulement si on lui pose la question, non ?

– Bon, bon...

La porte s'ouvrit, et devant le spectacle qui s'offrit à leurs yeux, tous deux restèrent bouche bée. On aurait cru l'appartement sorti tout droit d'une publicité d'un magazine des années cinquante : moquette verte, murs verts, canapé bleu, rideaux à motifs verts et bleus, meubles aux angles arrondis... Le tout d'une propreté immaculée.

Une table basse en formica en forme de haricot accueillait trois magazines parfaitement empilés, ainsi que deux stylos et un crayon disposés en parallèle. Bennis et Figueroa poussèrent jusqu'à la chambre.

Le lit était parfaitement fait, au carré, comme à l'armée. Ils ouvrirent les placards.

– C'est dingue ! s'exclama Figueroa. Un type qui aligne ses cintres à intervalles réguliers de cinq centimètres les uns des autres ?

– Le dénommé Valentine, pas de doute là-dessus.

Dans la salle de bains, la serviette, l'essuie-mains et le gant de toilette étaient pliés en deux et suspendus par ordre de taille. Figueroa ouvrit l'armoire à pharmacie.

– Ce type est un maniaque du rangement, ma parole ! Mais quel *genre* de rangement ?

Les médicaments étaient tout aussi bien rangés, mais pas classés par catégorie. L'Alka-Seltzer et l'aspirine côtoyaient les sparadraps alors que les gros bandages se trouvaient sur l'étagère du dessous.

— Tu le croiras ou pas : il les a classés par ordre alphabétique. Regarde. Alka-Seltzer, Aspirine... énuméra Bennis.

— Après avoir vu ça, quand mon gamin me dira qu'un peu de désordre, c'est plus sain que trop d'ordre, je ne pourrai pas le contredire.

Une nouvelle surprise les attendait à la cuisine. Les conserves y avaient subi le même sort que les médicaments. Les soupes Campbell se trouvaient dans les « C », alors que les soupes Heinz étaient, elles, à côté du sirop au chocolat Hershey. Et il y avait juste assez de réserves pour un alignement parfait sur les étagères, pas de boîtes derrière, pas de piles.

L'évier était parfaitement sec. L'éponge à vaisselle, posée sur le bord du comptoir, était tout aussi sèche.

— Bon, il n'est pas venu ici récemment, déclara Bennis.

— Ce type est complètement malade !

Quand ils rendirent les clés au gérant, ce dernier leur dit :

— Je vous appelle, promis, si jamais il revient.

Quelques secondes plus tard, en montant dans leur voiture, Figueroa fit observer :

— Génial ! Maintenant, on sait où il n'est pas.

— Exact. La grosse question reste toujours sans réponse : où se trouve Valentine en ce moment ?

15

Wacker Drive serpente à travers le centre-ville en longeant la branche sud de la rivière Chicago, puis bifurque à angle droit en suivant le cours de l'eau jusqu'au lac Michigan. C'est ainsi qu'on trouve, au grand désespoir des touristes que ces noms déboussolent, un South Wacker Drive, un North Wacker Drive, un West Wacker Drive et un East Wacker Drive.

Les plus vieux habitants de la ville connaissent pour leur part l'existence d'un Lower Wacker. Ce passage souterrain, presque secret, est adoré des chauffeurs de taxi, car il leur permet d'éviter la circulation qui engorge les rues ainsi que les piétons, toujours enclins à ralentir le trafic. Lower Wacker donne accès aux points de livraison en sous-sol des grands hôtels et de certains bâtiments publics. Une partie de cette artère confidentielle est éclairée par des ampoules vertes, une étrange manière de mettre de l'ambiance, brillante idée d'un des pontes du département des Transports.

Lower Wacker est aussi le repaire privilégié des SDF. Plus chaud que le niveau du sol pendant les hivers polaires de Chicago, et plus frais que les rues écrasées par le soleil des étés caniculaires, l'endroit abrite une nombreuse population d'un bout à l'autre de l'année.

Des tunnels partent de Lower Wacker dans toutes les directions, courant sur des kilomètres sous l'agglomération. Certains ne sont pas éclairés. Quelques-uns mènent à des chambres soutenues par des armatures métalliques et des boyaux étroits inutilisés depuis la fin du XIXe siècle, où ils servaient à la livraison du charbon aux immeubles de bureaux du Loop.

L'année passée, un hôtel procédait au remplacement des marches en ciment devant leur quai de livraison, sur Lower Wacker. Un ou deux jours plus tard, des livreurs entendirent des cognements désespérés en provenance des nouvelles marches. Un sans-abri, dormant dans un obscur recoin, avait été emmuré vivant. Ils durent casser le nouvel aménagement, sortir le pauvre bougre, et recommencer les travaux.

Bennis et Figueroa garèrent leur voiture à côté d'un pilier d'acier.

– On commence par Neiman Marcus et Bloomie's, et maintenant, on se retrouve dans Lower Wacker, soupira Figueroa.

– Ouais, ce sont les aléas de la vie de policier, soupira à son tour Bennis.

– En fait, je déteste travailler de cette façon. Je préférerais passer tout mon temps sur une seule affaire, les meurtres, et la résoudre. Après quoi, je peux tout oublier et passer à la suite.

– Alors, tu n'es pas dans le bon service, officier Figueroa, plaisanta Bennis.

– Il y a quelqu'un, là-bas. À moins que ce ne soit un tas de vieilles loques.

Ils s'approchèrent de l'homme assoupi dans un grand carton d'emballage rempli d'une couche de flocons en mousse sur laquelle on avait disposé une couverture, confectionnant ainsi une sorte de matelas qui protégeait de l'humidité du souterrain.

– Tu as le sac ? demanda Figueroa à Bennis.

– Tu crois que c'est quoi, ça ?

– Je crois que je t'ai parlé dans l'espoir de le réveiller.

L'homme ne bougeait pas. Suze, sachant trop que certains flics traitaient les SDF avec brutalité, prit soin de s'exprimer avec douceur :

– Bonjour, monsieur.

L'homme ne se serait pas redressé plus vite si elle l'avait frappé. Il n'était pas rasé et d'une maigreur pitoyable.

– Pourrions-nous vous parler, monsieur ? intervint poliment Bennis.

– Qu'est-ce que vous voulez ?

– Nous voudrions vous montrer quelques photos. Nous avons pensé que, pendant que vous les regardiez, vous apprécieriez peut-être quelque chose à manger.

L'homme ne dit rien mais leva vers eux un regard attentif et soupçonneux. Finalement, il demanda :

– Vous êtes des flics ?

– Oui, monsieur.

– J'aime pas les flics.

– On ne peut pas vraiment vous en vouloir. Café, crème, sucre ? proposa Bennis.

– On a aussi des gros hamburgers pleins de fromage. Et des tartes, ajouta Figueroa avec une mine gourmande.

Elle était sincère : elle n'avait pas eu le temps de déjeuner et son estomac criait famine. Le clochard se laissa amadouer instantanément.

– Appelez-moi Nate.

– Moi, c'est Norm.

– Et moi, Suze.

Bennis lui montra des photos du visage de la clocharde et des deux hommes trouvés morts près du building de la police.

– Ils ne sont pas très frais, je regrette, commenta Bennis. Mais vous comprendrez...

– Je sais reconnaître la mort, monsieur. Je ne suis pas stupide !

– Auriez-vous aperçu l'un d'eux ?

– Je ne crois pas, énonça-t-il en prenant son temps pour bien examiner les photos.

Bennis, Figueroa et Nate sirotèrent un moment en silence leur tasse de café.

– Y a-t-il quelqu'un d'autre à qui nous pouvons parler ? s'enquit Bennis.

– Mmm...

– Vous ne risquez rien, et il y a encore de quoi manger dans la voiture, précisa Figueroa, espérant le convaincre.

L'emplacement de Nate se trouvait à moins de trois mètres de la chaussée où voitures et camions entretenaient une rumeur constante. Il était dissimulé par une sorte de barrière de séparation en ciment. L'endroit était sombre. Suze, dont les yeux s'étaient habitués à l'obscurité, scruta le passage et ne vit personne.

– Et si j'allais chercher d'autres hamburgers dans la voiture ? Est-ce que vous nous conduiriez à d'autres personnes ? insista-t-elle.

– Il n'y a pas un chat dans le coin. Ça leur plaît pas trop par ici, avec tout ce vacarme.

– Ailleurs, alors ?

– Peut-être...

Figueroa alla chercher deux autres sacs en papier brun remplis de hamburgers, de tartes aux pommes et de gobelets de café bien chaud. Ce n'était bien sûr pas tout ce dont cet homme avait besoin, se disait-elle. Il lui aurait fallu un toit, de l'eau courante, et des repas à heure fixe. Mais elle devait songer à sa mission. À son retour, Nate était debout et discutait avec Bennis des qualités et des défauts de la Buick Century, modèle 1954.

Ils n'étaient cependant pas au bout de leurs peines. Il restait en effet à accomplir une tâche ingrate : l'exploration du terrier.

Sur la chaussée principale, les ampoules, protégées par des grilles métalliques, étaient en état de marche, mais pas dans le tunnel annexe, où Nate les entraîna. Très large et bas de plafond, celui-là n'était équipé d'aucun appareil d'éclairage. On apercevait une lueur jaunâtre, tout au bout, à l'endroit où le tunnel rejoignait une intersection. Les policiers choisirent néanmoins de ne pas allumer leurs torches électriques, dont le faisceau puissant aurait trahi leur présence, ou celle d'inspecteurs des services sanitaires.

Un passage menait à droite ou à gauche à partir de la fin du boyau dont ils venaient. La lumière jaune aperçue de loin provenait en fait d'une ampoule d'à peine quinze watts. Nate leur fit prendre le tunnel de gauche. Celui-ci, de même que celui qui partait vers la droite, était carrelé de céramique blanche.

Figueroa murmura à Bennis :

– Une ancienne station de métro ?

– Pas besoin de chuchoter comme ça, lança Nate d'une voix forte. Oui, ce devait être une station de métro. Mais le métro n'a jamais été achevé.

Le sol était cimenté et, plus ils s'enfonçaient, plus l'endroit semblait propre.

– Nate, pourquoi est-ce si propre par ici ?

– C'est propre parce que c'est trop loin des voitures et de la circulation. En plus, si quelqu'un jette quelque chose, on le ramasse. On ne veut pas laisser cet endroit devenir une porcherie.

Une minute plus tard, ils tombèrent sur les compagnons de Nate : quatre hommes dont deux Noirs qui logeaient dans une alcôve éclairée par deux ampoules de soixante watts dont la lueur soudaine éblouit un instant Figueroa. Elle estima qu'ils se trouvaient au moins à trois cents mètres des voitures, au fond d'un dédale dont elle craignait ne pas pouvoir sortir sans l'aide de Nate, leurs radios ne fonctionnant sans doute pas dans ces sous-sols.

Nate distribua les hamburgers et les tartes à ses camarades d'infortune dont un bredouillait sans arrêt et un autre avait à la place de l'œil gauche un champignon de chair. Bennis leur servit les gobelets de café. Puis Nate déclara :

– Je n'irai pas jusqu'à dire que ces flics sont nets, les gars. Mais ils ont été polis et je crois qu'on peut regarder leurs photos. Lui, c'est Norm, et elle, c'est Suze.

Les quatre compères accueillirent ce discours par un silence que Figueroa prit d'abord pour une manifestation d'hostilité. Mais Nate lui emprunta les photos et les fit passer aux autres.

130

Des murmures parcoururent le groupe, penché comme un seul homme sur les clichés. Finalement, le bredouilleur récita :

– Am... stram... gram... Pique et Pique et Colégram. C'est Mami qui sait. C'est Abby la fille.

Figueroa et Bennis se tournèrent vers Nate pour qu'il leur traduise le langage particulier de son ami.

– « Mami », c'est lui, et il dit que le nom de la femme est Abby.

– Oui, en effet, c'est son nom. C'était une amie à lui ? Que sait-il sur elle ? Avait-elle de la famille ? interrogea Suze respectant les règles de base de l'enquête consistant à retrouver les proches de la victime.

Mami fit non de la tête.

– Non. Pas d'amis ni de famille, confirma Nate.

– Est-ce qu'elle fréquentait des gens à qui nous pourrions parler ? C'est important, insista Figueroa.

Mami fit de nouveau signe que non.

– Avez-vous vu des gens avec elle ? Quelqu'un qui aurait demandé de ses nouvelles par exemple ? Ou qui l'aurait suivie ?

– Eh ! Vous essayez de coller sa mort sur le dos d'un clochard ? s'éleva Nate, furieux.

– Mais non, pas du tout ! protesta Figueroa.

– C'est tellement facile, le SDF a bon dos ! continua Nate sans décolérer.

– Écoutez, vous savez aussi bien que nous que les SDF ne sont pas tous des saints. C'est comme les flics...

Les cinq clochards partirent d'un grand éclat de rire dont l'écho retentit aux quatre coins du dédale. Le plus petit d'entre eux se mit à tousser si fort qu'il dut s'asseoir par terre. Suze lui adressa un clin d'œil.

– Mais si quelqu'un se balade et cherche à tuer des SDF, ça vous intéresse, non ? Imaginez que l'assassin se donne l'apparence d'un SDF ? Allons, essayez donc de nous aider un peu.

– Elle n'a pas tort, opina Nate en se tournant vers le dénommé

Mami. (Mais comme ce dernier hochait négativement la tête, il ajouta :) Hélas, je crois qu'ils n'ont vu personne de ce genre.

– Est-ce qu'Abby avait l'habitude de fréquenter South State Street ? La 11ᵉ Rue et State ? L'allée sous le métro aérien ?

Nouveau conciliabule. En fin de compte, Nate lâcha :

– Ouais. Et c'était pas très malin.

– Et pourquoi donc ?

– On n'y va jamais. Cet endroit est trop dangereux.

Figueroa hésita :

– Vous voulez dire récemment ? Vous n'y allez plus depuis peu de temps ?

– Récemment, c'est quoi ?

– Eh bien, un mois, environ.

– Non ! Plutôt un an, à peu près.

– Ah, ces hamburgers, avec ce fumet de fromage, ça me faisait tellement envie ! J'aurais dû en garder un pour moi, soupira Figueroa alors que Bennis et elle garaient leur voiture dans le parking du quartier général de la police.

– On ne pouvait pas deviner qu'on avait cinq personnes à nourrir.

– Bon, je suppose que ça valait le coup.

– Quelle heure est-il ?

– 5 heures. On a loupé la happy hour du Furlough.

– Tu sais, dit Bennis, on devrait aller jeter un œil sur les lieux du crime de nuit.

– Impossible. On m'attend à la maison pour préparer le dîner.

– Et si je te raccompagnais ? Je repasserais te prendre vers 7 heures.

Figueroa téléphona chez elle sur son portable et annonça son retour imminent à Jay-Jay, puis elle passa commande à la pizzeria de son quartier.

Tenant trois boîtes en carton en équilibre les unes sur les autres, Suze réussit tant bien que mal à s'extraire de la voiture de Bennis.

– Tu es sûr que tu ne veux pas entrer et déguster une bonne pizza avec nous ?

– Non, je dois aller voir un type qui pourra peut-être m'expliquer comment on repère les pickpockets. Je reviens te prendre tout à l'heure.

– Et puis tu n'aimes pas trop Robert, c'est ça ?

– Si tu peux lire dans mon esprit, on n'a même plus besoin de se parler ! s'esclaffa son équipier.

Suze était attendue. Maria avait déjà mis le couvert. Kat poussait le fauteuil de Sheryl vers l'espace le plus dégagé, sur le côté. Suze posa les trois pizzas au milieu de la table et alla chercher de la limonade et du lait dans le réfrigérateur. Elle était tellement fatiguée qu'elle sentait son corps bourdonner.

– Il faut que je reparte dans un moment, annonça-t-elle à la ronde en s'asseyant.

– À propos de sortie, dit Robert, j'invite mes gérants au restaurant vendredi soir. Je présente mon nouveau gérant de Ravenswood à ceux de mes cinq autres teintureries.

– D'accord. Quand penses-tu être de retour ?

– Les pressings ne ferment pas avant 21 heures. On aura fini de dîner vers 23 h 30. Je devrais être rentré à minuit.

– Pas de problème, assura Suze.

– C'est quoi, ça ? demanda Robert en ouvrant une des boîtes d'un air méfiant.

– Ananas et bacon canadien ! lança gaiement sa belle-sœur. (Avant que Robert n'ait le temps d'émettre une critique, elle ajouta :) Jay-Jay adore. Celle-là est aux poivrons et aux olives, et l'autre, c'est celle que tu préfères. Oignons et steak haché.

– Maman, pourquoi il faut que tu sortes ? gémit Jay-Jay qui déjà attaquait sauvagement sa pizza.

– Norm et moi devons nous occuper d'affaires un peu spéciales. Nous sommes devenus enquêteurs temporaires.

– Pourquoi enquêteurs temporaires ?

133

— Parce que beaucoup d'enquêteurs sont tombés malade.

— Pourquoi ? continua à interroger Jay-Jay avec un acharnement typique de son âge.

— Ils sont tous allés à un dîner et ils ont mangé de la nourriture avariée.

— Pourquoi ?

— Parce que...

— Jay-Jay ! Par pitié, arrête ! s'écria Robert.

— Bon d'accord, mais raconte-moi alors quelles sont ces affaires ? exigea Jay-Jay.

— Deux sans-abri ont été assassinés, énonça Suze non sans réticence.

Elle n'aimait pas discuter de son travail à la maison, surtout quand il s'agissait d'histoires de meurtres.

— Pourquoi il y a des gens qui sont sans abri ? insista Jay-Jay.

— Parce qu'ils ne veulent pas travailler, lâcha Robert d'un ton sec.

— Ce n'est pas toujours le cas. Certains d'entre eux ne peuvent pas travailler. Par exemple, s'ils sont invalides, avança Suze.

— Presque tout le monde peut travailler. Il suffit d'un peu de motivation, la contredit Robert.

— Ou bien ils ont été licenciés parce que l'usine où ils travaillaient a fermé.

— Dans ce cas, argua Robert, ils devraient aller chercher du boulot ailleurs. Après tout, il y a cent ans, beaucoup d'hommes travaillaient comme maréchal-ferrant. Puis les gens ont cessé d'utiliser des chevaux pour se déplacer. Les courageux se sont convertis à la réparation automobile. On ne peut pas s'attendre à ce que la société trouve à chacun un travail taillé sur mesure.

— Certains handicapés n'ont pas de couverture sociale, poursuivit Suze sans se laisser démonter. De plus, la plupart des hôpitaux psychiatriques ont fermé, et donc, les malades mentaux se sont retrouvés dans la rue.

— On peut toujours dégotter un travail, si on cherche vraiment, s'obstina Robert.

– Si on perd son job, si l'usine où l'on travaillait ferme un beau jour sans crier gare, on peut se retrouver sans assez d'argent pour le loyer. On paye en retard, et, finalement, on atterrit dans la rue.

– Il faut être prévoyant et économe dans la vie, pontifia Robert. Les gens n'ont qu'à pas avoir les yeux plus gros que le ventre.

– Un SDF a plus de mal qu'un autre à trouver du travail parce qu'il ne peut pas s'habiller avec des vêtements propres, se raser...

– De toute façon, dit Robert à bout d'arguments, ce sont des alcooliques et des drogués.

– C'est faux ! rétorqua Suze. Ils ne sont pas tous toxicomanes. Et quand bien même, c'est pas ça qui nous donne le droit de les exclure.

– Oui, intervint Kat de sa voix haut perchée, j'ai lu dans un magazine que les foyers ne sont pas sûrs.

– Et nous, avec notre jolie maison et notre table bien garnie, nous devrions nous montrer plus compatissants, opina sa tante Suze.

– Avec une bande d'ivrognes et de toxicos ? s'exclama Robert sur un ton de reproche. Susanna, je ne crois pas que ce soit bon pour les enfants de leur faire penser qu'on n'a pas besoin de travailler. Moi, je bosse toute la journée, et personne ne me paierait si je restais ici à me tourner les pouces.

Suze préféra ne rien dire. Dans le silence qui s'installa autour de la table, elle s'aperçut que Sheryl ne s'était pas manifestée depuis le début du repas. Elle se tourna alors vers sa sœur et tressaillit, stupéfaite de la voir si tremblante, la tête agitée et le bras droit tétanisé, le gauche serré comme des griffes sur sa poitrine. Suze se leva d'un bond :

– Ma chérie, qu'est-ce qui ne va pas ?

Suze vérifia les yeux et le pouls de Sheryl. Tout allait bien.

– Je crois que c'est une crise d'angoisse, conclut-elle. Robert, peux-tu m'aider à la mettre au lit ?

– Bien sûr.

135

– Les enfants, finissez de manger. Je veux que vous laviez la vaisselle avant que je parte.

Sheryl avait été prise de panique, se dit Suze en se reprochant d'avoir laissé cette discussion sur les SDF se prolonger. Elle avait sans doute imaginé ce que sa vie serait aujourd'hui, handicapée comme elle l'était, si elle n'avait pas eu de famille...

Pendant que Suze Figueroa avalait sa part de pizza, Norm Bennis se rendait à Skokie, une vaste banlieue au nord-ouest de Chicago. Il devait y voir un indic.

– Et voici mon copain le gitan ! s'exclama Bennis en voyant Harold Pigeon traverser le terrain de base-ball à sa rencontre.

– T'as pas encore compris que « gitan », c'est péjoratif ? grommela Harold en s'asseyant sur les gradins à côté du policier.

– Si, mais, tu vois, je ne me présente pas aux élections, ironisa Bennis Alors je me fiche bien du politiquement correct. Je suis flic... Une brute insensible !

Harold avait rencardé Bennis au cours d'une enquête concernant une escroquerie dont des vieillards étaient la cible. Trois jeunes femmes aguichaient septuagénaires et octogénaires dans l'espoir de les délester de leurs économies, les emmenaient en voyage aux frais du bonhomme et obtenaient une procuration sur leur compte en banque. Harold était impliqué, ayant présenté les jeunes prédatrices à leurs victimes. De fait, grâce à lui, Bennis avait établi le lien entre les trois affaires. Mais on n'avait rien pu prouver contre lui, vu qu'il empochait ses « commissions » en liquide. De toute manière, il se révélait plus utile comme informateur que derrière les barreaux.

– Harold, j'ai besoin d'en savoir plus sur les méthodes des pickpockets.

– Qu'est-ce qui te fait croire que je m'y connais dans cette branche ?

– Pas de salade avec moi ! Elaine aimerait certainement voir sa peine réduite, maintenant qu'elle a eu un peu de temps pour y réfléchir. Pour Betty, je ne sais pas, mais Elaine n'est pas du genre à la fermer. Elle pourrait parler.

— En y réfléchissant, il y a bien un type...

Suze et Norm sortirent de la voiture garée dans le parking du quartier général de la police, sous la lumière rosâtre des lampes.

— Cet éclairage rose, c'est pas très seyant ! soupira-t-elle.

La peau noire de Bennis avait l'air orange, la sienne d'un jaune maladif.

— Ceux qui ont inventé ces réverbères devraient être condamnés à passer quatre années dans un centre de désintoxication !

— Arrête de râler, Figueroa.

Ils marchèrent ensemble depuis le parking jusqu'à la voie du métro aérien qui courait le long de Holden Court. Les grandes pattes métalliques s'évasaient vers le sol, fermement coulées dans des piliers de béton au niveau de la rue. Comme un géant ancré au sol.

State Street, une large artère parallèle aux rails du « El », à cent mètres à l'ouest, passait, elle, devant le building. Comme ce dernier abritait tout à la fois le quartier général de la police, les locaux du 1er District et plusieurs tribunaux, le secteur était toujours encombré de jour, et il n'y avait jamais assez de places pour garer les voitures. Le parking du building étant réservé aux officiers de police et aux employés, d'autres parcs de stationnement avaient été aménagés au fil des années le long de State Street, dans des espèces de terrains vagues entre des immeubles délabrés.

La nuit n'était pas encore tombée à 21 heures. En juin, le soleil se couchait tard. Mais déjà les ombres allongées des bâtiments et du métro aérien donnaient au secteur un aspect lugubre.

— Bennis, lança Figueroa pour meubler le silence, tu savais que pendant la Prohibition, on pouvait sentir l'odeur des brasseries clandestines de Maxwell Street jusqu'ici ?

— Jamais entendu parler de ça.

— Celui qui brassait pour Johnny Torrio gagnait dix fois le salaire d'un ouvrier des travaux publics. Il vous avançait le maïs, le sucre et la levure. Vous mettiez votre grand-père ou votre grand-mère à contribution pour surveiller la cuve. Un seul foyer fournissait une moyenne de huit cents litres par semaine. Les camions de Torrio faisaient le tour des maisons et récupéraient la bibine dans des grandes citernes. Des milliers et des milliers de litres. Tout le quartier empestait la fermentation.

— Tu veux dire par là qu'on ne peut pas empêcher les gens de picoler ? plaisanta Bennis.

— Non. Mais je pense qu'une personne âgée peut encore être utile, qu'on n'a pas le droit de les laisser vagabonder comme ça.

— Là, tu as peut-être raison.

Figueroa scruta de haut en bas la voie ferrée et les rues sombres.

— Tu sais quoi, Bennis ? Tout semble plus petit, ici, la nuit. Le métro ressemble à une barrière, une barrière qui serait suspendue au-dessus de nous. On a l'impression d'être pris dans un étau, non ?

Elle le regarda du coin de l'œil, anticipant une réponse moqueuse, mais il lâcha :

— Oui. Comme un tunnel.

— Et State Street, avec ces lampadaires orange et tout cet asphalte semble tellement malsaine.

— Ce n'est pas le moment de devenir lyrique, Figueroa. Restons logiques. Regardons les choses de près et de façon raisonnable.

— OK, tu as raison. Et soyons exhaustifs. Bon, la première personne assassinée par notre tueur était Manualo. Il y a dix jours. Pas loin du « El », mais pas exactement en dessous. Allons voir...

Jimmy Manualo avait été tué à environ cent mètres du quartier général de la police, près de ce que l'on appelait « l'annexe ». Cette construction, rajoutée il y a une trentaine d'années, était un gros bloc sans personnalité, voisin du building principal. N'ayant pas été prévus pour s'intégrer au QG, les étages n'étaient pas à la même hauteur. Si bien qu'à l'intérieur, on passait du bâtiment principal à l'annexe par des rampes inclinées recouvertes de dalles de lino crasseux.

L'entrée du poste du 1er District se trouvait dans le bâtiment principal, à côté de l'annexe. La façade est de cette annexe, ainsi que celle du bâtiment principal, donnaient sur le métro aérien.

Bennis et Figueroa se tenaient dans la pénombre, entre deux piliers du « El », et regardaient l'annexe d'un air découragé.

– Ce n'est pas mieux de ce côté, soupira Bennis.

– Mais pourquoi n'ont-ils pas ouvert des fenêtres au rez-de-chaussée ou au premier ? interrogea Figueroa. Pourquoi seulement à partir du deuxième niveau ?

– Parce qu'il n'y a rien à voir. Personne n'a envie d'avoir le métro aérien sous le nez et d'entendre tout ce bruit.

Ils marchèrent jusqu'à l'endroit exact où Manualo avait été retrouvé. À plus de cent mètres au nord de l'annexe, bref, loin de tout. Un parking, entre le métro et State Street, était en démolition, sans doute pour laisser place à un gratte-ciel. Une grue était figée sur l'asphalte crevassé. Mais nul n'aurait passé la nuit assis dans la cabine de cet engin à guetter un meurtrier.

Aucun élément anormal n'était à signaler. C'était comme si Jimmy Manualo n'avait jamais existé et comme si son cadavre n'avait jamais reposé dans cette allée, dix jours auparavant.

Des détritus partout. De toute évidence, personne n'avait demandé à la police scientifique de ramasser les indices potentiels traînant sur le sol. Certains éléments devaient déjà se trouver là avant sa mort. Bennis et Figueroa peinaient à se frayer un chemin dans tous ces déchets. Des papiers de chewing-gums et de bonbons ; des sacs en papier de fast-food ; des emballages rouges de burritos ; des frites desséchées ; une dizaine de gobelets en carton ou en polystyrène ; un gant écrasé plein de boue ; des préservatifs ; un morceau de pot d'échappement ; des pièces de monnaie ; une portière de voiture bleu clair ; un T-shirt taille enfant ; une vieille basket ratatinée. Le tout parsemé de bouteilles de vin – la plupart cassées – et de cannettes de bière vides.

Figueroa et Bennis cherchèrent en vain des lingettes usagées. Ils trouvèrent en revanche beaucoup de mouchoirs en papier.

– C'est beau la civilisation, hein ? lâcha Bennis, sarcastique.

– Plutôt malin de tuer sous le métro aérien, fit observer Figueroa. Personne ne peut vous voir. Et si on choisit bien son moment, quand une rame passe, personne ne peut vous entendre. Même si votre victime se débat avec des cris de sauvage.

– En effet, c'est très habile.

– Mais pourquoi les sans-abri viennent-ils dormir ici ? C'est tellement bruyant.

– Ils n'ont pas le choix. On les vire des gares routières et des stations de métro. Et même de l'aéroport. En plus, aucun de ces endroits n'a de bancs sur lesquels dormir. Il y a des accoudoirs tous les soixante centimètres pour empêcher les gens de s'allonger.

– Peut-être que les SDF se sentent plus en sécurité ici, pas loin du quartier général de la police, nota tristement Figueroa.

Ils se dirigèrent vers le sud.

L'endroit où O'Dowd était mort – ou du moins, précisa Bennis, où l'on avait découvert son corps –, se trouvait dans une allée latérale, juste aux abords de la voie ferrée aérienne, à cent mètres au sud du poste. Là aussi, il y avait abondance de détritus, exactement comme sous le métro. Pléthore d'indices que, là encore, la police scientifique n'avait pas jugé bon de ramasser.

Le ciel était à présent presque noir. Seul le halo rosâtre des lampadaires permettait de se repérer. L'œil ne pouvait discerner aucun détail.

– Je suis bien contente d'être venue ici, Bennis.

– Oui, c'est différent la nuit.

– Quand on voit des lieux aussi déserts, on se dit que le tueur a pu faire joujou avec ses victimes pendant un bon moment. Ils ont peut-être pique-niqué, vidé une bouteille de whisky ou de bourbon, en regardant passer les rames au-dessus de leur tête.

– Sauf qu'il y a des voitures sur State Street, avança Bennis. Ce qui veut dire qu'ils auraient quand même pu être aperçus.

– Exact. Et des voitures prennent l'allée pour aller se garer dans le parking de la police. Sans parler des quelques piétons qui passent parfois dans la rue.

– Mais auraient-ils remarqué la présence de deux clochards assis dans un coin sur le trottoir ? questionna Bennis.

– On ne sait jamais. J'en doute. Mais si j'étais le tueur, je ferais tout de même attention, répondit Figueroa après quelques instants de réflexion.

– Ce qui nous indique que les meurtres ont sans doute eu lieu après l'arrivée de nos collègues de la tranche 23 heures-7 heures.

– Oui, tard dans la nuit, puisqu'il n'y avait pas un pékin dans les parages.

– Ce qui corroborerait les estimations de l'heure de la mort données par le légiste, opina Bennis.

– Un meurtre le 21 mai, puis rien pendant dix jours, et ensuite deux meurtres en deux jours, le 31 mai et le 1er juin. Je me demande ce que cela peut signifier...

– J'espère que ce n'est pas simplement que notre tueur a découvert qu'il y prenait beaucoup de plaisir, souffla Bennis.

Ils sortirent leurs grosses torches électriques et refirent un tour d'inspection. Ils tenaient leurs lampes assez bas, pour mieux scruter l'asphalte craquelé et le gravier, à la recherche du moindre détail. La lumière rasante leur donnait un meilleur aperçu des contours du sol et illuminait des petits détritus qu'ils n'auraient pas pu distinguer autrement. Mais aucun indice valable n'apparut.

Après avoir éteint leurs torches, ils se dirigèrent un peu plus au sud, vers l'endroit où le corps d'Abigail Ward avait été trouvé. Les lieux étaient encore circonscrits par le ruban de plastique jaune marqué POLICE CRIMINELLE PASSAGE INTERDIT, ainsi que des pancartes INTERDIT SAUF AUTORISATIONS SPÉCIALES.

– Personne n'a pris la peine de les enlever, constata Figueroa.

– Pourquoi se donner ce mal ? Pas un chat ne passe par ici.

La lumière artificielle inondait le parking et les murs du QG de la police d'une étrange lueur et colorait les briques de

141

l'immeuble d'habitation d'une curieuse teinte rouille. Dans le prisme des reflets, les ombres paraissaient glauques.

– Bennis, tu as vu ? s'exclama Figueroa.

– Quoi ?

– Là-bas ! Quelqu'un nous observe.

Ils s'immobilisèrent aussitôt, scrutant les alentours. Plusieurs minutes s'écoulèrent ainsi. Suze commençait à avoir mal aux genoux.

Il y eut un léger mouvement près d'un pilier du métro aérien. Bennis se précipita. Figueroa courut dans une direction légèrement différente, un peu plus loin sous le métro, dans l'espoir de doubler leur gibier. Elle ralluma sa torche. Personne !

Ils foncèrent ensuite le long de l'allée, vers l'arrière du quartier général de la police.

– Arrêtez ! On ne bouge plus ! Police !

Le fugitif avait disparu.

– Stop ! Stop !

– Police !

Mais ils savaient qu'ils criaient pour rien. Trois minutes après, ils dépassaient le parking en démolition sans avoir vu personne, et abandonnaient la partie.

– Où est-il passé ? haleta Figueroa.

– Aucune issue par là. Il a pu glisser sous un grillage. Il fait trop sombre pour voir quelque chose entre les immeubles.

– Tu as vu à quoi il ou elle ressemblait ?

– Pas vraiment. Un homme, je crois. Il portait une casquette. Jeune, peut-être, d'après sa façon de courir.

– Bon Dieu ! Je me sens bizarre.

– Allons boire une bière, proposa Bennis.

– Oui. Je pourrais passer quelques coups de fil du Furlough.

Au loin, ils entendirent une rame de métro qui arrivait.

Le Furlough était situé à deux cents mètres au sud du quartier général de la police, juste de l'autre côté de State Street. Ils filèrent vers le bar, trop contents de ne plus être seuls.

Mary Lynne Lee avait vingt-trois ans. Comme elle était jolie, elle avait eu beaucoup de succès au lycée de New Trier où elle était en outre très appréciée par les professeurs. Elle avait toujours été considérée comme une élève « gentille », « très calme », « obéissante ».

Le grand-père paternel de Mary Lynne était coréen. Physicien nucléaire. Il avait enseigné de longues années à la Northwestern University. Sa femme, originaire de France, était l'une des fondatrices des écoles Montessori dans les banlieues riches du nord de Chicago. Elle avait publié de nombreux articles sur la pédagogie. Du côté maternel, Mary Lynne pouvait se prévaloir d'une grand-mère architecte et d'un grand-père ingénieur en structure. Sa mère était obstétricienne à l'hôpital d'Evanston et son père un ingénieur en électronique qui avait gagné beaucoup d'argent en vendant des composants informatiques à des multinationales. Le frère de Mary Lynne poursuivait ses études au MIT, le prestigieux institut technologique de Boston. Sa sœur cadette, Pamela, récoltait les meilleures notes en mathématiques du lycée New Trier.

Mary Lynne était superbe et adorable, mais pas très intelligente. Elle travaillait dur, faisait ses devoirs, écoutait les professeurs, sans succès. Après avoir raté son examen d'algèbre en cinquième, on l'avait mise en soutien de maths pendant deux ans. L'école avait finalement recommandé qu'elle ne suive pas une filière scientifique. Le lycée New Trier répartissait les élèves par niveaux, un système « politiquement correct » pour masquer une sélection draconienne. Le niveau quatre était le plus difficile de sa catégorie. La classe d'anglais de niveau quatre était réservée aux littéraires les plus brillants. Le niveau trois était moyen, mais pas mauvais ; le deux dévolu aux éléments médiocres, le un à ceux dont on n'espérait guère de miracles. Et ainsi de suite pour toutes les matières.

Mary Lynne suivait donc les cours du niveau deux, mais ne faisait pas d'étincelles. Ce qui aurait été sans problème si elle ne s'était pas appelée Mary Lynne Lee. Dans sa famille, la réussite passait avant tout, et elle savait qu'elle n'était pas à la hauteur. Chaque soir, autour de la table du dîner, on ne parlait que des bourses obtenues par son frère, des nouveaux articles que sa mère écrivait sur l'obstétrique. Son grand-père avait remporté plusieurs prix de physique, dont un décerné à Paris. Pamela l'y avait accompagné, puisque, avaient affirmé les parents, elle en comprenait l'importance.

Mary Lynne, quant à elle, se débrouillait plutôt bien en football.

Après le lycée, elle prit un job d'été dans une maternelle Montessori. À l'automne, suivant l'avis de sa grand-mère qui connaissait bien les écoles du secteur, elle s'inscrivit dans un petit établissement pour y suivre une formation de puéricultrice, peut-être pour faire plaisir à son aïeule. Mais l'école déconseilla cette orientation et lui suggéra de passer un diplôme d'enseignante en éducation physique.

Mary Lynne commença bientôt à passer ses week-ends à Chicago, traînant dans les bars de rencontre, essayant d'oublier les humiliations de sa semaine à l'école. Progressivement, les weekends s'allongèrent jusqu'au lundi midi et commencèrent plus tôt, juste après les cours, le vendredi, puis le jeudi soir. Pendant un temps, elle se persuada que tout le monde séchait les cours du vendredi. Elle se mit à boire, à passer ses nuits en centre-ville, avec des hommes rencontrés dans les bars.

Elle voulut prendre une chambre dans une pension de famille, espérant que nul ne s'apercevrait qu'elle ne dormait presque plus à l'école. Mais pour cela, elle avait besoin d'argent. Plus que les sommes que lui allouaient ses parents. C'est ainsi que, le weekend, Mary Lynne glissa dans la prostitution occasionnelle.

Cependant, elle continuait à assister aux cours du mardi et du mercredi. Mais, juste avant Noël, elle fut convoquée dans le bureau de son directeur d'études. Elle avait le choix : soit elle assistait à tous les cours jusqu'à la fin du trimestre, soit elle était renvoyée.

Mary Lynn promit de respecter le planning. Elle décida de faire la fête ce soir-là et de commencer sérieusement le lendemain.

Elle ne remit jamais les pieds à l'école.

Ses proches la firent rechercher par un détective privé. La première année, on la retrouva quatre fois et elle fut ramenée au domicile familial. Mais chaque fois, elle fugua de nouveau.

Mary Lynne n'était pas spécialement experte dans la dissimulation de ses traces. Elle n'avait jamais été sournoise ni malhonnête, seulement déprimée. Elle entendit ses parents parler au médecin de famille et évoquer un « centre résidentiel protégé ». Ils l'adoraient ; elle le savait bien. Mais cette famille n'était pas faite pour elle.

La cinquième fois qu'elle prit la fuite, elle ne revint pas dans sa petite chambre d'hôtel. Elle s'installa chez un homme qu'elle connaissait à peine, parce que comme ça, se disait-elle naïvement, ses parents et leurs détectives avaient peu de chance de le connaître. Elle avait raison : personne ne put la retrouver. En revanche, elle avait tort sur un point : on pouvait toujours la rendre plus malheureuse. Son compagnon la battait quand il avait trop bu et l'ignorait quand il n'était pas soûl. Elle décida de le quitter et d'aller dormir dans la rue, du moins pendant les mois les plus chauds.

Mary Lynne essaya la cocaïne pendant un temps, mais ses effets ne lui plaisant pas, sur les conseils d'une copine prostituée, elle goûta au crack. Elle n'aima pas non plus. Elle préférait l'alcool.

Quand elle faisait des passes, Mary Lynne portait une jupe très courte, avec des découpes en forme de cœur sur les côtés. Les jours où elle ne tapinait pas, elle arborait des sweat-shirts amples et des jeans. Elle découvrit bientôt que si elle dissimulait ses cheveux sous une casquette de base-ball, le monde devenait soudain plus tranquille. Les gens la prenaient pour un garçon et elle ne se faisait pas draguer ou insulter.

Elle se baladait tranquillement aux environs du bâtiment de la police, le mercredi soir, lorsque les deux policiers l'avaient repérée. D'instinct, elle avait pris ses jambes à son cou. Que faisaient-ils là, à fouiller sous le métro ? Elle finit par les semer en s'accroupissant derrière des sacs à ordures. Une fois qu'ils furent partis, se sentant sale à cause des poubelles, elle se releva et prit la direction du nord sur State Street, vers le Loop. Peut-être reviendrait-elle plus tard dormir dans les parages ? L'endroit semblait sûr, si proche du quartier général de la police.

D'après le permis de conduire expiré d'Abigail Ward, la pauvre femme avait jadis habité au cœur du 13e District. Au cours de la journée, un des policiers du secteur s'était rendu à l'adresse indiquée. C'était une pension de famille. Personne n'y avait entendu parler d'Abigail Ward, mais les nouveaux propriétaires avaient conservé des archives remontant à plusieurs années.

— Juste des registres, en réalité, mais vous pouvez bien sûr les consulter, déclara une femme un peu forte dans la soixantaine.

Le flic trouva les informations qu'il recherchait. Abigail était originaire d'Albany, dans l'État de New York. Et elle avait griffonné une adresse, là-bas.

— Bon, j'ai appelé la police d'Albany, dit Figueroa à Bennis, alors qu'ils étaient assis au Furlough.

— Et ?

— Ils m'ont renvoyée sur le poste local. Ils ont été très aimables. Un flic a pris la peine d'aller voir à l'adresse où habitaient les Ward, qui n'était pas loin. Voilà pour les bonnes nouvelles. La mauvaise, c'est qu'il n'y a plus personne du nom de Ward à cette adresse. En revanche, le voisin a donné au flic le numéro de téléphone d'un certain Daniel Frank Ward, qui habite toujours Albany.

— Quel âge ?

— Vingt-huit ans.

— Ça colle à peu près. Appelle-le.

Suze composa le numéro.

– Oui, c'est bien Dan Ward.

– Monsieur Ward, mon nom est Susanna Figueroa, de la police de Chicago. Je dois m'assurer que je parle bien à la bonne personne. Le prénom de votre mère est-il bien Abigail ?

– Que s'est-il passé ?

– Vous êtes donc le bon Daniel Ward ?

– Si elle a... Oui, c'est moi.

– Je suis désolée d'avoir à vous annoncer qu'Abigail Ward est décédée.

À l'autre bout du fil, l'homme n'émit pas un son. Puis :

– Bien, merci de votre appel. Au revoir.

– Ne raccrochez pas, s'il vous plaît ! s'écria Figueroa en serrant le récepteur. J'ai besoin de savoir quand vous avez vu votre mère pour la dernière fois.

– Pourquoi ?

– Nous essayons de reconstituer ses déplacements. Votre mère a été tuée hier.

– Une voiture ?

– Nous pensons qu'elle a été assassinée.

– Merci de m'avoir prévenu. Au revoir.

– Voulez-vous venir à Chicago récupérer le corps ?

– Je ne veux pas de ma mère, et encore moins de son cadavre. Elle n'a jamais été là pour moi. Pourquoi devrais-je m'en occuper ? Nous lui avons tous demandé, supplié d'arrêter de boire, mais elle s'en foutait, mademoiselle Figueroa. Je ne l'ai pas vue depuis des années. N'essayez pas de me culpabiliser. Elle était adulte alors que moi, je n'étais qu'un môme. Ce n'est pas moi le responsable. Je n'ai pas de mère et je n'en ai jamais eu alors que j'avais besoin d'elle. Ne m'ennuyez plus avec ça.

Figueroa se percha sur son tabouret de bar et soupira en levant les yeux au ciel.

– Ne me pose pas de questions. Oublions la famille d'Abby Ward.

– D'accord, répondit Bennis.

– On a trois meurtres. Ils devraient nous donner quelques indices. Et que savons-nous en fait ?

– La victime. As-tu des renseignements sur Manualo ?

– Enfin... Les investigations des enquêteurs sont pour le moins sommaires.

– Bon, mais à part ça ?

– Manualo était jockey. Eh oui ! Dans les années soixante-dix et au début des années quatre-vingt, il a gagné beaucoup de courses. C'était un des meilleurs. Il était même assez connu.

– Je vois.

– Ensuite, c'est vraiment triste. Très triste. À quarante ans, il a commencé à prendre du poids. C'était un type plutôt menu, évidemment. Il mesurait un mètre quarante-neuf, et pesait quarante-cinq kilos tout au plus.

– Un mec un peu dans ton genre, ironisa Bennis.

– Plus petit que moi ! protesta Figueroa en se redressant sur son tabouret de tout son mètre cinquante. Il est allé voir son médecin. Pas de problèmes hormonaux, pas de diabète, pas de troubles cardiaques. Rien. Il n'avait pas modifié son régime alimentaire. Son métabolisme avait changé, un point c'est tout.

– C'est ce que je n'arrête pas de dire à ma mère. Qu'elle cesse de m'envoyer des colis de nourriture... à cause de mon métabolisme ! gémit Bennis en se tapotant le ventre.

– En grossissant, ses performances de jockey ont baissé. Il a fini par se retrouver au chômage. Tout le monde lui disait de manger moins. Il a confié à un de ses amis jockey que toute sa vie, il s'était nourri d'une feuille de laitue et d'un coquillage, et qu'il ne pouvait pas descendre en dessous de ça.

– Donc, il est au chômage.

– Et il commence à picoler. Il s'est toujours autorisé un ballon de vin rouge chaque soir. Un seul verre.

– Et il est donc devenu alcoolique.

148

– Oui. Il a été retrouvé refroidi sur State Street au mois de mai. Forte concentration d'alcool dans le sang. Étouffé avec un manteau et une sorte de coussin qu'il trimballait avec lui. Son visage était lavé. Il n'avait pas de famille proche à Chicago. Honnêtement, je ne me vois pas remonter à ses ennemis potentiels ou à ses héritiers. Il se trouvait au mauvais endroit au mauvais moment.

– Alors, qu'avons-nous ? Des victimes : nous avons un ancien flic, un jockey latino, et une vieille clocharde. Où est le lien ?

– Qu'ont-ils en commun, tu veux dire ? s'interrogea Figueroa en prenant une gorgée de bière.

Comme il n'y avait rien à ajouter, ils se turent. Puis Bennis proposa :

– Tu veux que je te dépose ?

– Bennis, tu m'as déjà raccompagnée une fois aujourd'hui. Merci, mais je peux rentrer par mes propres moyens.

– Ta journée a été rude. Tu as bien droit à une deuxième bière si tu en as envie.

– Bennis, tu es un amour ! lui murmura-t-elle en passant son bras sur ses épaules et en l'embrassant sur la joue.

– Figueroa ! T'es malade ? s'écria-t-il en promenant un regard affolé sur le bar désert à cette heure. Ils vont croire qu'on couche ensemble !

– Calme-toi et réfléchissons. Nous savons déjà quelque chose : les trois meurtres ont sans doute eu lieu après minuit.

– Les trois victimes étaient des SDF.

– Oui, c'est évident. Mal habillés, en mauvaise santé.

– Tous trois étaient alcooliques, poursuivit Bennis. Et aucun d'eux ne se shootait à autre chose que l'alcool.

– C'est vrai. Mais, dans cette tranche d'âge, c'est plutôt normal. Peut-être que ce taré tue délibérément des personnes d'âge mûr. Les camés à l'héro ou au crack et les fumeurs de shit sont en général plus jeunes.

– Et, bien sûr, nos trois victimes avaient le visage nettoyé.

– Tu l'as dit !

– Très bien. Et toutes les trois se trouvaient dans un rayon de trois cents mètres autour du quartier général de la police de Chicago... (Bennis posa son verre et fronça les sourcils.) Cette dernière constatation ne me dit rien qui vaille.

16

Figueroa rentra chez elle après avoir bu une seule bière, conformément à la règle qu'elle s'était fixée. Il était plus de minuit quand elle arriva dans son quartier. Elle ne trouva pas à se garer à moins de quatre pâtés de maisons.

Oh, là là. Très mauvais augure. Ça va, ça va ! C'est idiot. C'est vrai, se dit-elle, *c'est absurde. Il n'y a pas de places pour se garer parce qu'il est tard, voilà tout.* D'habitude, elle rentrait vers 16 h 30, au pire à 17 heures, alors que la plupart des salariés ordinaires revenaient un peu plus tard. Pas étonnant qu'elle eût toujours un choix royal.

Elle pénétra dans la maison par la porte de derrière avec sa clé, discrètement, pour ne réveiller personne.

Son premier réflexe après avoir rangé son arme fut d'aller jeter un œil sur Sheryl. Les angoisses manifestées par sa sœur au dîner l'inquiétaient. Demain, il fallait sans faute qu'elle voie la neurologue pour le cuisiner sérieusement sur la santé de sa patiente. Si le médecin était optimiste, cela calmerait peut-être Sheryl. Mais si elle n'avait constaté aucun progrès ? Qu'allait-elle bien pouvoir lui dire ? Pas la peine d'y penser maintenant.

Au début de la convalescence de Sheryl, Suze était allée voir le chirurgien qui avait remis en place les fragments de sa boîte crânienne fracturée.

— Je suis de plus en plus frustrée qu'elle ne parle toujours pas.

151

Et si moi je suis frustrée, vous imaginez à quel point elle doit l'être ! avait-elle vitupéré

— Vous devriez déjà être très satisfaite de ses progrès actuels, avait répondu le médecin.

— Mais elle est si... on dirait qu'elle est enfermée à l'intérieur d'elle-même.

— Non, ce n'est pas le cas. Il existe un état appelé le locked-in syndrom. Le malade est totalement éveillé et conscient, mais son corps est paralysé. Certains arrivent à communiquer par des clignements d'yeux. D'autres non ; ils ne peuvent absolument rien communiquer au monde extérieur. En tant que médecin, quand on voit ces malades, on se sent totalement inutile.

— Comme dans *l'Enterrement prématuré* d'Edgar Poe ?

— Oui, c'est un peu ça. Alors quand vous la voyez lutter pour sortir quelques mots, vous devez comprendre que ce pourrait être bien pire. Même quand elle approchera de la guérison, elle aura encore des moments de régression. Et Sheryl ne sera pas la seule à se sentir frustrée. Vous, son mari, ses enfants, vous ressentirez encore de la colère, de la rancœur.

— Je me sentirais tellement furieuse si je me trouvais à sa place !

Le médecin acquiesça. Que pouvait-il faire d'autre ?

— Vous en êtes certainement plus consciente qu'elle, dans l'état actuel des choses. Elle est désorientée, elle souffre de blessures musculaires, de côtes cassées, ses membres lui font mal. Son aphasie n'est qu'un petit détail pour elle, parmi de nombreux autres problèmes.

— Oui, mais tout de même...

— Tout de même, elle en sera bientôt consciente. Laissez-moi vous montrer...

Le médecin s'empara d'une maquette de cerveau humain qu'il gardait toujours sur son bureau. Il l'ouvrit en deux, dévoilant l'intérieur.

— Sheryl souffre de traumatismes dans plusieurs zones du cerveau. La paralysie de son côté gauche est due à une blessure au côté droit de l'hémisphère cérébral. L'aphasie, son incapacité de parler, est due à un traumatisme du cortex, dans l'hémisphère gauche des lobes postérieurs frontaux et antérieurs temporaux. À peu près dans cette zone, la circonvolution de Broca. C'est-à-dire dans le lobe frontal, près de la zone du cortex moteur, l'endroit qui contrôle le mouvement des lèvres, de la mâchoire, de la langue, du palais et des cordes vocales. Mais la capacité de compréhension reste intacte.

– En d'autres termes, elle peut penser à ce qu'elle veut dire, mais elle est incapable de produire les sons.

– Exactement. Il existe d'autres sortes d'aphasies. L'aphasie fluente, par exemple, où le malade est capable de lâcher un flot de paroles, mais sans aucun sens.

– J'espérais qu'elle pourrait au moins se servir de son ordinateur. Vous savez, elle était ingénieur en informatique avant son accident.

– Oui, j'étais au courant.

– Je pensais qu'elle pourrait utiliser sa machine pour nous communiquer ce qu'elle pense.

– Je ne crois pas que ce sera possible. Je suis désolé. Les malades atteints de l'aphasie de Broca ne peuvent pas écrire, et ils ne peuvent pas taper non plus.

– Qu'est-ce qui va se passer ?

– Ça va s'améliorer. Ce sera lent, mais ça viendra.

– Par « amélioration », vous voulez dire un léger mieux, ou elle a des chances de se remettre entièrement ?

– Tout ce que je peux avancer, c'est que les plus gros progrès se feront au cours des six premiers mois.

Sheryl dormait. Dans la faible lueur de la veilleuse, on distinguait le mouvement tranquille de sa respiration. Suze poussa un soupir de soulagement avant de grimper en vitesse l'escalier de service. Elle devait se lever à 6 heures et, plus vite elle serait au lit, plus vite elle s'endormirait. Elle était complètement épuisée.

153

Arrivée à la première marche, elle s'arrêta, envahie par une sensation bizarre.

De temps en temps, avec un collègue, elle allait s'adresser aux écoliers et aux collégiens. Ces interventions avaient pour but, en dehors de mettre les enfants à l'aise en face des représentants de l'ordre, de leur apprendre à éviter les situations dangereuses, une des difficultés étant que les personnes mal intentionnées ont souvent l'air parfaitement inoffensives. Donc il fallait expliquer aux petits qu'ils devaient se fier à leur instinct, même si tout avait l'air normal. Et Suze, à cet instant, flairait quelque chose de louche.

Suis donc tes propres conseils, se dit-elle. Elle fit un pas en arrière et retourna vers l'entrée. Sheryl dormait toujours, et on entendait bien son souffle. Suze écouta attentivement six inspirations pour s'assurer qu'elle respirait normalement. Elle se sentit presque idiote de se pencher pour aller voir sous le lit d'hôpital de Sheryl, mais, non, il n'y avait pas de monstre ici non plus. Elle n'en décida pas moins de faire un dernier tour de garde. Suze vérifia la salle de bains du rez-de-chaussée sans allumer la lumière, afin de ne pas réveiller sa sœur. Suze était maintenant accoutumée à la pénombre de la veilleuse et distinguait tout sans problème. Pas de monstre non plus derrière le rideau de la douche.

Elle arpenta le salon, traversa la véranda, puis elle fit demi-tour pour inspecter la salle à manger. Elle ne trouva personne tapi dans l'ombre et retourna vers la cuisine. À part les quelques assiettes que les enfants avaient oublié de charger dans le lave-vaisselle, tout semblait normal.

Elle se pencha pour jeter un œil sur l'escalier de la cave et alluma la lumière, sachant qu'elle était trop loin pour déranger Sheryl. Elle descendit jusqu'au palier d'où elle pouvait voir la plus grande partie du sous-sol.

Elle hésita quelques secondes, avant de se dire qu'elle était vraiment stupide. Elle descendit encore quelques marches. L'ampoule que Robert avait installée était tellement faible que la lumière semblait brune. Suze s'approcha de la machine à laver et tira le cordon qui allumait la seconde ampoule, juste au-dessus.

Une forte lueur d'un blanc aveuglant inonda la pièce en béton. Suze avança pour dépasser la machine à laver et le sèche-linge. Derrière, il y avait encore une pièce aux murs de béton marqués de vieilles traces noirâtres. L'ancienne remise à charbon. Le recoin était humide et bas de plafond.

Elle revint sur ses pas jusqu'à l'escalier. Pas de monstre dans la cave non plus, à part cette sensation menaçante qui persistait.

Elle se sentait maintenant complètement idiote. Bien entendu, il ne pouvait pas y avoir de monstre. Tout cela se produisait parce qu'elle était trop fatiguée, trop tendue. Elle se retourna et grimpa l'escalier de service, s'arrêtant une bonne minute sur le palier du premier pour écouter. Robert dormait la porte ouverte pour pouvoir entendre la sonnerie de Sheryl ou l'alarme incendie, bien que l'une et l'autre fussent suffisamment fortes pour traverser une porte close. Kat et Maria, elles, dormaient portes fermées. Tout semblait comme d'habitude.

Alors qu'elle s'apprêtait à monter à l'étage supérieur, Suze aperçut une tache plus claire au coin de l'escalier principal. S'efforçant de ne pas faire de bruit, elle s'approcha pour mieux voir ce que c'était. Un chiffon rose. En le ramassant, elle se rendit compte que c'était une des petites culottes de Maria. Elle en était à l'âge où elle voulait de la lingerie plus « adulte » ; fini pour elle les culottes en coton de petites filles. Suze avait insisté pour qu'elle n'achète que des articles lavables en machine, sinon ce serait à Maria elle-même de les laver à la main. Résultat : de la lingerie rose synthétique, imitation soie, qui pouvait se jeter dans la machine et même passer dans le sèche-linge.

Elle trouvait néanmoins bizarre que Maria l'eût perdue là, sur le palier, devant le grand escalier. Si elle avait remonté du linge de la cave, elle aurait plutôt laissé tomber quelque chose près de l'escalier de service. Mais, bon, il ne fallait pas pousser trop loin. Peut-être s'était-elle arrêté là pour parler à Kat et n'avait-elle pas remarqué qu'elle semait cette culotte...

155

Suze la pendit à la poignée de porte de Maria, où elle serait sans doute horrifiée de la trouver le lendemain matin, et elle grimpa un étage de plus.

Au deuxième, elle entra dans la chambre de Jay-Jay. Il faisait un bruit de petit garçon qui dort. Comme d'habitude. Parfait.

Elle jeta un coup d'œil à l'escalier qui montait au grenier. En fait, elle aurait dû monter, histoire de finir ce qu'elle avait commencé. Mais il n'y avait rien de valeur dans ce grenier et aucune raison pour qui que ce soit d'y aller. Il y faisait en plus une chaleur atroce. Et puis, elle se sentait tellement fatiguée. Et de plus en plus stupide.

Dans sa chambre, Suze enleva les vêtements qu'elle portait depuis vingt heures. Elle pensait pouvoir prendre une douche sans déranger Jay-Jay. Son fils, en effet, n'était pas comme Sheryl : rien ne le réveillait à part l'odeur du bacon dans la poêle à frire.

Mais même sous le jet relaxant de la douche, elle sentait toujours que quelque chose n'allait pas. Elle était dans sa propre salle de bains, pourtant, chez elle. Alors pourquoi avait-elle la déplaisante impression d'être épiée ? L'eau était bien chaude. Pourquoi avait-elle si froid ?

JEUDI

17

7 heures
Extrait d'une émission radiophonique quotidienne diffusée
sur AM 98.

*Bonjour à tous nos auditeurs. Steve Mumford au micro. Il fait
beau et frais sur la région de Chicago, avec une température
maximale prévue aux alentours de vingt-quatre degrés. Le point
sur la circulation dans quatre minutes.*

*À 7 h 10, j'interviewerai Sandra Cascolinelli, la nouvelle
porte-parole du département de la police de Chicago. Nous par-
lerons de la récente fusillade qui a eu lieu au cours d'une descente dans le 7ᵉ District.*

*Le conseil municipal a décidé de reporter les débats concer-
nant la sécurité des refuges pour les SDF jusqu'au début de
l'automne, l'argument étant qu'il fait chaud dehors. Ça, c'est
bien vrai. Il fait chaud en ce moment. D'ailleurs, il fait en général
toujours bon au début de l'été, non ?*

*Mais est-ce que vos parents se souviennent de l'histoire de la
maison des singes que nous avons tous lue à nos enfants ? Un
groupe de singes fut pris dans une terrible tornade. La tempête
balaya les bananes qu'ils avaient ramassées et les pauvres singes
furent trempés et marris pendant trois jours. « C'est épouvantable. Il faut qu'on fabrique un abri, dit le chef. Il nous faut un*

toit et des murs. Une maison. Nous allons en construire une demain. »

Arriva le lendemain. L'orage était passé. Le soleil se leva et la terre sécha. Tout était merveilleux. Un des petits singes hasarda : « Est-ce qu'on va construire notre maison, maintenant ? » Mais le grand chef répondit : « On n'en a pas besoin. Regarde. Le soleil brille et la terre est chaude et sèche. » Ainsi donc ils jouèrent et firent des provisions de nourriture et passèrent des moments agréables.

Au bout d'un certain temps, survint une autre tornade. Elle balaya toute leur nourriture et les laissa frigorifiés, trempés et malheureux. « Il faut qu'on se construise une maison », dirent-ils en chœur. « Nous commencerons demain. »

Puis l'orage s'éloigna et le soleil fit son apparition. Et que croyez-vous que le grand chef dit ?

Vous l'avez deviné.

À Chicago, on sait que l'hiver revient tous les ans. Nous sommes assez malins pour l'avoir compris. Moi, je l'ai remarqué, pas vous ?

Les SDF ont besoin d'abris permanents et propres. Pas de paillasses temporaires, récupérées d'urgence et jetées sur le sol de pièces pleines de vermine où règne l'insécurité. Et nous devons les construire tant que le soleil brille !

Ce matin-là, chez les Figueroa-Birch, tout le monde était descendu en retard à la cuisine prendre son petit déjeuner. Suze n'ayant pas eu son comptant de sommeil, elle eut un geste maladroit et la poêle des œufs brouillés lui échappa des mains. La frustration d'avoir à nettoyer les traces glissantes d'œufs à moitié crus sur le sol la mit au bord des larmes. Heureusement, Jay-Jay et Kat, qui partageaient tous les deux son goût pour les œufs et son antipathie pour le bol de lait froid où ramollissaient des céréales grillées ou soufflées, se montrèrent très compréhensifs et coopératifs.

– C'est pas grave, t'en fais pas ! entonnèrent-ils en chœur.

Elle leur adressa un sourire de reconnaissance ému. Un peu plus tard, au moment où Suze s'apprêtait à partir avec les enfants, elle s'aperçut qu'elle avait oublié ses menottes dans sa chambre.

– Attendez ! J'arrive tout de suite, s'écria-t-elle à l'adresse de Jay-Jay, Kat et Maria déjà dehors.

Elle monta quatre à quatre l'escalier de service – elle empruntait le moins possible le grand pour la bonne raison qu'elle préférait éviter Robert. *Pourtant, c'est pas un mauvais bougre, Robert,* ne cessait-elle de se raisonner. *Il travaille dur pour nourrir sa famille. Il ramène son salaire et veille à ce que personne ne manque de rien.*

La petite chaîne de teintureries était assez rentable, même si ce n'était pas la poule aux œufs d'or. Robert avait toujours des problèmes de personnel, des frais d'entretien des bâtiments, des pertes dues à la resquille. L'ouverture d'une nouvelle antenne à Ravenswood lui prenait beaucoup de temps et entamait ses réserves de patience déjà limitées. Le problème, c'était que Robert était grincheux et sarcastique. Et Suze n'aimait ni les jérémiades ni les railleries. Surtout le matin au réveil.

Elle grimpa donc l'escalier de service sur la pointe de ses souliers de flic pour ne pas faire de bruit. En passant le palier du premier, elle sentit une odeur de sueur masculine. À ne pas s'y tromper. Bizarre... Robert n'utilisait jamais cet escalier. Et où aurait-il bien pu aller, de toute façon ? Il n'était pas encore descendu dans la cuisine. En général, il se levait une demi-heure plus tard. Serait-il monté au deuxième ? Jay-Jay et Suze étaient les seuls occupants.

En haut, il n'y avait personne. Suze trouva ses menottes sur sa table de nuit, mais pas trace de Robert... Bon, après tout, cela n'avait aucune importance. C'était sa maison. Et ces vieilles bicoques étaient bizarres, quelquefois. Elles craquaient comme des êtres humains, à croire qu'elles respiraient. Au deuxième, parfois, on entendait la chaudière s'allumer dans la cave. Le bruit du chauffe-eau pouvait aussi se propager à travers la tuyauterie. De temps en temps, on sentait l'odeur de ce qui cuisait en bas. D'autres fois, on pouvait frire autant d'oignons qu'on voulait et ne rien sentir à l'étage. Sans doute l'effet conjugué de la direction du vent et des portes et des fenêtres ouvertes à un moment donné. Quoi qu'il en soit, l'odeur de sueur avait disparu quand elle redescendit.

Le sergent Touhy glapit :
— Bennis et Figueroa. Allez voir Mossbacher dès que possible. Non. Pas dès que possible, sur-le-champ !
— Oui patron, répondit Bennis.

Mossbacher était furieux.
— Vous ne pouvez pas mobiliser les techniciens pendant des heures.
— Écoutez, sergent, se défendit Bennis. S'il y a des indices quelque part, il faut les relever.
— Il y a des limites, mes amis. Je permets aux agents de la police scientifique de relever les empreintes directement sous le corps, et même jusqu'à environ trente centimètres aux alentours. Les bouteilles et les cannettes aussi. Mais faut pas pousser trop loin. Et je ne vous parle même pas des tonnes de merde ramassées sur le sol, autour du corps, que vous vouliez examiner. Sans oublier les ordres du Dr Percolin, qui demande des examens complexes des contenus stomacaux et des analyses bizarres des prélèvements sur les visages.
— Comment savez-vous déjà tout ça ? s'étonna Bennis.
— Vous plaisantez ? s'exclama Mossbacher en montrant son clavier et son ordinateur. Vous croyez que je vais laisser deux bleus dans votre genre faire des conneries sans surveillance ? Grâce à Bill Gates, figurez-vous, je peux vous cyber-surveiller.
— Patron, on a besoin de ces infos, argua Bennis d'un ton presque suppliant. C'est peut-être un tueur en série.

– Un tueur en série ? Ne me racontez pas ça ! s'écria Moss-bacher l'air subitement ennuyé et un peu inquiet. Avec trois clodos ? Vous êtes dingue, Bennis. Laissez tomber !

– Pourtant, toutes ces similitudes...

– Ils s'étaient lavé le visage ? Arrêtez un peu. Vous faites du zèle pour ne pas passer pour un bizuth. Les miracles du techno-limier... Vous lisez trop de polars.

– Mais sérieusement, chef, si on savait quel genre d'alcool ils ont bu, on pourrait peut-être trouver où ces types se trouvaient juste avant...

– L'idée de découvrir la marque d'alcool, ou de savon, même s'il y en a une, est trop hasardeuse, coupa Mossbacher. On peut trouver du bon bourbon, ou du mauvais, n'importe où. Écoutez, Bennis. Admettons que vous fassiez une analyse toxicologique. La routine. Admettons qu'un échantillonnage standard de toxi-ques coûte mille dollars.

– Tant que ça ?

– Probablement plus. Ce n'est qu'une supposition. Mais disons qu'on ne trouve rien. Bon, vous avez une intuition. Il y doit y avoir un indice là-dedans, OK ? Vous voulez tester cin-quante poisons rares de plus. Mercure, ciguë, radium, théophyl-line, peyotl, tout ce que vous voulez. On en est à dix mille dollars. Vous me suivez ?

– Oui, chef. Mais...

– Toujours aucun résultat probant. Vous imaginez alors cin-quante poisons de plus, encore plus rares. À peu près cent mille dollars. Il existe entre trois et quatre mille tests pour les produits que les gens ont couramment chez eux. On a des listes de médi-caments respiratoires, des listes de médicaments cardiaques. Et on s'arrête où ? Parlons des indices matériels. On pourrait ramasser n'importe quel grain de poussière ou de saleté, des par-ticules de peau humaine et des brins de cheveux, ou des ailes de mouches dans les allées pendant qu'on y est. On pourrait les étudier, procéder au test d'ADN sur les cheveux et la peau, mais vous avez une petite idée du temps de laboratoire mobilisé pour ça, de tout ce que la ville devrait débourser ? ÇA NE SE FAIT PAS À CHICAGO ! Impossible. Le budget de la ville n'est pas élastique. Vous voulez qu'on rebouche les nids-de-poule ? Vous voulez des voitures de pompiers ?

— On n'est pas des idiots, chef, grogna Bennis un peu penaud. On sait qu'il y a une limite. On sait jusqu'où on peut aller.

— Vous ne m'avez pas compris, on dirait. Vous avez déjà dépassé les limites !

— Si le macchabée était M. le maire, vous passeriez au peigne fin le moindre indice, intervint Figueroa. Méticuleusement.

Mossbacher bondit de son siège. Il était hors de lui, le visage empourpré, les yeux rétrécis par la colère.

— Figueroa, si le mort était le maire, *vous ne seriez pas chargée de l'enquête !* Foutez-moi le camp !

Ils se précipitèrent vers la porte, mais pas assez vite. Soudain, Mossbacher surgit derrière eux.

— Et pas un mot à ces connards de journalistes !

Sur quoi, il claqua la porte.

— Dis-moi, Bennis, je me trompe peut-être, avança Figueroa d'une petite voix, mais j'ai l'impression qu'on devra se débrouiller tout seuls.

— Eh oui, Suze. On est seuls sur ce coup, et je ne suis même pas sûr qu'ils veuillent qu'on fasse quoi que ce soit.

— Ces clochards sont juste bons à foutre en boîte.

— Victimes de meurtres, mais quantités négligeables en tant qu'êtres humains.

— Ça me fait bouillir de rage.

— Et moi donc, tigresse. On ne laisse pas tomber ?

— Genre les Trois Mousquetaires, Bennis ?

— Deux en tout cas. « Un pour deux et deux pour un ! »

18

– Soyons clairs. Vous voulez que je vous dise si vous avez affaire à un tueur en série ? s'enquit celui qui répondait au titre de profileur.

– Tout à fait, répondit Bennis en posant trois dossiers, un par affaire, sur le bureau de Jody Huffington, un homme d'âge moyen aux tempes argentées.

Il était 9 h 30. La machine à café bouillonnait sur le classeur métallique.

– En ce moment, tout le monde pense avoir affaire à un tueur en série, lâcha Huffington avec un sourire narquois.

– Je n'en doute pas, opina Bennis en donnant un coup de coude à Figueroa à côté de lui. N'empêche que nous en tenons peut-être un.

– Pour être honnête, continua Huffington, ils ne sont pas aussi rares qu'on pourrait le penser. À l'heure actuelle, nous avons trois tueurs de prostituées qui opèrent dans le quartier d'Engle-wood.

– Alors pourquoi personne ne veut nous écouter ?

– Parce qu'il ne faut jamais rien déduire trop vite. Aujour-d'hui, tout le monde croit tout savoir sur les tueurs en série, répliqua Huffington. On se gargarise avec de grands mots : pro-fileurs, tueurs en série organisés ou désorganisés. Ce que j'en dis ? C'est le résultat d'un excès de feuilletons télé. Dans la réa-lité, ce n'est pas si simple.

— Nous, nous avons ces trois meurtres qui présentent beaucoup de similitudes.

Le bureau de Huffington se trouvait dans le sous-sol de l'annexe. Les étagères métalliques croulaient sous les masses de livres et de dossiers. Figueroa n'avait jamais vu autant de livres dans un bureau de flic.

— Vous devez comprendre ce que je fais ici, reprit Huffington, la mine grave. Et ce que je ne fais pas. Le FBI organise des formations pour les officiers de police dans tout le pays, pour leur enseigner les rudiments du profilage. C'est utile. On peut déceler des cas plus tôt. Nous sommes trois, ici, à la police de Chicago, à avoir suivi ces séminaires. Mais si vraiment j'ai l'impression que nous avons affaire à un tueur en série, j'envoie tous les détails à Quantico pour analyse.

— Très bien, répliqua Suze. On vous suit.

— Lorsque le laboratoire de sciences comportementales du FBI a mis au point la notion de profilage, personne n'a voulu prendre ça au sérieux. Un peu comme de la magie. Et on doutait fortement de l'efficacité de la méthode.

— Je sais, acquiesça Bennis. Je me souviens encore des conversations de flics à ce sujet. Ils disaient que c'était comme la magie noire, de la foutaise.

— J'ai pu voir un des premiers questionnaires, enchaîna Suze.

— Ils se sont améliorés par la suite. Avec des questions comme l'emplacement du cadavre au moment de sa découverte, si c'est dans une maison, dans un bâtiment public, dans une boutique, une école, dehors dans les bois, dans la rue, bref, toutes sortes de précisions. On envoyait le questionnaire dûment rempli, plus les photos du lieu du crime et toutes les analyses scientifiques au FBI. Ils l'évaluaient et renvoyaient un rapport de ce qu'il fallait chercher.

— Alors aidez-nous un peu, demanda Figueroa. Que doit-on rechercher au juste ?

— On n'en est pas encore à ce stade. Laissez-moi les dossiers. Allez prendre un café et revenez dans une demi-heure. Je vais les parcourir et je vous dirai ce que j'en pense. Ensuite, si vous voulez que je procède à une analyse plus approfondie, j'en ferai une copie et je les garderai un jour ou deux.

Pressés d'entendre l'opinion de l'expert, Suze et Norm ne lui accordèrent pas une minute en plus du délai demandé.

– Je dois vous avouer que je ne suis sûr de rien, annonça Huffington d'entrée de jeu. Vous avez là trois modes opératoires apparemment distincts. Strangulation, étouffement, et cette histoire d'extincteur. Quant aux victimes, elles sont toutes aussi différentes que possible. À part l'aspect SDF alcoolique.

– On s'en est rendu compte, opina Figueroa. Mais les endroits sont assez proches les uns des autres et l'heure du meurtre est à peu près identique dans les trois cas.

– Vous ne connaissez pas l'heure de la mort pour le premier, corrigea le profileur. L'autopsie ne permet pas de déterminer l'heure exacte quand trop de temps a passé.

– Mais ce ne pouvait être que la nuit. Tuer quelqu'un à cet endroit en plein jour, c'est trop risqué ! s'exclama Figueroa.

– Bon. Je veux bien vous laisser le bénéfice du doute. Disons que c'est le même tueur. Je vais vous montrer quelque chose. Deux types de meurtriers en série, selon le bulletin d'actions policières du FBI, daté de 1985.

– Organisé et désorganisé ?

– Exactement. Regardez. Il passa deux feuilles de papier à Bennis et à Figueroa. Les lettres étaient légèrement voilées, comme s'il s'agissait de photocopies de photocopies.

Différences observées sur les lieux du crime

Tueur organisé	Tueur désorganisé
Crime planifié	Forfait spontané
Victime choisie au hasard	Victime connue
Personnalisation de la victime	Dépersonnalisation de la victime
Assez bavard	Peu de conversation
Lieu du crime mis en scène	Lieu du crime en grand désordre
Exige une victime soumise	Violence soudaine
Victime attachée	Pas ou peu de liens utilisés
Agression physique ante mortem	Agressions sexuelles post mortem
Corps caché ou enterré	Corps laissé en évidence
Pas d'arme ni de preuves sur place	Preuves et arme laissées sur place

— Voyez donc comment chaque caractéristique correspond aux lieux du crime dans vos affaires, énonça Huffington. Faisons l'hypothèse que la même personne ait réellement commis les trois meurtres. Les corps ont été laissés sur les lieux du crime. On tombe dans le type « tueur désorganisé ». Mais pour ce qui concerne les points essentiels – préparation, choix d'un certain type de victime, ni armes ni indices sur place –, on est plutôt dans le type « tueur organisé ».

Caractéristiques des profils

Tueur organisé	Tueur désorganisé
Quotient intellectuel élevé	Intelligence moyenne
Intégré à la société	Non intégré à la société
Préférence pour un emploi de qualité	Grande instabilité professionnelle
Puissance sexuelle	Impuissance sexuelle
Milieu social élevé	Milieu social défavorisé
Emploi stable du père	Emploi instable du père
Pas d'abus de discipline durant l'enfance	Discipline parentale très dure pendant l'enfance
Se contrôle pendant le crime	Disposition anxieuse durant le crime
Emploi d'alcool ou de drogue au moment du crime	Utilisation minime d'alcool ou de drogue au moment du crime
En situation de stress	Peu de stress
Vit en couple	Vit seul
Voyage souvent. Véhicule en bon état	Vit ou travaille près des lieux du crime
Suit l'affaire dans les médias	S'intéresse peu aux médias
Peut changer d'emploi ou quitter la ville	Ne change quasiment rien à son mode de vie

– Si je devais choisir entre les deux, je dirais qu'il est du type organisé, déclara Huffington

– Excusez-moi, intervint Figueroa, mais cela ne nous mène nulle part. On ne peut pas chercher des types intelligents, roulant dans une voiture en bon état, qui lisent le journal et regardent la télévision. Pas à Chicago. Des centaines de milliers de personnes correspondent à cette description ! Cela ne nous indique aucun point de départ.

– Ça n'a l'air de rien comme ça à première vue, mais vous verrez, ça permet de resserrer la fourchette quand on tient des suspects.

– Sauf que, pour l'instant, nous n'en avons aucun.

– Monsieur Huffington, pouvez-vous me donner une description verbale de ce genre de type ? demanda Bennis.

– D'accord. Un tueur désorganisé est un raté, il vit avec sa mère, peut-être, ou tout seul, dans un endroit plutôt délabré. Un vrai foutoir. Il y a une forte probabilité que cela soit près du lieu du crime. Le type est idiot et socialement inadapté. Il a certainement entre dix-huit et trente-cinq ans. Il n'a pas de voiture, ou s'il en a une, elle est déglinguée et sale. Il est impulsif et tue en un éclair. Aucune subtilité. Ses victimes sont souvent des gens qu'il a connus dans le voisinage. En général, il mutile les personnes qu'il tue. Il est plus facile à trouver, bien sûr, que l'autre.

– Le tueur organisé ?

– Ce n'est qu'une hypothèse, vous savez. Mais en général, il est différent. Prévoyant. Malin. Très bavard. Il organise tout méticuleusement. Il possède une voiture ou une camionnette, en parfait état, comme je vous l'ai dit. Il commet ses meurtres loin de son domicile. Et probablement pas aux alentours de son lieu de travail. Ses victimes lui sont inconnues. Mais elles correspondent néanmoins à un certain type d'individu. Dans votre cas, apparemment, des SDF. Il trouve un moyen de les tenir sous son contrôle avant de les tuer. Dans votre affaire, il les contrôle en les soûlant, ce qui, étant donné leur alcoolisme, fonctionne à merveille. Il ne laisse en général pas d'indice et adore faire marcher la police.

– Pour ça, notre tueur s'en est donné à cœur joie... marmonna Bennis.

– Autre facteur qu'il ne faut pas oublier, ajouta le profileur, en dehors du fait qu'on ne rencontre jamais l'archétype du tueur organisé ou désorganisé, ils peuvent changer. Le type désorganisé ne devient jamais organisé. Il n'a pas assez de sang-froid. Ni d'intelligence, bien sûr. Mais le tueur organisé peut en revanche se transformer en un tueur désorganisé s'il perd la maîtrise de lui-même. Ou, comme Ted Bundy, le plus illustre serial killer américain, à qui l'on attribue le meurtre de près d'une centaine de femmes. Au début il était l'archétype du « tueur organisé », mais il a fini par dégénérer en tueur désorganisé et commettre des crimes sauvages. Lorsqu'il est pris de folie meurtrière, ce type d'assassin tue sans s'arrêter, sans aucun répit.

Figueroa frissonna : ce profileur lui donnait froid dans le dos !

— Si c'est le cas du nôtre, nous allons au-devant des pires ennuis, murmura-t-elle presque.

— Je vais envoyer ces dossiers au FBI. On verra s'ils pensent qu'on a affaire à un vrai tueur en série. Je vous conseille aussi d'aller voir un ami à moi. Le Dr Ho. Il peut vous dresser un portrait plus précis de ce type... En supposant que ce soit un seul et même bonhomme !

19

– C'est vous les énergumènes qui voulez en savoir plus sur la magie ?

– Quoi ? interrogea Bennis, sidéré.

– Êtes-vous les *fonctionnaires* de police qui veulent *un cours accéléré* sur l'*art* de la *prestidigitation ?*

L'homme s'esclaffa, enchanté par son humour. On aurait dit un fou, à le voir se trémousser d'un pied sur l'autre au bord du lac.

– Non, ce dont on a besoin... commença Bennis.

Figueroa l'interrompit d'un bon coup de pied dans le tibia.

– Oui, c'est nous, en effet, opina-t-elle avec le plus grand sérieux.

Eddie Charles était de toute évidence très nerveux. D'une maigreur extrême, il agitait ses bras et ses jambes à la façon d'une marionnette. L'espace d'un instant, Suze se demanda s'il était particulièrement angoissé d'avoir à parler à des policiers, ou si cet état de stress lui était naturel. Elle conclut que c'était un excité chronique.

En tout cas, cet homme n'avait pas pu s'impatienter à les attendre. Ils étaient arrivés pile à l'heure au rendez-vous que Bennis lui avait fixé la veille au soir : 10 h 30. Au bord du lac, juste au nord de la Navy Pier. Eddie marchait de long en large tout en parlant. Au loin, le bateau des pompiers *Victor Schleger*

172

faisait un exercice, projetant vers le firmament un jet d'eau, arc-en-ciel chatoyant qui avait l'air de vouloir éteindre le soleil.

– Je ne suis pas pickpocket, vous savez. Je suis magicien. Je fais des numéros de cirque, en quelque sorte.

– Où vous êtes-vous produit récemment ? s'enquit Bennis.

Cette fois, Figueroa lui envoya un coup de coude dans les côtes.

– J'enseigne la magie. Je ne suis là que parce que Harold m'a demandé de vous aider.

– C'est très gentil de votre part d'avoir accepté de nous rencontrer, lui assura Figueroa, affable.

Eddie sautillait à présent sur place avec une souplesse étonnante de la part d'un pareil échalas. *Allumé à la coke ?* se demanda-t-elle. Pourtant il n'avait pas l'air drogué.

– Alors, dites-nous : comment quelqu'un peut-il faire les poches d'un passant sans que ce dernier ne remarque rien ? lança-t-elle.

Le visage anguleux du prestidigitateur se fendit d'un large sourire.

– Ça se résume à trois choses. Distraction, distraction et distraction...

Là-dessus, il se plia en quatre de rire, donnant des coups de poing dans le vide comme s'il avait devant lui un punching-ball.

– Pourriez-vous vous montrer un peu plus précis, monsieur Charles ? Mettons que je sois dans une foule, juste derrière une dame qui a rangé son portefeuille dans une poche arrière bien serrée. Imaginons que je veuille le lui prendre. Elle regarde une démonstration devant un stand de parfumerie. Est-ce que je sors *lentement* son portefeuille de sa poche ?

– Alors, là, mais pas du tout ! Ce serait pire que tout ! Ce n'est pas du tout la technique. En plus, cette histoire de parfumerie ne constitue pas une distraction suffisante. Vous lui rentrez dedans, vous la touchez, vous vous cassez la figure, ce qui semble le plus approprié... et au même moment, vous lui attrapez le bras... Comme ça... Et, paf ! Vous sortez le portefeuille de la poche.

173

— Ah ! je vois, je vois...

— Comme ça, enchaîna-t-il en rigolant, brandissant le porte-feuille de Figueroa d'un air de triomphe.

— Je vois que nous avons frappé à la bonne porte, soupira-t-elle en rempochant son bien.

Quelques joggers courant sur la promenade au bord du lac leur jetèrent un regard intrigué. Mais comme Bennis leur sourit platement, ils continuèrent leur course.

— L'attention, voyez-vous, ne peut se concentrer que sur une chose à la fois. C'est là que réside tout le secret de la technique, leur confia Eddie Charles.

— Mais vous venez de dire que la démonstration de parfumerie ne suffisait pas à fixer l'attention de cette femme ! protesta Figueroa.

— Nécessaire, mais pas suffisant. En revanche, si elle voit une voiture se rabattre sur son môme, ça, c'est une distraction assez forte. Vous comprenez, c'est le genre de distraction qui compte. Si vous voulez que quelqu'un ne sente pas le contact physique, il faut lui procurer un sujet de distraction physique de plus forte intensité. Quand je tiens un « client » – je veux parler de quelqu'un dans la salle – et que je veux lui faire les poches, je lui dis quelque chose comme : « Bon, maintenant, j'ai besoin de vous ici », et je lui serre le bras très fort. Vous comprenez ?

— Moui, souffla Figueroa avec une moue dubitative.

— Comme ça. Regardez. Vous pouvez garder vos mains sur vos portefeuilles !

Il attrapa le poignet droit de Figueroa et le gauche de Bennis et les tira vivement jusqu'au bord de la promenade en béton, qui surplombait l'eau du lac de plus de deux mètres. Les deux policiers maintinrent leurs mains sur leurs portefeuilles et leur attention sur leur arme qu'ils ne voulaient perdre à aucun prix.

— Donc, j'ai distrait votre attention en vous attirant vers le bord. D'accord ?

Le magicien les tira de nouveau, si près du bord qu'ils auraient pu basculer tous les trois dans l'eau.

– Holà ! s'écria Bennis.

– Alors, où sont vos montres ?

– Quoi ?

Bennis tira son poignet en avant. Plus de montre. Figueroa tourna son bras pour vérifier. Plus de montre non plus.

– D'accord, Eddie, on a compris, déclara-t-elle, partagée entre l'étonnement et la colère.

– Bien sûr. Vous avez tout compris, acquiesça le magicien en leur présentant les objets manquants.

La montre de Suze ne valait pas grand-chose, mais elle savait que celle de Bennis avait coûté assez cher.

– Maintenant, dites-moi. Avant que je ne vous le dise, vous étiez-vous aperçus de quoi que ce soit.

– Non, avoua la jeune femme.

– C'est parce que je vous ai serré les poignets très fort. Votre corps en a conservé la mémoire, vous comprenez ?

– D'accord, mais comment les avez-vous subtilisées ?

– Remettez-les, je vais vous montrer.

Il plaça sa main sur le poignet de Figueroa, glissant ses doigts sous le bracelet extensible des quatre côtés et faisant un geste vers l'avant au-dessus de sa main. Pour la montre de Bennis, il fit basculer d'un doigt la griffe du fermoir pendant qu'il lui serrait le poignet. Une fois le fermoir ouvert, il laissa le bracelet s'ouvrir et attrapa la montre.

– Et voilà, le tour est joué ! se réjouit le magicien.

Bennis grommela des paroles incompréhensibles. Mais Eddie n'était pas du genre à se laisser impressionner par les ronchonnements d'un flic.

– Bien sûr, je vous ai aussi distraits en vous amenant un peu trop près du bord, précisa-t-il inutilement.

– Je vois, souffla Figueroa, encore un peu secouée par l'expérience.

– Maintenant, la question de l'intensité de la pression. Ou la préhension du bras avant de s'emparer du portefeuille. Chez nous, les prestidigitateurs, ça s'appelle la force de distraction.

– Je n'en doute pas.

– Distraction, distraction et distraction !

Eddie sautilla tout au bord de la promenade, puis il revint vers eux en claquant des doigts.

– Autre point utile à connaître, ajouta-t-il, en claquant encore une fois des doigts. Ne regardez jamais votre main en action. Regardez ailleurs. Je vous ai regardés, puis j'ai regardé le lac. Faites-vous une mine impassible. Vous devez avoir l'air de vous intéresser à tout autre chose, vous comprenez, et surtout pas à la personne que vous volez. Souvent, sur scène bien sûr, on peut utiliser un faux bras. Quand les gens voient vos deux mains, ils n'imaginent pas que vous êtes train de leur faire les poches, voyez ?

– Je vois, lâcha Bennis, assez énervé.

– Bien entendu, tout ça ne marche pas dans le cas de votre démonstration de parfumerie. Mais, bon, c'est peut-être possible quand même. Mmm... Peut-être...

– Comment ?

– Par exemple, si vous mettez un manteau sur votre bras. On met une tige dans le manteau, ou dans une des manches, pour camoufler son vrai bras. Avec la main, vous faites votre boulot. Ni vu ni connu... Voyez ?

– Oui, je vois. Mais en cette saison, il fait un peu chaud pour un manteau.

– Un sac ? Un grand sac en papier ?

– Possible.

– Bon, eh bien, c'est tout ce que vous vouliez savoir ?

– Je crois que oui, acquiesça Figueroa. On apprécie beaucoup que vous soyez venu. Et on vous remercie pour votre aide.

– Pas de problème.

– Mais avant de nous séparer, si on vérifiait que mon partenaire et moi partons comme nous sommes venus, avec portefeuille et montre...

Eddie partit d'un rire aigu :

– Ah, vous alors, on vous la fait pas !

— J'aurais volontiers coffré ce petit salopard ! fulmina Bennis. Le roi des pickpockets, oui !

— Heureusement que j'étais là pour jouer les tampons.

— Les hurluberlus dans son genre, ça me hérisse, tu vois ! Me faucher ma montre, quel toupet !...

Ils arrivèrent à la prison à 11 heures tapantes.

— Alors, Herzog, mon bonhomme, dit Bennis au prisonnier d'un ton goguenard. Il faut montrer un peu de bonne volonté.

— C'est mon avocat qui s'occupe de ça, répliqua le braqueur en se renfrognant.

— Non, mon gars, on a la permission de ton avocat. Sinon, on ne serait même pas ici pour te parler. Tu as de la chance de t'être très bien débrouillé.

— Oui, tu es un petit malin, Herzog, lâcha Figueroa à tout hasard dans le vague espoir de lui délier la langue.

Herzog dodelina de la tête.

— Bon, raconte-nous un peu, reprit Bennis de la même voix chaude. Comment as-tu rencontré Valentine ?

— C'est son nom ? s'étonna Herzog. Je croyais que c'était Sisdel.

— Valentine est son vrai nom, lui assura Bennis. Harold Valentine. Tu peux me faire confiance.

Après quelques instants de réflexion, Herzog haussa les épaules :

— Bon, j'étais dans un bar, vous voyez, et ce type s'est approché de moi.

— Il était déjà là, où est-ce qu'il t'aurait suivi ? interrogea Bennis.

— Non, non. Il était déjà là. J'aurais été sur le coup, sinon.

Sur quel coup ? se demanda Figueroa, soudain dévorée de curiosité.

Bennis poursuivit son interrogatoire comme s'il n'avait rien entendu :

177

— Il buvait déjà depuis longtemps ? Il parlait aux autres ?

— J'en sais rien. Il buvait, peut-être. Mais il était seul. Et il parlait pas. Il était là, assis au bar, à écouter les conversations.

— Depuis longtemps ? insista Bennis.

— Je dirais une heure environ. Moi, je discutais avec deux potes. Vous voyez ? Et puis, ce type, tout d'un coup, eh bien, il s'approche de moi, soi-disant qu'il a une proposition à me faire. Il m'avait repéré, moi, parmi les autres, qu'il m'a dit.

— Sacré emboubineur, pas vrai ?

— Pas vraiment. Il parlait par saccades, vous voyez le genre ?

— Poli ? Direct ?

— Plutôt brusque. Mais il avait besoin d'un gars pour ce boulot qui devait rapporter gros. Il avait tout organisé, mais il avait besoin d'un gars pas con avec des couilles, qu'il m'a dit.

— Et le couillon, ç'a été toi, en effet.

— Vous foutez pas de moi ! Il avait raison, c'est vrai. Il y avait un max de pognon dans cet endroit.

— Tu pourrais l'identifier ?

— Si vous le tenez, oui.

Midi

Du grenier, Harold Valentine guettait la garde-malade qui n'allait pas tarder à aller prendre son déjeuner sous la véranda. Il joua un moment avec l'idée de descendre rendre une petite visite au légume. Puis il se ravisa : ce serait beaucoup mieux de nuit, quand il aurait plus de temps.

Il se dirigea vers l'endroit où le toit, en pointe, formait une sorte de pan coupé dans le grenier. Le plafond était si bas qu'il devait avancer sur les genoux. Il y a longtemps, une fuite d'eau s'était produite, là où le coin rejoignait la pente du toit central. À l'intérieur, plusieurs lattes du parquet gondolaient sous l'effet de l'humidité. Deux d'entre elles étaient recourbées vers le haut

178

tels des patins de cheval à bascule. Ce qui laissait un espace ouvert au-dessus du plafond du deuxième étage. C'est là qu'il avait planqué le reste de l'argent. Il n'y avait d'ailleurs plus grand-chose. Beaucoup moins que prévu, pensa-t-il, furieux.

Et pourquoi donc fallait-il qu'il vérifie si souvent son magot ? Ridicule ! Après tout, personne ne montait jamais ici. Personne n'aurait pu le voler !

Il regrettait amèrement d'avoir été obligé de jeter en l'air cette brassée de billets pour semer les flics. Il était tellement persuadé que le pognon du casse allait lui permettre de repartir à zéro... Il aurait voulu tout garder.

Ensuite, il avait dépensé une fortune en taxis. Peu après avoir provoqué une émeute avec sa pluie de dollars, il avait sauté dans le premier et demandé au chauffeur de suivre les deux poulets et cet abruti d'Herzog jusqu'au poulailler. Puis il s'était posté sur un muret près du parking du QG de la police.

Ils étaient sortis du building à 15 h 30. Il détestait la fliquette encore plus que le gros nègre. Comme pour se moquer de lui, ils filèrent tous les deux boire un coup dans le bar d'en face et ne ressortirent qu'une heure après ! La fille en avait émergé la première pour se diriger vers sa voiture. Valentine en avait profité pour sauter dans un deuxième taxi. Encore une poignée de dollars jetés par la fenêtre !

Après cette série de malchance, il était là, dans cette maison où habitait une mignonne petite fille. Qui prétendait que les choses ne s'arrangeaient jamais ?

20

Suze Figueroa et son coéquipier parlaient justement d'aller manger un morceau quand le bipeur de Bennis se mit à vibrer à sa ceinture. Il appela aussitôt le poste de police.

Le sergent Touhy lui annonça :

– Nous avons deux nouvelles dépositions concernant des pick-pockets. Qu'est-ce que vous foutez, là-bas ? Vous vous faites les ongles ? Je veux des résultats, Bennis !

– Sergent, nous avons trois meurtres sur les bras !

– Ça, c'est en Zone 4. Ce n'est pas mon secteur. Moi, j'ai sur les bras des patrons de chaînes de luxe fous furieux.

– D'accord, dites-moi tout, on y va, soupira Bennis qui commençait à devenir allergique au mot même de pickpocket. Quels magasins, sergent ?

Pendant que Bennis mettait le cap sur Miracle Mile, le quartier des grandes enseignes de Chicago, Figueroa téléphona aux deux magasins où s'étaient produits les vols à la tire. Comme précédemment, les portefeuilles avaient été dérobés pendant que les clientes admiraient des démonstrations de produits de beauté. Puis elle appela quatre autres commerces pour vérifier les horaires des démonstrations prévues pour la journée.

Alors que Bennis se faufilait entre les voitures pour dépasser un autobus, Suze poussa un cri.

– Bennis !

– Quoi ? s'exclama-t-il en donnant un coup de frein.

– Non, ne t'arrête pas. J'ai trouvé !

– Figueroa, tu as failli me faire rentrer dans ce fichu bus ! Tu as besoin de hurler comme ça ? Et si tu restais mesurée, calme, rationnelle, comme moi ?

– Les bébés, Bennis ! Les bébés !

Il leva les yeux au ciel, puis, se reprenant, fixa de nouveau la route.

– La distraction, exactement comme le dit Eddie, précisa Figueroa. Qu'est-ce qui peut attirer plus l'attention qu'un bébé ? Qu'est-ce qui peut sembler plus normal, dans cette foule de femmes, que des bébés ? Rien de plus facile alors de se pencher en avant, de perdre l'équilibre, d'attraper le bras de quelqu'un, lorsqu'on a un môme qui hurle !

Bennis approuva de la main :

– Mais oui ! Tout à fait plausible d'avoir les bras chargés de n'importe quoi. Des sacs de couches, des vêtements. Suze, ma vieille, tu es un génie !

Le responsable de la sécurité du premier magasin répondait au nom de Cassius Mullen. Les agents en uniforme avaient déjà fait leur rapport sur les vols à la tire.

– Deux portefeuilles dans le même attroupement. Je ne vois vraiment pas comment vous allez démasquer les voleurs, leur expliqua le dénommé Mullen d'un air tout à la fois dépité et résigné.

– Est-ce qu'il y avait des femmes avec des enfants dans la foule ? interrogea Figueroa.

– Bien sûr. Il y en a presque toujours.

– D'après le fax que vous avez envoyé à la police, vous avez une démo pour les rouges à lèvres à 12 h 30.

– C'est exact. Vous pensez qu'on devrait l'annuler ?

– Oh, non. Nous serons là. Nous ouvrirons l'œil.

– Monsieur Mullen, vos promotions, comme celles des autres magasins, ont toutes lieu pendant l'heure du déjeuner, de 11 heures à 13 h 30. Pourquoi ?

– Ce n'est plus comme au bon vieux temps. Autrefois, les démonstrations se passaient dans la matinée, ou au milieu de l'après-midi. Mais aujourd'hui, les femmes travaillent. Beaucoup d'entre elles n'ont que l'heure du déjeuner pour faire leurs courses.

– Et les riches oisives ?

– Même cette clientèle ne vient plus musarder comme avant.

– Je vais me fondre dans la foule. J'ai une radio. Vous et l'officier Bennis attendrez discrètement hors de vue. Voilà comment nous allons procéder...

Rien ne se passa durant la promotion des rouges à lèvres, mis à part que Figueroa apprit qu'il fallait poser une touche de gloss au centre de la lèvre inférieure pour un effet optimal.

Des promotions étaient prévues dans deux autres grands magasins voisins, respectivement à 13 heures et 13 h 30. Aux Batchelder Shops, à 13 h 30, ils écoutèrent une jeune hôtesse pulpeuse leur dévoiler les secrets du mascara. C'est là que Figueroa trouva le filon. Deux acheteuses potentielles avaient des enfants dans des poussettes. Suze se fraya un passage dans l'attroupement et se plaça à égale distance des deux femmes. Elle ne remarqua aucun mouvement suspect, mais, après quelques minutes, un des mômes se mit à pleurer d'impatience, puis il se tut quelques secondes, avant de hurler de plus belle. La mère se pencha, pour donner un biberon au bébé, le laissa tomber, trébucha contre une femme située près d'elle, et retrouva son équilibre en lâchant un : « Excusez-moi ! » confus.

La radio de Figueroa était dans sa veste. Elle marmonna une description de la suspecte dans son micro dissimulé.

Czielski, le chef de la sécurité chez Batchelder, avait insisté pour se réserver la joie d'appréhender les coupables. Donc

Figueroa ne faisait que garder l'œil ouvert. La démonstration se termina assez rapidement. La suspecte se fondit dans la foule qui se dispersait. Tout en surveillant aussi l'autre cliente à poussette, Figueroa s'approcha de la victime supposée et lui présenta sa plaque de police.

— Officier Figueroa, police de Chicago. Je vous serais reconnaissante de me laisser vérifier votre sac à main. Nous pensons qu'il y a des pickpockets en action dans cette zone.

La femme s'apprêta à ouvrir son cabas, puis suspendit son geste : il était déjà ouvert. Elle eut une mine horrifiée.

Lorsque la foule se fut dispersée dans le magasin, et que la seconde poussette eut passé la porte, Figueroa s'en alla rejoindre Bennis et les agents de sécurité du magasin. Czielski s'adressa à la suspecte :

— Je suis au regret, madame, de vous demander de me laisser vérifier ce que vous avez.

— Il n'y a pas de problème, répliqua le plus tranquillement du monde la femme en tendant un biscuit à son bébé qui braillait encore. C'est rassurant de constater que vous essayez de protéger les gens.

Elle n'avait rien sur elle. Toujours très décontractée, elle s'éloigna en poussant son bébé, laissant le chef de la sécurité expliquer à la cliente éplorée pourquoi ils n'étaient pas intervenus avant qu'il ne soit trop tard.

— Nous ne pouvions pas vraiment voir si quelqu'un avait touché à votre sac ou non, madame, déclara non sans embarras l'employé du magasin.

Figueroa tira Bennis en aparté et lui chuchota :

— Que s'est-il passé ?

— Elle nous a permis d'examiner son sac à main, la poussette, le sac de couches, et même le bébé. En plus, elle n'avait visiblement rien dissimulé sur elle.

— Merde, Bennis !

— Oui, oui, je sais.

183

– Nous devons impérativement retrouver les objets volés sur les suspects, sinon on ne peut pas les arrêter.

– Je crois bien qu'on est tombés sur le mauvais cheval. Pourtant c'était bien ta suspecte ? Tu l'as reconnue ?

– Je n'en suis pas sûre. Je ne pouvais la voir que de derrière, dans la foule. Elles avaient toutes deux de longs cheveux bruns. Sauf que la mienne avait un chemisier bleu marine... je crois. Celle-ci portait un chemisier noir.

– Nous avons coincé la complice ! Merde !

– On aurait pourtant dit la même poussette-canne. Bon sang ! Elles se ressemblent toutes !

– Et le bébé ?

– Les bébés, c'est encore pire ! repartit Figueroa en riant.

21

Mary Lynne Lee se réveilla peu après midi. Toujours fatiguée, toujours malheureuse. Jusqu'à 4 heures du matin, elle avait fait des passes dans les voitures qui la ramassaient le long des trottoirs de Rush Street. Son dernier client avait été vraiment gentil et l'avait emmenée à l'hôtel, un établissement bon marché, mais avec des draps et de l'eau chaude. Lorsqu'il était parti, à 6 heures du matin, il lui avait dit qu'il avait payé la chambre pour la nuit et qu'elle pouvait la garder jusqu'à 13 heures. Il lui avait souhaité bonne chance.

Ils n'étaient pas tous comme lui. En fait, d'habitude, ils n'étaient pas gentils du tout.

Elle savait que le patron de l'hôtel serait là à 13 heures tapantes pour virer tous ceux qui traînaient encore dans les chambres. Bref, si elle voulait prendre une douche, c'était maintenant ou jamais.

Mais elle se sentait tellement triste. Elle aurait tant aimé avoir un nid douillet. Elle rêvait d'un joli appartement, d'un chien... Un chien de taille moyenne, pas une de ces petites bestioles sur lesquelles on risque toujours de marcher. Un cocker brun, peut-être, ou un lévrier afghan. Une bête avec de longs poils superbes, qu'elle pourrait brosser et peigner.

Mary Lynne fondit en larmes. Et quand elle se mettait dans cet état, elle perdait toute notion du temps. Il lui sembla qu'il ne s'était passé que cinq minutes quand elle entendit frapper à la porte.

– D'accord, d'accord ! Je m'en vais ! répondit-elle.

Elle n'avait plus le temps de prendre une douche. Mais au moins, aujourd'hui, elle avait de l'argent, se dit-elle en s'habillant. Que ses vêtements étaient donc affreux ! Elle pourrait peut-être s'acheter un nouveau chemisier... Un chemisier bleu... Mais c'était cher, un chemisier, plus cher qu'une bouteille de vodka. Pour la même somme, elle pouvait avoir deux magnums de vin blanc de Californie. Au fond, le vin, c'était plus économique, et ça durait plus longtemps. En plus, n'y avait-il pas des vitamines dans le pinard ?

Quand la femme de ménage pénétra dans la chambre avec son passe, Mary Lynne était habillée et prête à partir.

– Je n'ai pas tout à fait le même point de vue que votre profileur sur les critères de classement des tueurs en série, commenta le Dr Ho.

Son bureau, à l'école de médecine de la Northwestern University, était assez spécial. Le Dr Ho collectionnait les coquillages. Ceux-ci étaient exposés en catégories sur les étagères d'une bibliothèque vitrée. Des centaines de spécimens, tous répertoriés et étiquetés. Figueroa déchiffra les noms écrits à la main avec une calligraphie superbe : conques noires, cornets, pectens, murex dentelé, cône mitre, *Olivella biplicata, Tellina radiata...* Les trois autres murs étaient tapissés de livres. Une fenêtre, si petite qu'on aurait dit une lucarne, donnait sur le lac Michigan.

– Pour moi, ce sont des psychotiques ou des psychopathes. Les tueurs désorganisés sont essentiellement des « psychotiques », alors que les tueurs organisés sont des « psychopathes ». Mais il faut bien se rendre compte que les psychopathes qui tuent sont des cas extrêmement rares au milieu d'une grande quantité d'autres psychopathes. De même, la plupart des psychotiques ne sont pas des assassins. La majorité de ceux que nous qualifions de fous sont beaucoup plus dangereux pour eux-mêmes que pour les autres.

– Attendez, les psychotiques et les psychopathes, ce n'est pas la même chose ? s'exclama Figueroa.

– Pas du tout. Mais il n'est pas étonnant que vous commettiez cette erreur. Il est vraiment dommage que ces deux mots, psychotique et psychopathe, soient si proches. Presque tout le monde les confond. Pendant un temps, j'ai espéré pouvoir me servir de « sociopathe » pour les personnes psychotiques, mais personne n'a suivi. (Ho esquissa un sourire désabusé.) J'ai pourtant écrit de nombreux articles convaincants à ce sujet.

– Alors qu'est-ce qu'un psychopathe ?

– C'est une personne qui n'a pas un sens normal de l'empathie, qui ne peut pas s'identifier aux autres. Elle ne comprend pas pourquoi elle devrait se tourner vers les autres. On dit souvent de ces gens qu'ils sont « amoraux ».

– Mais ils ne sont pas des meurtriers ?

– Bien sûr que non. Pourquoi le seraient-ils ? La plupart ne sont pas habités par la haine, pour commencer. Laissez-moi vous décrire un pur psychopathe. Il ou elle est irresponsable. Il ne comprend pas pourquoi il devrait respecter les engagements qu'il a pris. Il est incapable de garder un emploi. C'est le genre de personne qui promet d'être là pour le dîner mais qui ne rentre pas. Il revient quand ça lui chante. En général, il n'essaye même pas de trouver des excuses. Un psychopathe n'est pas sensible aux punitions. Il vole de l'argent dans le porte-monnaie de sa mère et même si on lui donne une fessée, il recommence. Un psychopathe a généralement beaucoup de charme. Les gens qui n'ont pas à dépendre de lui le trouvent formidable. Lors de son procès, Ted Bundy avait même attendri le juge ! Ce garçon cultivé, au physique de jeune premier et à l'intelligence remarquable, était pourtant l'un des assassins les plus féroces de tous les temps ! Par ailleurs, un psychopathe dira toujours ce que les autres ont envie d'entendre, puisque ça ne l'engage à rien...

— On dirait une description de nos hommes politiques ! lâcha Bennis.

— C'est vrai. Certains psychopathes légers embrassent la carrière politique. D'autres sont médecins. D'autres avocats. Ils ont l'air « sympathique ». Ce sont des gens très soignés, à la différence des psychotiques qui, s'ils sont vraiment désorganisés, peuvent vivre dans les conditions les plus sordides. Les psychopathes se comportent de façon très agréable, comme Ted Bundy. Si vous l'aviez vu à la barre, lors de son procès, même le juge qui l'a condamné à mort lui a dit qu'il aurait pu faire un bon avocat et qu'il aurait eu plaisir à le voir plaider dans ce tribunal devant lui ! Vous vous rendez compte ! Comme quoi même les plus avisés se laissent prendre. À cela une bonne raison : les psychopathes avancent toujours masqués. Et c'est ça, le problème. Lorsqu'ils sont méchants, ils sont très, très méchants. Ceux qui tuent parmi les psychopathes sont ceux dont nos enfants doivent se méfier. Ce sont des gens qui ont l'air gentil, qui se comportent très décemment, mais qui sont mortellement dangereux.

— Donc à moins de le voir à l'action pendant un certain temps, on ne peut pas déceler si quelqu'un est psychopathe ?

— Si vous voulez. Mais pas vraiment. Les psychopathes font des erreurs en déployant leur charme. Ils regardent comment fonctionnent les gens normaux et les imitent, mais ils ne comprennent pas les *motivations* des gens biens. Alors parfois, ils disent quelque chose qu'ils croient agréable, mais ça tombe à plat ou leur interlocuteur le prend mal. Ma belle-mère est une psychopathe légère, je crois !

Bennis ne put s'empêcher de rire, mais Ho ajouta :

— Non, je suis sérieux. Elle ne tuera jamais personne. Mais elle a des émotions très superficielles. Et beaucoup de charme. Les personnes qui n'ont pas de relations de dépendance avec elle la trouvent absolument adorable. Mais elle utilise de temps en temps son charme de travers. Par exemple, le frère de ma femme a un gros problème de poids, et il est très susceptible à ce sujet. Chaque fois qu'il vient à une réunion de famille, au moment où il passe la porte, Myra lui dit : « Ah, Todd, mais tu as fondu, c'est merveilleux. » Ce qui, bien sûr, attire immanquablement l'attention sur le fait qu'il est trop gros. Un jour, je l'ai prise à part pour lui dire : « Peut-être qu'il n'aime pas que vous attiriez l'attention sur sa ligne. Supposez que vous soyez Mikhaïl Gorbatchev et que vous ayez une grosse tache de naissance sur le front qui vous complexe un peu. Seriez-vous contente si, à chaque fois que vous entriez dans une pièce, quelqu'un vous disait : "Hé, Gorby, ta marque, elle a rudement rétréci ?" »

— Qu'a-t-elle répondu ?

— Elle m'a dévisagé, l'air stupéfaite. Elle ne pouvait pas comprendre de quoi il s'agissait. Et ce n'est pas tout, elle a d'autres traits psychopathiques. Elle accepte un poste, et peu après elle démissionne sous le premier prétexte venu. Elle dit qu'elle sera rentrée à 18 heures et arrive à 20 heures. Rien de bien grave. Elle se laisse aller à des petits mensonges qu'elle juge anodins.

— Pas facile à vivre pour votre femme, dans son enfance !

— Les psychopathes embrouillent leurs familles et les font tourner en bourrique. Mon épouse a passé les trente premières années de sa vie à essayer de savoir si sa mère la haïssait ou si elles souffraient d'une incompréhension mutuelle. D'ailleurs, ma femme a longtemps pensé qu'elle était une fille indigne. Quand nous nous sommes mariés, je lui ai fait lire quelques livres sur les psychopathes. Elle a tout d'un coup bondi en criant : « Mais c'est maman ! »

— Pourtant, votre belle-mère n'est pas un assassin.

— Elle n'a aucune pulsion de haine. C'est ce qu'on appelle une psychopathe *légère*.

— Alors que notre individu...

— Je crois que vous avez réellement affaire à un tueur en série. Et votre type est méchant. Contrairement à ce qu'on pourrait croire, il rabaisse ces SDF en leur lavant le visage. Nous avons attrapé un homme, il y a environ deux ans, qui assassinait des prostituées. Curieusement, une fois qu'il les avait tuées, il leur peignait le nez en vert. Quand on l'a arrêté, naturellement, nous lui avons demandé pourquoi. Les psys avaient bien essayé d'associer cette couleur verte à un qualificatif, comme un nez rouge peut vouloir dire que « la moutarde lui monte au nez » ou un nez blanc à « blanc-bec »... Mais cette piste n'avait rien donné. Un nez vert n'avait aucune signification particulière. Nous étions vraiment intrigués. Il nous a répondu qu'il trouvait juste que la couleur verte offrait un contraste agréable avec le rose de leur peau. Et il était sérieux. Il n'arrivait pas à comprendre pourquoi on le considérait comme un monstre.

— Éducation ratée ?

— Non, pas nécessairement. La théorie actuellement en vogue veut que le développement de l'enfant ou un traumatisme à la naissance soient en cause. Ce qui, étant donné la complexité du cerveau humain, n'est pas tellement étonnant. N'oubliez pas qu'il y a trente ans, l'autisme était attribué à l'indifférence de la mère à l'égard de son enfant. La théorie de la « mère-réfrigérateur » est aujourd'hui dépassée. Mais elle a détruit des familles entières ; de nombreuses mères se sont suicidées de remords. Il semblerait aujourd'hui que le problème soit organique. Certaines personnes atteintes au cerveau se remettent de leurs traumatismes, mais on constate qu'elles changent de tempérament du tout au tout.

À ces mots, Figueroa sentit un frisson glacé lui courir le long de la colonne vertébrale. Et si Sheryl, quand elle recommencerait à parler, se révélait une tout autre personne ? Cela paraissait impossible ! *Non, elle serait toujours la même !* Le Dr Ho, percevant son malaise, s'enquit :

— Est-ce que j'ai dit quelque chose qu'il ne fallait pas ?

— Non, docteur, nous pensons seulement à une amie commune, intervint Bennis sans oser regarder Suze. Continuez, s'il vous plaît.

— Eh bien, quelle qu'en soit la cause, certains chercheurs pensent que deux à cinq pour cent de la population pourrait être psychopathique.

— Mais c'est effrayant !

– La plupart ne tueront jamais personne. Ce sont des escrocs. Des ratés. Des parents irresponsables. Des voleurs à la manque. Ils peuvent aussi se révéler de bons chirurgiens. Ou des avocats. Ou d'excellents commerciaux. Ce sont les charmants jeunes gens, par exemple, qui s'intéressent aux quinquagénaires. Ou les séduisantes jeunes femmes qui ont un penchant pour les hommes mûrs. Les psychopathes dont il faut se méfier, en revanche, sont ceux qui ont eu une enfance difficile, dans un environnement où le mensonge, la duplicité, la cruauté étaient monnaie courante. Ayant été incapables, à force de vexations et d'expériences traumatisantes, de développer la moindre conscience, ils deviennent la proie de pulsions meurtrières.

– Mais ils ne sont pas fous ?

– Stricto sensu, non. Des enfants d'apparence normale peuvent se muer en tueurs psychotiques, désorganisés en général selon la terminologie de Huffington. Tout cela parce qu'ils ont vécu une enfance malheureuse. Ils tuent par rage. Leurs meurtres sont souvent des actes impulsifs, effectués dans de soudaines crises de fureur. Mais les psychopathes, eux, peuvent devenir des tueurs en série organisés. Ils tuent parce que ça les amuse.

Suze écarquilla les yeux.

– Moi, je crois qu'il y a quatre catégories de malfaiteurs, reprit l'expert. La première est celle des délinquants par éducation. Un enfant grandit dans une famille de voleurs et devient à son tour un voleur.

– On en connaît beaucoup, approuva Bennis.

– Cependant, un délinquant par éducation n'est en général pas un tueur. Il ne fait que dépouiller autrui de ses biens.

– D'accord.

– Puis il y a ce que j'appelle « les âmes perdues ». Celui ou celle dont l'enfance a été si difficile qu'il ou elle ne peut pas se développer normalement. Certains d'entre eux sont possédés par une telle colère qu'ils finissent par tuer. Et quand ils continuent à tuer, au bout d'un certain temps, ils deviennent des tueurs en série désorganisés. Mais d'autres sont des prédateurs sexuels. Ils ont été traumatisés sexuellement d'une manière ou d'une autre et ils ne savent vivre que sur ce registre purement sexuel.

— Je comprends, opina Bennis.

— Ensuite, vous avez les grands psychotiques. Ceux-là sont de vrais malades mentaux. Parfois, ce sont des symptômes héréditaires. La schizophrénie, par exemple, se perpétue dans les familles. De même que la dépression. La psychose est due à une contamination par des substances chimiques. L'homme qui a tué tous ces gens dans un fast-food en Californie, il y a quelques années, avait été exposé à des métaux lourds. Du cadmium, je crois.

— Et enfin, il y a les psychopathes, dit Bennis.

— Exactement. En ce qui me concerne, je crois que les psychopathes sont nés psychopathes. Mais le tueur psychopathe a probablement eu une enfance malheureuse. Selon moi, tantôt nous fabriquons des tueurs, tantôt nous aggravons leurs pulsions.

22

Le Dr Ho leur prépara un café dont l'arôme chatouilla agréablement les narines de Bennis.

– Quel régal !

– Ah, le Dr Ho fait un bon café ! plaisanta leur hôte en souriant de toutes ses dents. Merci, c'est du cent pour cent Colombie. Voudriez-vous un petit biscuit pour l'accompagner ?

– Oh, merci ! s'exclama Bennis qui en saisit deux.

Le psychiatre passa la boîte à Figueroa, qui en prit un, plus par politesse que par gourmandise, l'exposé du spécialiste lui ayant donné la nausée.

– Décrivez-nous un psychopathe, docteur. Du charme, une instabilité professionnelle, quoi d'autre ?

– Des petits larcins, parfois. Une succession de bêtises insignifiantes. Parfois des actes stupides, évidents, inutiles. Et les gens disent : « Il est trop malin pour avoir fait ça. »

– Bon, une fois que l'on est muni de toutes ces informations, comment les trouver ? interrogea Figueroa.

– Ce n'est pas facile. Malgré ce que disent les médias, on trouve très rarement un tueur en série organisé dans un large périmètre urbain en se fondant sur tel ou tel profil. Dans une petite ville, avec un nombre limité de suspects, c'est peut-être faisable. Les serial killers organisés se noient dans la multitude sans effort. En d'autres termes, à la différence des tueurs désorganisés, qui se terrent, ils ne se cachent pas vraiment. La plupart du temps, ils sont pris parce qu'ils font quelque chose d'idiot et qu'un flic à l'œil averti les repère. Mais il y a deux choses qui peuvent vous aider. D'abord, la zone dite de « confort », en informatique, on parlerait de « zone sécurisée »...

— Expliquez-nous, s'il vous plaît.

— Vous savez déjà que les gens ont leurs lieux habituels, où ils se sentent en sécurité. Par exemple, si vous allez dans un parc de temps en temps, vous aurez tendance à vous asseoir toujours sur le même banc. Pareil pour les restaurants. Si vous avez le choix, vous prendrez toujours la même table.

— Moi, déclara Figueroa, au restaurant, je m'assieds toujours adossée au mur du fond, là où je peux voir la porte.

— Une table de flic ? plaisanta le Dr Ho. Pour pouvoir garder un œil sur l'entrée ? Pourquoi pas ? Et peut-être que votre banc dans le parc est éloigné de la rue pour ne pas sentir les gaz d'échappement des voitures. Mais quelle différence cela fait-il ? C'est votre choix et vous y retournerez. De plus, s'il y a deux bancs aussi éloignés des gaz d'échappement, ou bien cinq tables près du mur du fond, vous choisirez toujours le même si vous pouvez.

— D'accord. C'est un comportement humain normal.

— Mais vous ne comprenez pas ? Les tueurs ont aussi en majeure partie un comportement tout à fait normal... plus un boulon pété.

— Est-ce une description technique, Dr Ho ?

Il sourit.

— En quelque sorte. En général, les tueurs en série organisés essaient de trouver un endroit pour commettre leur meurtre ou pour se débarrasser de leurs victimes qui ne sera pas directement lié à eux. Mais c'est presque toujours un site qu'ils connaissent. Et beaucoup d'entre eux choisissent des emplacements proches de chez eux. On a découvert dans le Wisconsin un charnier en rasant une étable. Les corps avaient été enterrés là au fil des années, à partir de 1969, jusqu'à trois semaines avant notre enquête. Naturellement, nous avons examiné à la loupe la vie de chaque personne qui avait travaillé là. Rien. La vie de tous les propriétaires a été passée au tamis, jusqu'au moindre détail. Rien de rien. Après plusieurs mois, nous sommes remontés à un homme qui avait été gardien, et qui nettoyait cette étable dans les années 1958-1961. Les gens qui se souvenaient de lui affirmaient qu'il maltraitait ses vaches ! Qu'il les frappait quand elles bougeaient trop pendant la traite. Il s'était fait virer. Soit dit en passant, ce genre de chose ne se fait pas. Une vache heureuse produit plus de lait.

— Il avait tué tout ce monde ?

— Non, il était mort. Il était mort depuis quinze ans, et c'est pourquoi il n'apparaissait pas sur nos listes. Mais sa femme et son fils avaient aussi vécu là à l'époque, et le gamin accompagnait son père au travail. Nous pensons qu'il les maltraitait tous les deux. Donc, pour résumer cette histoire, le fils se souvenait de cet endroit et s'y sentait bien. Et voilà notre fameuse « zone de confort ». Parfois, elles sont enfouies dans un lointain passé, mais quelquefois, elles sont proches. Souvenez-vous d'Ed Gein, le profanateur de tombes du Wisconsin, un cannibale qui, si je me souviens bien, suspendait les peaux tannées de ses victimes dans sa propre grange. Ou de John Wayne Gacy, que, j'en suis sûr, vous n'avez pas oublié...

— Qui pourrait l'oublier ?

— Il enterrait ses victimes sous sa propre maison ! Vous vous rendez compte du risque ? Mais c'est assez courant dans ce genre d'affaires. Tenez, Jeffrey Dahmer. Il entassait ses victimes dans son appartement, bon Dieu ! Avec leur tête sur des étagères !

— Donc, nous devons chercher quelqu'un qui vit dans les parages ?

— Qui vit ou travaille dans les environs. Et je suis désolé d'ajouter, qui y vivait ou y travaillait.

— Pas commode en effet. Ça fait un monde fou. Il faudrait enquêter sur tous les gens qui ont habité dans cet immeuble sur plusieurs années, soupira Bennis.

— Plus le personnel des transports, celui du métro aérien, les

195

éboueurs, et les gens de la compagnie d'électricité, peut-être ? ajouta Figueroa.

– Peut-être, approuva Bennis. Pourtant, qui pourrait se sentir chez lui près du métro ?

– On ne sait jamais, répondit le Dr Ho.

– Et à quelques pas du bâtiment central de la police ? ajouta Bennis, narquois.

– Et moi qui pensais que vous n'arriveriez jamais à cette conclusion...

Figueroa et Bennis se turent. Ho leur resservit une tasse de son succulent café. Le temps qu'ils digèrent tous les deux cette dernière hypothèse. Finalement, Figueroa concéda :

– Entendu, mettons qu'il travaille au QG. Ou qu'il y bossait il y a vingt ans.

Elle n'était pas arrivée à dire : *Peut-être est-ce un flic ?*

– Certaines personnalités fragiles gravitent dans des métiers qui leur donnent de l'autorité et du prestige, acquiesça Ho. Des boulots comme vigiles, détectives, flics, infirmiers, pompiers. Il suffit qu'un problème se présente dans leur vie : chômage, divorce, que sais-je ? Toujours est-il qu'un beau jour, les voilà qui craquent.

– Bon ! Maintenant que vous nous avez donné des sueurs froides, passons aux bonnes nouvelles, lâcha Bennis.

– Je peux vous en fournir jusqu'à un certain point, répondit le Dr Ho. Je me réfère ici à la seconde des deux possibilités que j'ai mentionnées. Tout psychopathe a son talon d'Achille. Ils prennent parfois des risques a priori aberrants, même quand ils font le ménage sur les lieux du crime. Je ne sais pas si c'est parce qu'ils se croient plus malins que la police, ou s'ils aiment les poussées d'adrénaline, ou bien tout simplement s'ils cherchent à se faire prendre. À mon avis, ils s'estiment à l'abri de tout, ou s'en fichent. La tendance est à l'escalade ; ils se mettent à tuer plus souvent, à prendre plus de risques, et finalement ils se font arrêter. On a vu le cas d'un tueur en série à New York, Joel Rifkin. Il avait déjà commis au moins dix-huit meurtres, et il se promenait avec un camion sans plaque d'immatriculation arrière, sans phares, avec le cadavre en décomposition d'une victime à l'arrière ! Il s'est fait arrêter par la police pour une stupide infraction au code de la route. Pour eux, la surprise a été de taille.

— Que penses-tu du profilage, Morty ? demanda Bennis au barman du Furlough.

— Je déteste les artistes !

— Mais non, je te parle du profilage criminel. Comme lorsque le FBI effectue le portrait d'un tueur en série d'après les indices trouvés sur les lieux du crime.

— Ah, ce truc ne vaut pas un pet de lapin !

— Allez, ne te retiens pas. Dis-nous ce que tu as sur le cœur, l'encouragea Figueroa.

— Ces trucs de psys, c'est de la merde !

Bennis et Suze avaient rapporté un sac de hamburgers au Furlough à 15 h 30 dans l'espoir de tomber sur les copains. Ce boulot d'enquêteur, déplorait Figueroa, tendait à vous isoler de vos vieux potes...

Morty décapsula une bière pour Sainte-Nibois. Laquelle lui lança :

— Attends !

— Attends quoi, bon Dieu ?

— J'aimerais autre chose, pour une fois. Pourquoi pas un Pink Lady ?

Un cocktail ? Morty resta bouche bée.

— Je m'en charge ! s'écria Corky sortant d'un seul coup de sa torpeur et descendant le livre de recettes de cocktails de l'étagère.

— Aïe ! Impossible ! Blanc d'œuf, grenadine, crème et gin. On n'a que du gin ici...

— C'est trop bête, soupira Mileski.

— Et pourquoi pas un Peach Blossom ? avança Sandi.

Corky vérifia dans son livre.

— Ah, il faut une pêche.

— Un Sloe Gin flip ? suggéra Sainte-Nibois.

— Nous n'avons pas de gin à la prunelle.

— Ça va, ça va, maugréa Morty.

— Mon père buvait des cocktails Pall Mall, fit observer Kim Duk.

— Un cocktail de cigarettes ? grimaça Mileski.

— Arrête un peu ! C'est le nom d'une célèbre avenue de Londres. C'est de là que vient aussi le nom des cigarettes.

— Qu'est-ce que t'en sais, des trucs... railla Mileski.

Corky l'interrompit :

— Mais je peux te proposer un Orange Blossom : pour ça, on a ce qu'il faut.

— Bon alors, fais-le tout seul, grommela Morty, sortant de derrière le bar en laissant le battant du comptoir tomber brutalement.

— Te laisse pas impressionner par ce râleur, plaisanta Corky en se tournant vers Figueroa. Le profilage peut être très utile.

— Merci, Corky.

— Je t'ai dit que j'avais passé deux ans dans les Bérets Verts ?

— Non. C'est incroyable !

— Bon, j'étais jeune et con. Enfin, nous avons beaucoup utilisé la théorie du profilage à ses débuts. Tu sais, si tu dois effectuer des missions du genre récupération d'un aviateur abattu et détenu par un groupe de rebelles.

— Oui ?

— Tu as besoin d'un profil psychologique de ce groupe. Quelles sont ses valeurs ? Sa force physique ? Sa stratégie ? Ses capacités à négocier ? Peut-être que, avant tout, les membres ne veulent pas perdre la face. Peut-être qu'ils sont impulsifs, comme vos tueurs désorganisés ? Dans ce cas, il vaut mieux intervenir rapidement et en force. Pas de subtilité avec ce genre de gus.

— Je ne savais pas que tu avais de l'expérience dans ce domaine.

— Oh, tu me connais. J'aime bien le changement. C'était génial pendant un moment. Le Liban, l'Europe de l'Est. Certains coins du Maghreb.

– Je pensais que c'était plus dangereux que génial...

– Ouais. C'était dangereux, aussi.

– J'ai fait l'armée, mais je n'aurais jamais été volontaire pour ces trucs-là, lâcha Stanley Mileski.

– Allez, allez, Couilles de Plomb, tu leur aurais fait voir l'enfer ! répliqua Bennis.

– Vous étiez en vadrouille toute la journée ? demanda Mileski à Bennis.

– Nous ? Oui. On n'a pas arrêté depuis l'appel, soupira Figueroa.

– Alors, vous ne savez pas... Un autre inspecteur est mort.

– Oh, merde ! Des suites de l'infection par *E. coli* ?

– Exact. Et ils disent qu'il y en a huit en dialyse.

– Mais c'est l'horreur ! s'exclama Bennis.

Le bipeur de Figueroa sonna. Elle vit s'afficher le numéro du Dr Percolin. Elle le rappela aussitôt. Une fois la conversation terminée, elle retourna voir son coéquipier.

– Percolin a trouvé un autre cas. C'était un SDF, un Black, soixante et un ans, alcoolique. Il a été tué près de Congress Street, pas très loin. On lui avait lavé la figure. Bien que cela n'apparaisse pas dans le rapport d'autopsie...

– Mais pourquoi ne nous en a-t-il pas parlé avant ?

– Il ne savait pas. Un autre légiste a pratiqué l'autopsie. Et Percolin a failli le louper. Il n'avait pris que SDF, alcoolique et ce quartier comme critères de recherche.

– Alors comment peut-il savoir qu'on lui avait lavé la figure ?

– Il allait jeter le fichier à la poubelle quand il a remarqué que le type était mort par étouffement. Une couverture sur le visage. Alors il a interrogé son collègue.

– Qui n'a pas eu de trou de mémoire ?

– Percolin prétend que ce n'est pas recevable comme preuve.

– Et c'était quand ?

– Il y a un an et demi. Percolin poursuit ses recherches.

– Jody Huffington, notre profileur, a bien dit que les tueurs accélèrent parfois le rythme de leurs assassinats à mesure que leur état mental se détériore.

– Je sais, je sais...

À 16 heures, Bennis et Figueroa sortaient du Furlough et se dirigeaient vers l'immeuble central de la police. Comme les meurtres avaient eu lieu tard dans la soirée, après 23 heures, ils voulaient si possible interroger tous ceux qui étaient de service de 15 à 23 heures. Ils avaient peut-être aperçu quelque chose des fenêtres de l'immeuble. Ou remarqué un détail en allant au parking chercher leur voiture. Ou encore, l'un d'entre eux était l'assassin et rôdait dans les parages après le travail pour commettre ses meurtres...

Figueroa et Bennis décidèrent de commencer par le dernier étage et de descendre méthodiquement. Une décision qui allait de soi, mais qu'ils ne prenaient pas de gaieté de cœur : mettre sur la sellette leurs propres collègues ! Ils espéraient seulement que les flics, les secrétaires et les gardiens ne se rendraient pas compte que tout le monde était suspect. Bennis, encore plus mal à l'aise que sa collègue, ne put s'empêcher de lui chuchoter à l'oreille :

– J'ai l'impression d'avoir des oursins sous mon T-shirt !

Jusqu'à présent, ils n'avaient pas reçu de réponse à leur questionnaire demandant si quelqu'un avait aperçu quelque chose de suspect au cours des nuits du 21 mai, du 31 mai et du 1er juin.

Le douzième étage était surnommé « le poulailler » : c'était là que se trouvait le dépôt de garde à vue des femmes. La gardienne en chef, une administratrice du nom de Forbes, qui aurait porté en des temps plus anciens le titre de « matonne », était une toute petite bonne femme qui avait l'air d'une grand-mère.

– Bien sûr, entrez, avait-elle dit aimablement quand ils eurent expliqué la raison de leur présence.

Comme dans tout lieu d'incarcération, ils durent déposer leurs revolvers dans un casier en dehors des locaux afin que les prisonniers n'aient pas la possibilité de s'emparer d'une arme à feu.

– Je ne sais pas exactement ce qu'on peut voir d'ici. Mais vous êtes les bienvenus, vous pouvez vérifier. Nos pensionnaires ne peuvent rien voir du tout, en tout cas. Elles sont dans des cellules sans fenêtre, informa Forbes.

Pensant au meurtre de Manualo, Figueroa demanda :

– Puis-je voir vers le nord de cet étage ?

– Bien sûr.

L'annexe, qui jouxtait le bâtiment principal, ne comportait que sept étages. Lorsque Figueroa et Bennis jetèrent un œil par la fenêtre nord, ils virent le toit de l'immeuble, mais rien au niveau du sol en direction du nord. Personne ne pouvait avoir assisté au meurtre de Manualo de cet étage.

– Merci ! lança Figueroa une fois qu'ils eurent terminé leur inspection.

Forbes les reconduisit jusqu'aux cellules. Elles formaient, accolées les unes aux autres, une double rangée au centre d'une énorme salle. Minuscules, elles n'offraient aucune intimité. Une des cloisons était faite de barreaux et comprenait la porte, elle aussi constituée de barres métalliques. À la vue de Bennis, les femmes hurlèrent les unes après les autres sur son passage :

– Un mec, les filles !

Certaines des prisonnières, en sous-vêtements, n'esquissaient pas un geste pour se couvrir. Chaque cellule comportait un WC, un évier, un lit et une unique couverture. Figueroa remarqua les chaussures sur le sol, à l'extérieur des cellules. Selon la tradition, elles devaient toujours être placées dehors pour que les prisonniers ne se pendent pas avec les lacets. Aujourd'hui, la plupart des baskets n'avaient plus de lacets, mais elles étaient tout de même rangées dans le couloir. Selon le même principe, les détenues n'avaient pas de draps.

– Par ici ! leur indiqua Forbes.

Le mur mitoyen du métro aérien, côté est, était presque aveugle. Même en prison, personne n'avait envie de voir passer les trains ! se dit Figueroa. Il ne restait qu'une seule fenêtre, dans le coin adjacent au mur sud, le parking de la police étant situé

201

au même point cardinal. Et contre ce mur se trouvait une batterie de quatre fours à micro-ondes, plus un réfrigérateur, quelques chaises et une table basse éraflée – Figueroa se figura les surveillantes assises sur les chaises et posant leurs pieds sur les bords de la table. Deux d'entre elles se tenaient debout près des micro-ondes, réchauffant des sandwiches sur des assiettes en carton.

– Sandwiches bolognaise, annonça Forbes. Vous savez, c'est un centre de détention provisoire, pas une maison d'arrêt régulière, donc nous ne fournissons pas de repas complets.

– Vous servez...

– Des sandwiches bolognaise au petit déjeuner, au déjeuner et au dîner. Mais on les propose chauds ou froids, selon les désirs de nos invitées.

– Un vrai service trois étoiles, commenta Bennis d'un ton cinglant.

– Alors, que voulez-vous voir ?

– Ceci.

Figueroa et Bennis regardèrent par l'unique fenêtre donnant à l'est. La vue sur le métro aérien était large, mais ils ne pouvaient pas distinguer l'allée sous la voie ferrée. Les fenêtres côté sud, qui surplombaient le parking, offraient une vue en diagonale sur l'endroit où Abigail Ward s'était fait assassiner, mais de très loin.

Pendant que la directrice rassemblait tout le monde, Figueroa confia en aparté à Bennis :

– Tout ce que nous pouvons faire, je crois, c'est observer leur comportement et essayer de toutes les entendre pour avoir une idée du genre de personne à qui nous avons affaire.

– À la recherche des fameux traits de personnalité du Dr Ho ?

– Que pouvons-nous faire d'autre ? soupira Figueroa. Il faut bien commencer quelque part.

– Entre nous, je ne crois pas que le tueur soit une femme.

– J'en doute, moi aussi. Mais il faut rester optimiste. Peut-être qu'une des gardiennes a pu voir quelque chose.

Son intuition s'avéra exacte.

– Oui. Le 31 mai, confirma la jeune femme en uniforme.

202

– Qu'avez-vous vu ? questionna Figueroa.

– Oh, mais ce n'était pas d'ici ! Je suis partie en retard ce jour-là parce que j'attendais mon idiote de remplaçante. D'ailleurs, elle s'est fait virer depuis. Bon débarras ! Bref, ils ont fini par me trouver quelqu'un à minuit vingt. Bon, alors j'étais dans le parking et... comme vous voyez, je ne suis pas très haute.

– Tout comme moi.

– C'est vrai. Alors comme ça, je suis debout devant ma voiture, me demandant pourquoi mes clés ne sont pas dans la poche où je les mets toujours. En fait, je les avais à la main ! Et puis je vois un type traverser le parking... Lui ne me remarque pas en revanche parce que la voiture est plus haute que moi, vous voyez ?

– À quoi ressemblait-il ? pressa Figueroa.

– Je l'ai aperçu à travers deux épaisseurs de vitres pas des plus propres. Je ne l'ai remarqué que parce qu'il est passé devant la lumière, tout au bout. Ce qui signifie donc qu'il était à contre-jour.

– Mais qu'avez-vous vu ? insista Figueroa.

– Taille moyenne. Il portait un chapeau. Une casquette de base-ball, je crois. Une veste courte. Il avait une démarche jeune.

– Êtes-vous certaine que c'était un homme ?

– Pratiquement. Il marchait comme un homme en tout cas.

– Il allait dans quelle direction ?

– Eh bien, c'est pour ça que je l'ai remarqué. Comme il venait de la rue vers le parking, je me suis dit qu'il allait récupérer une voiture. Logique, non ? Mais il l'a traversé et il est sorti de l'autre côté.

– Vers... ?

– Vers le métro aérien.

– Comment vous souvenez-vous de la date ?

– L'anniversaire de mon fils. J'étais de service ce soir-là, donc on l'a fêté le lendemain. Le gamin m'a fait une crise. Qui pourrait croire qu'un môme de dix ans soit aussi à cheval sur une date ?

Bennis et Figueroa répétèrent la procédure avec le centre de détention provisoire des hommes au onzième étage. Là, ils ne prirent même pas la peine de vérifier les fenêtres côté nord. La vue ne pouvait être que pire.

Aucun des gardiens ne se rappelait rien des jours des meurtres.

– Rien d'inhabituel dehors. Ici, il se passe des choses bizarres tous les jours, déclara seulement l'un d'eux.

Aux dixième, neuvième et huitième, ils ne trouvèrent pratiquement rien non plus. Au dixième, les inspecteurs en civil avaient décidé quelques années plus tôt d'installer une cafétéria, mais presque personne ne la fréquentait, pour la bonne raison que la nourriture y était infecte. Une table chauffante, derrière laquelle de vrais cuisiniers en chair et en os, avachis par l'ennui, attendaient le client, courait le long du mur côté est, celui qui longeait le métro aérien. Pas de fenêtres non plus, et s'il y en avait eu, elles auraient été couvertes de buée, comme les couvercles de plastique des bacs de la table chauffante. Restaient à l'étalage du bœuf Strogonoff et des tranches de viande grisâtres nappées d'une sauce barbecue orange du plus bel effet. Les cuistots louchaient d'un air morose sur les assiettes de laitue fripée.

Une longue rangée de distributeurs à pièces s'adossait au mur côté sud, bouchant là aussi les fenêtres. On n'aurait pu voir ce qui se passait dans le parking ou dans la direction du métro, sauf, naturellement, si on avait grimpé sur une machine à café ! En d'autres termes, si le tueur voulait repérer un SDF, il ne l'aurait pas fait d'ici.

Les cuisiniers n'avaient rien vu, ne savaient rien et ne semblaient pas s'en soucier outre mesure.

Au septième étage, les services des ressources humaines, encore occupés, semblaient néanmoins sur le point d'être désertés pour la soirée. Une secrétaire affublée d'une coiffure bouffante, d'une couleur tirant sur le jaune orangé d'une mangue trop mûre, conduisit les deux enquêteurs à la fenêtre côté sud, laquelle semblait n'avoir pas été lavée depuis la construction de l'immeuble. Il y avait une autre vitre, non loin, dont les carreaux étaient propres, mais à peu près aussi transparents que de l'eau de vaisselle. En plus, les plantes vertes qui poussaient devant ne facilitaient pas la tâche de celui qui cherchait à regarder discrètement à l'extérieur.

Ils trouvèrent en la secrétaire une informatrice aimable mais qui ne savait rien.

— À quelle heure finissez-vous ? interrogea Figueroa.

— À 17 heures, comme tout le monde.

— Vous restez plus tard, parfois ?

— Presque jamais. Pas les trois dernières semaines.

— Peut-on parler au chef de service ?

La secrétaire les conduisit auprès du commandant Cole, un grand Noir au physique élancé qui avait une réputation de professionnalisme sans faille. Il se montra outré que quelqu'un ose commettre des meurtres si près des locaux de la police. Hélas, il ne savait pas grand-chose. Il travaillait souvent tard, mais ces dernières semaines, il terminait vers 20 heures, pour participer à des réunions locales. Il leur avoua au bout d'un moment qu'il n'avait pas demandé à diriger le service des ressources humaines.

— À périr d'ennui ! soupira-t-il.

Cole s'ennuyait tellement qu'il avait demandé à réintégrer le service des recherches et investigations, ou à être muté à la voie publique.

Les sixième et cinquième étages étaient réservés à l'administration. Personne ne savait rien et tout le monde affirmait vider les lieux à 17 heures, ce qui, dans l'esprit de Bennis et Figueroa, voulait plutôt dire 16 h 30 au plus tard.

Les deux étages suivants abritaient le central. Résolument avant-gardiste lors de sa construction en 1961, il avait fait l'objet de nombreuses visites guidées par toutes les polices du monde et été copié aux quatre coins des États-Unis... Dire que, dans six mois, il aurait totalement disparu !

Disposés autour d'un espace ouvert se trouvaient des postes d'appel constitués d'une table de travail, de micros, de plans de quartiers et de cartes spéciales. Chaque poste était occupé par un dispatcheur qui couvrait un secteur particulier de la ville. Les parcs, les lacs et autre larges espaces faisaient l'objet de plans différents, là où les adresses et les rues ne servaient plus de repères et où les délinquants en fuite pouvaient facilement disparaître. Les flics aussi s'y perdaient, car personne ne disposait d'une carte précise des lieux.

Les appels au 911, le numéro des urgences, arrivaient au central et étaient ensuite triés par un être humain, pas une machine, non, pas encore... Si une personne s'affolait parce que son chat avait grimpé sur le toit, le 911 essayait d'envoyer à la rescousse les pompiers ou la SPA. Depuis des décennies, on louait partout dans le pays la détermination des services de Chicago à répondre aux appels d'urgence. Hélas cette époque est révolue. En cas de surcharge, les interventions étaient hiérarchisées.

Une fois catégorisé, l'appel était orienté vers le dispatcheur du District concerné qui, à son tour, lançait un appel radio. C'était en effet le dispatcheur qui choisissait la voiture de patrouille la plus appropriée à intervenir, en général parce qu'elle était plus proche des lieux que les autres, sauf s'il savait que l'équipe en question était sur le point d'aller déjeuner et que l'intervention promettait d'être longue, comme dans le cas d'un enfant perdu.

Dans le nouveau building, toutes ces opérations allaient être informatisées à l'aide d'un système de repérage en temps réel des voitures de patrouille, lequel indiquerait sur l'écran l'emplacement exact du véhicule disponible. Ce qui n'empêche que le dispatcheur serait toujours responsable des décisions importantes.

Le central était toujours très animé.

Lorsque Figueroa et Bennis pénétrèrent dans la salle, les lumières clignotaient sur toutes les consoles et l'air résonnait des sonneries amorties des téléphones, à croire qu'ils se trouvaient dans un champ envahi par les criquets. Des voix calmes et posées, celles des dispatcheurs, marmonnaient dans leur micro ; qui distribuant des missions, qui transmettant demandes et mandats. En passant, Figueroa entendit l'un d'eux dire :

– Silence radio tout le monde, la 33 a une urgence. J'ai un problème à la 63e et State...

Figueroa imagina toutes les voitures de patrouille du 3e District faisant brusquement demi-tour pour aller aider un copain en difficulté. Il ne faudrait pas plus de deux ou trois minutes pour que le dispatcheur lance un nouvel appel :

– Plus personne ne change de route. J'ai assez de monde sur les lieux.

– Hé, regarde-moi ça ! s'exclama Bennis en pointant vers le mur.

– On le savait, non ?

Les fenêtres du central étaient bouchées par des panneaux pour protéger les postes de travail de la lumière.

– Je ne sais pas ce qu'on fabrique ici, gémit Figueroa. Si on leur demande s'ils ont vu quelque chose dehors, ils vont nous rire au nez !

– On va leur demander s'ils ont vu quelque chose dans le parking, énonça Bennis, arrangeant.

Mais cela ne donna rien. Ils n'obtinrent pas plus d'information au deuxième, ni au premier, ni au rez-de-chaussée. Ils perdirent en outre dix bonnes minutes à bavarder avec un attaché de presse complètement imbécile qui leur tint la jambe avec sa brillante autobiographie. Le seul point qui pouvait à la rigueur les intéresser, c'était qu'il avait du charme et une indifférence totale à l'égard de ses interlocuteurs.

– Désolé d'apprendre qu'il y a eu un meurtre dans le quartier. Vraiment désolé, répéta-t-il d'un air de s'en fiche éperdument.

En s'éloignant, Bennis ne put s'empêcher de lâcher :

– Je parie que sa voiture est en parfait état !

– D'accord, c'est un psychopathe, acquiesça Figueroa. Mais à mon avis, du genre « psychopathe heureux ».

Leur enquête sur le côté nord de l'annexe ne les avança pas non plus. Ils regagnaient d'un pas lent et fatigué le parking quand Bennis commenta :

– Rien qu'une petite conversation avec le Dr Ho et on voit des psychopathes partout !

– Mais ils sont peut-être partout. Oh, Bon Dieu ! Il faut que je rentre. Il est presque 17 heures et je voudrais parler à la neurologue !

– Il faut aussi qu'on interroge les gens du premier service dans le bâtiment.

– On se retrouve au Furlough à 23 heures ce soir ? Ceux du premier service y seront.

– D'accord.

Parmi tous les médecins et thérapeutes qui avaient soigné Sheryl depuis l'accident – une bonne centaine –, la personne que Suze préférait était la neurologue Hannah Pettibaker.

Celui qu'elle aimait le moins était un kinésithérapeute condescendant et faussement jovial qui était venu pendant les deux premières semaines après le retour de Sheryl à la maison. Un certain Jonathan Roon. Sa tâche, prétendait-il, consistait à remettre la patiente dans un état physique « réaliste ». Comprenne qui voudra... En plus, il avait la manie d'entrer comme un ouragan dans la chambre de Sheryl en lançant d'un ton guilleret :

– Alors, ça boume aujourd'hui ?

Le Dr Pettibaker, en revanche, était directe et pleine de bon sens. La première fois que Suze et Robert l'avaient rencontrée, environ une semaine après l'accident, elle leur avait déclaré :

– Je vais vous dresser un tableau général et ensuite, nous l'appliquerons spécifiquement au cas de Mme Birch. Maintenant que nous savons que Sheryl ne va pas mourir, passons à la phase suivante. Nous faisons le point sur la gravité de ses traumatismes. Vous allez nous entendre utiliser un jargon incompréhensible. Ce n'est pas que pour vous impressionner. Et nous n'avons aucun secret à vous cacher. Alors laissez-moi vous expliquer... Quand on parle de « troubles », il s'agit de lésions au niveau des organes, de blessures des tissus du corps de Sheryl.

« Quand nous utilisons le terme « déficit » ou « incapacité » nous parlons de ce que la personne ne peut pas faire. Le terme « handicap », ou « participation restrictive » selon la nouvelle nomenclature, désigne l'implication d'une personne avec un « déficit » dans un contexte social.

— Va-t-elle être handicapée ? avait questionné Robert, un peu étourdi par toutes ces explications.

— Nous ne pouvons pas encore nous prononcer. Dans l'immédiat, le niveau de son déficit est élevé.

— Cela veut dire qu'elle va rester infirme ?

— Certaines lésions sont réversibles. Quand nous parlons de déficit « chronique », cela veut dire qu'il s'agit d'une invalidité permanente. Notre objectif à court terme est de la faire asseoir, et ensuite, peut-être, marcher.

— Peut-être ? s'était exclamée Suze.

— Le pronostic est difficile. Ensuite, nous entrons dans la différence entre les objectifs optimaux et les objectifs réalistes. Il est réaliste de penser qu'elle pourra se tenir debout, et sans doute marcher après un certain temps. Mais dans l'idéal, nous voudrions réussir à ce qu'elle marche normalement.

Suze avait soupiré, les mains serrées, saisie d'une véritable terreur.

— Votre sœur se trouve maintenant dans la phase 2, ajouta le Dr Pettibaker, qui avait noté la réaction de Suze. La phase 1, juste après l'accident, correspondant à la période où elle se trouvait dans le coma. Dans la phase 2, le malade développe une importante paralysie spasmodique. C'est tout à fait normal. Cette phase dure de quatre à cinq semaines. Elle va réagir de façon exagérée à des stimulations normales : sursauter au moindre bruit, grimacer quand on lui fait une prise de sang. Sa tête sera parfois agitée de brusques mouvements. Cela vous paraîtra inquiétant, mais c'est le cours normal des choses et il ne faut pas vous laisser impressionner. Son cerveau a été très fortement traumatisé. Après la phase 2, elle entrera dans la phase 3. Elle aura des mouvements de synergie. Lorsqu'elle voudra plier le coude, par exemple, elle fera bouger toute l'épaule et la main.

— Et ensuite ?

— Si tout se passe bien, elle passera à la phase 4. À ce moment, la malade est presque normale, en tout cas aussi normale que possible. Elle recouvrera d'abord l'usage de ses bras et de ses jambes dans les parties les plus proches du centre du corps, avant celui des extrémités : les pieds et les mains.

— Dans combien de temps ? s'était enquis Robert.

— Au cours des six prochains mois.

— Dr Pettibaker... Je veux dire Hannah... Que je suis contente de vous voir ! s'exclama Suze en entrant dans le salon.

La présence du médecin ne manquait jamais de la rassurer. Comme si le monde devenait soudain meilleur. Elle lui était en outre reconnaissante de ses visites à domicile, étant donné l'état d'anxiété dans lequel était Sheryl. S'il avait fallu en plus la conduire à l'hôpital chaque semaine !

— Bonjour, Suze. Votre sœur fait de bons progrès.

Sheryl esquissa un sourire. Le médecin disait toujours ce qu'elle pensait.

— C'est bien, acquiesça Suze, mais j'aimerais que vous m'expliquiez un peu ce qui vous permet de conclure ça.

Le neurologue se tourna alors vers Sheryl assise à côté d'elle dans son fauteuil :

— Bien sûr. J'avais commencé à l'expliquer à Sheryl... Mais je vais tout reprendre de zéro. Vous penchez beaucoup moins d'un côté, Sheryl. La jambe est plus forte. Je ne crois pas que vous vous en rendiez compte, mais, moi, comme je ne vous vois qu'une fois par semaine, je remarque mieux les améliorations que vous.

— Bing, émit Sheryl.

— Elle dit souvent ça quand elle veut dire « bien », avança Figueroa.

Le médecin sourit.

— Je suis votre neurologue, pas votre kiné, mais je crois que vous poussez l'exercice un peu trop loin. Votre côté droit est dur comme de l'acier. Le côté gauche est bien et s'améliore, mais je pense que vous compensez trop. Rendez service à votre côté gauche, Sheryl. Laissez-le travailler.

— Gah, émit Sheryl.

— Je sais, c'est frustrant et vous êtes furieuse de ne pas pouvoir parler mieux. Mais vous allez progresser. Je vous le garantis. L'aphasie peut être assez persistante, mais votre dernier scanner est encourageant.

— Ahhh.

— Ah, voilà un vrai « Ah », énonça le médecin avec un sourire satisfait.

Sheryl lui rendit son sourire, en remontant un seul côté de la bouche, mais là aussi, c'était un vrai sourire.

Peu après le départ du Dr Pettibaker, Suze annonça les nouvelles à Robert qui venait de rentrer :

— Nous allons fêter ça ! Je vais commander un dîner thaïlandais !

Après le repas qui leur fut livré à une vitesse époustouflante, Suze, Jay-Jay et Maria attaquèrent la vaisselle.

— Tante Suze, Emily m'invite à dormir chez elle demain soir. Est-ce que je peux y aller ? demanda Maria.

— Oui, pourquoi pas ? Ton père doit sortir, mais je serai là.

— Moi aussi je serai là, ajouta Jay-Jay.

— Très bien ! Avec Kat, Jay-Jay et moi, ta maman sera bien gardée. Mais au fait, je dois retourner au boulot ce soir.

— Oh, maman, vraiment ? gémit Jay-Jay.

— Oui. Je suis désolée, mais le boulot c'est le boulot. Je serai de retour vers 1 heure du matin.

Valentine était assis à sa place favorite pendant le dîner de famille, à mi-chemin entre le rez-de-chaussée et le premier étage, quand il entendit Suze déclarer : « Je serai de retour vers 1 heure du matin. » Il se frotta les mains.

Et ne put s'empêcher de chuchoter tout haut :

– C'est exactement ce qu'il me faut !

23

Suze débarqua au Furlough à 22 h 45. Norm était déjà là.

— Miranda t'a posé un lapin ? s'étonna-t-elle d'un ton malicieux.

— Tu te fiches de moi ! s'écria Bennis en riant.

— Tu as bossé alors ?

— Si tu tiens tant à le savoir, depuis que je t'ai laissée, j'ai passé tout mon temps à la laverie ; j'ai fait ma lessive.

Figueroa siffla entre ses dents :

— On est bien susceptible...

À cet instant, Corky s'approcha de leur côté du bar :

— On crève de chaud, ce soir. Tu veux une bière, Figueroa ?

— Jamais pendant le service, répondit-elle en jetant un coup d'œil désapprobateur à la chope de son partenaire. Merci, Corky. Plus tard, peut-être.

— La bière, ça nourrit, rétorqua Bennis en buvant sa dernière gorgée.

— Après, tu ne pourras plus rien boire, fit remarquer le barman. On ferme à minuit.

Bennis gloussa.

— Les gars du troisième service ont à peine le temps de se rincer le gosier !

— Mêmes les barmen ont besoin de dormir, marmonna Morty derrière son zinc.

– C'est pas de tout repos de servir une bande de flics comme vous ! rigola Corky.

Figueroa attendit que Bennis vide sa chope, puis elle lui donna un coup de coude dans les côtes :

– C'est l'heure d'aller traîner nos basques du côté du parking.

Les flics du troisième service quittaient les lieux, croisant ceux du premier. Bennis et Figueroa attendaient à mi-chemin entre le parking et l'immeuble de la police. C'était le moment de demander à ceux qui arrivaient et garaient leurs voitures s'ils avaient aperçu quelque chose les nuits des meurtres. Ils pouvaient aussi en profiter pour poser des questions à ceux qui partaient, bien sûr. Comme il fallait environ une demi-heure pour que la relève s'effectue, ils avaient le temps d'aborder les uns et les autres. Les deux services avaient été avisés de leur mémo lors de l'appel, mais il se passait toujours beaucoup de choses à ce moment-là et, de plus, un groupe ne réagit pas comme un indi-vidu isolé. Bennis et Figueroa pensaient aussi que les interroger à l'extérieur, en leur montrant le métro aérien, pouvait peut-être raviver leur mémoire.

Pendant dix minutes, ils se séparèrent pour questionner le plus de flics possible. Puis ils se rejoignirent devant l'entrée du buil-ding, chacun devinant à l'expression de l'autre qu'ils étaient tous deux bredouilles.

– Nul, dit Suze.

– Zéro.

– Des cacahouètes !

– *Nada*, bon Dieu !

– Bon, on ne lâche pas le morceau. On va voir à l'intérieur, déclara Figueroa.

Le centre de détention des femmes n'avait pas changé depuis quatre heures. Mme Forbes était partie, mais son assistante Mlle

214

Lotogath avait énergiquement pris le relais. Une fois les gardiennes rassemblées, Figueroa leur demanda si elles avaient vu quelque chose de suspect, en précisant :

— Nous ne cherchons pas à faire pression sur vous. Pas de zèle, surtout. Si vous ne vous souvenez de rien, vous n'avez rien vu, c'est tout.

— Nous savons que notre tueur essaie de ne pas se montrer, ajouta Bennis.

À minuit et demi, ils avaient terminé le tour du bâtiment. Les ressources humaines et les étages des huiles étaient déserts. La cafétéria était encore plus déprimante que dans la journée. L'une des garnitures proposées au dîner devait être des choux de Bruxelles, car la salle baignait encore dans les relents sulfureux.

Le central, en revanche, bruissait de la même activité que quelques heures plus tôt. Seules les têtes avaient changé. Il ne se passait rien du côté nord de l'annexe.

— Encore un jour glorieux pour la police, soupira Bennis.

Ils prirent la direction du nord, sur le trottoir qui longeait le building principal. Après l'annexe, ils tournèrent à droite, traversèrent la zone des chantiers, parsemée d'engins de travaux publics, et se retrouvèrent dans l'allée, sous le métro aérien.

La nuit était chaude et tranquille. Une rame venait juste de passer et il y avait encore quelques poussières de rouille en suspension dans l'air. À cette heure, les trains étaient moins fréquents. La circulation sur State Street se réduisait à quelques voitures.

— Sinistre, ici, commenta Bennis.

— Ça va, n'en rajoute pas !

— Tu ne vas pas me dire le contraire, quand même.

— Évidemment que non !

215

Ils s'immobilisèrent quelques minutes. Figueroa sentait son cœur battre dans sa poitrine. Bennis soufflait comme un phoque à côté d'elle. Le stress était au maximum. Puis, d'un commun accord, sans prononcer un mot, ils se mirent à marcher vers le sud.

Ils passèrent derrière l'immeuble, attentifs à ne pas faire de bruit en frôlant les vieux papiers et les détritus. Lentement, ils se frayèrent un chemin jusqu'à la grille qui longeait le parking de la police. Ils s'arrêtèrent là.

Soudain, un bruissement.

Bennis attrapa le bras de Figueroa, pour l'empêcher de se précipiter. Les bruits provenaient de la zone ouverte, sous la voie ferrée, en dehors du parking. Mais d'après le faible niveau sonore, cela se passait à plus d'un pâté de maisons, vers le sud.

Bennis baissa la tête pour chuchoter à l'oreille de son équipière :

— L'un de nous deux doit revenir devant le bâtiment. Par ce côté...

— Moi, je reste ici, murmura-t-elle. Tu retournes vers l'immeuble et, à moins que je ne hurle, tu prends ta voiture. Sors du parking par devant et, si je ne gueule toujours pas, reviens vers l'allée en voiture par le sud.

— Parfait. Sauf que c'est toi qui prends ta voiture. Moi, je reste ici.

— Bennis, ne joue pas les papas ! On se connaît depuis trop longtemps.

Avec un discret soupir de résignation, il fila le long de l'allée, vers le nord, dans le silence le plus complet.

Figueroa s'était immobilisée, cachée derrière un poteau téléphonique. La lumière orangée émise par les réverbères suffisait à peine à éclairer l'endroit où elle se trouvait, mais pourquoi courir des risques inutiles ? En fait, les deux seules choses qui pouvaient attirer l'attention étaient, comme toujours, le bruit et le mouvement. Si elle n'avait pas déjà été repérée, son immobilité réglerait le problème. Et si quelqu'un dans les parages avait entendu quelque chose bouger, Bennis s'éloignant le long de l'allée serait une justification suffisante.

Une minute et demie s'écoula. Figueroa frissonna de peur. Elle aperçut Bennis qui courait sur le trottoir de l'immeuble de la police. Il bifurqua vers le parking et, sans même regarder dans sa direction, se précipita vers sa voiture. La portière claqua et il démarra. Il alluma ses phares, recula, et passa lentement devant la rangée de voitures qui menait à la sortie sur State Street. Quand il tourna, ses phares balayèrent la partie est du parking avant de se porter sur l'allée, au-dessous du métro aérien.

Figueroa s'attendait à cette manœuvre. Ils n'en avaient pas parlé, mais ils travaillaient ensemble depuis tellement longtemps qu'elle savait qu'il braquerait ses phares vers l'allée pour qu'elle puisse l'examiner. C'était aussi en partie pour cette raison qu'elle s'était positionnée derrière le poteau téléphonique. Alors que le faisceau éclairait la zone sombre de l'allée, elle crut distinguer une forme ronde qui bougeait.

Une tête ?

Difficile de le savoir, étant donné que le mouvement de balayage des phares donnait l'impression que tout bougeait. Mais cette chose avait un mouvement différent, opposé à celui des ombres engendrées par la lumière. Elle focalisa ses yeux sur l'endroit exact et repéra les éléments qui se trouvaient autour pour être sûre de retrouver le point. Les mouvements se détectent bien mieux à la périphérie du champ visuel qu'au centre, elle le savait.

Bennis allait maintenant se garer quelque part derrière le bloc d'immeubles. Il devait aborder l'allée par le sud pendant qu'elle maintenait sa position ici, juste derrière le coin nord du quartier général de la police.

Elle entendit un raclement. Un rat ? Un chat ? Un être humain ?

Rien ne bougea.

Figueroa contracta et relâcha les muscles de ses jambes sans esquisser un seul geste. Elle voulait être prête à l'action. Et il lui faudrait probablement agir vite, une fois que l'homme caché se rendrait compte que Bennis arrivait par l'allée. Ce n'était pas un canyon fermé. Il y avait des échappatoires vers Wabash Street entre les bâtiments, à l'est. L'immeuble d'habitation en brique était ceint d'étroits passages de chaque côté. Le bâtiment de la police n'était pas entouré de grilles, sauf le parking, mais de trois côtés seulement. Il y avait des entrées par l'ouest et par l'est.

Après deux ou trois minutes, Bennis fit son apparition au bout de l'allée, à un peu moins de cent mètres. Il avait changé de veste et cela modifiait efficacement sa silhouette. Il avançait dans l'allée en titubant légèrement, comme un ivrogne qui surveille sa démarche ; on aurait dit qu'il tentait de maintenir sa tête droite sur ses épaules.

Figueroa ne bougea pas.

Il s'approcha, lentement, l'air aussi peu menaçant que possible.

Il arrivait maintenant au niveau de l'extrémité du parking des flics, le long du grillage métallique, non loin de là où Suze avait aperçu quelqu'un. Il était presque à l'entrée. Dans moins de trois mètres, pensa-t-elle, il tomberait pile sur l'endroit qu'elle avait repéré.

Soudain, elle vit quelqu'un sortir de l'ombre en courant, filer le long de l'allée et s'engouffrer dans le passage près de l'immeuble en brique. Figueroa bondit à sa poursuite. Bennis se transforma en un quart de seconde d'ivrogne en sprinter.

Le fugitif courait comme un jeune garçon, mais d'une démarche un peu molle. Sa casquette s'envola. Figueroa accéléra. Elle évita la casquette. Bennis la suivait. Ils aboutirent sur Wabash, au milieu des bennes à ordures et des voitures en stationnement. Le fugitif courait en zigzag. Quelques passants déambulaient sur le trottoir, un groupe s'attardait devant l'entrée d'un restaurant ouvert toute la nuit.

Le garçon se cacha derrière le groupe, se faufila entre les voitures, puis dans une zone ouverte encombrée de vieilles cannettes. L'endroit offrait plusieurs sorties, nota Figueroa. Elle ne pouvait plus voir le fugitif, mais choisit une des échappatoires possibles, sachant que Bennis en prendrait une autre.

La sienne était une impasse, et il n'y avait personne. Alors qu'elle retournait en courant vers l'entrée de Wabash, elle entendit Bennis courant sur le trottoir vers une cour fermée.

— Merde ! hurla-t-il.

Ils se rejoignirent au pas de course.

— Où est-il passé ?

— Ça pourrait être n'importe où. Merde ! répéta-t-il.

Ils se turent et dressèrent l'oreille. Aucun bruit de pas précipités, pas de raclements de cannettes. Rien.

— Incroyable ! s'exclama Figueroa.

En rentrant vers le parking de la police, ils ramassèrent la casquette. Suze la glissa dans une pochette spéciale pour les indices, qu'elle gardait dans la voiture.

— Pourquoi tu fais ça ? s'enquit Bennis.

— Qui sait ? Peut-être que le labo peut trouver quelque chose ? Des cheveux, par exemple.

— Mais non... Je veux dire, pourquoi dans un sac ? Apportons-la tout de suite.

— Ils ne travaillent pas la nuit !

— Et alors ? Ils pourront s'y mettre à la première heure, demain.

Ils se rendirent directement au labo. Figueroa remplit les formulaires. Elle sortit la casquette de la pochette en papier et la plaça dans un autre sac, en papier, lui aussi. Les sacs en plastique étant hermétiques, certaines matières organiques pouvaient s'y dégrader, surtout les traces de sang ou les indices dont on pouvait extraire l'ADN, comme les cheveux.

— Regarde ! souffla-t-elle à Bennis.

Quelques cheveux étaient restés accrochés à la bande de réglage, à l'arrière de la casquette.

— Ils sont longs, tu ne trouves pas ?

En effet, les cheveux étaient noirs, raides et très longs.

— Bon, on tient déjà quelque chose : notre suspect n'est pas noir.

Bennis approuva de la tête.

219

– Ils sont épais, tu ne crois pas ?

– Comme si tu étais experte en fibres et cheveux !

– Aide-moi plutôt, Bennis. Il nous a semés. Jusqu'à présent, nous n'avons pas eu de chance. Que je puisse au moins rentrer chez moi avec un peu d'espoir.

– Bon, le labo confirmera. Tu as sans doute raison. Une analyse nous donnera une bonne description du fugitif. Peut-être même son âge. Pour moi, c'est un type plutôt jeune.

Figueroa regarda les cheveux.

– J'ai eu l'impression que c'était un garçon, à sa façon de courir. Mais tu ne crois pas que ce pourrait être une fille ? Ils sont si longs...

– Avec tous ces types qui portent des queues-de-cheval, difficile à dire.

– Qu'en penses-tu ? Trente-cinq, quarante centimètres ?

– Ma main, doigts écartés, fait vingt centimètres. Oui, quarante, estima-t-il en mesurant du bout de l'auriculaire au pouce sans toucher le cheveu.

– Évidemment, ce type pourrait être n'importe qui. Pas forcément le tueur.

– Pourquoi aurait-il fui, dans ce cas ? observa Bennis.

– Il ne voulait pas se faire interroger par les flics.

– Oui, peut-être.

– Il pouvait avoir de la drogue sur lui.

– Écoute, il ne courait pas comme le ferait un SDF. En général, ils ne sont pas en très bonne forme. Et ce n'est pas un quartier pour les dealers. Trop proche du QG de la police. Un consommateur, peut-être. Mais avec les petites quantités, les risques sont minimes. Ce pourrait être n'importe qui, c'est vrai, mais je crois qu'il y a de bonnes chances pour que ce soit notre tueur.

Allongée dans l'ombre, sous une benne à ordures, juste derrière Wabash, Mary Lynne Lee tremblait de tous ses membres. Elle avait eu une de ces frousses ! L'œil rivé sur le trottoir, elle

220

attendait, le souffle suspendu. Leurs pieds avaient disparu depuis plusieurs minutes. Mais était-elle vraiment hors de danger ?

Ils avaient presque réussi à l'avoir. Et si elle s'était fait prendre, ils l'auraient embarquée dans une voiture et ramenée à la maison... Elle fondit en larmes. Personne ne voulait donc la laisser tranquille ? La vie était un enfer. Pourtant, elle ne faisait de mal à personne. En fait, si : à son père et à sa mère. Elle les avait tellement déçus. Et ses deux grands-mères, et ses grands-pères. Surtout son grand-père Lee, qui lui avait dit :

– J'avais plus d'espoir pour toi, Mary Lynne.

Il lui avait brisé le cœur en prononçant ces mots. Elle adorait son grand-père Lee...

En plus d'être déçus, ils devaient être très inquiets. Le mieux, c'était qu'ils n'entendent plus jamais parler d'elle. Ainsi, ils ne sauraient jamais à quel point elle avait mal tourné.

Quand les flics l'avaient prise en chasse, elle avait couru de toutes ses forces. À présent, le peu d'énergie qu'elle avait récupéré grâce à sa bouteille de vin rouge était épuisé. Au début, quand elle avait commencé à boire, le vin la faisait dormir, c'était si bon... Mais aujourd'hui, une demi-bouteille ne lui faisait même plus d'effet ! Il lui en fallait beaucoup plus. Tout à l'heure, elle s'était sentie invincible. Hélas, cette sensation n'avait duré que le temps d'un bref sprint.

Elle n'osait pas rester ici. En sortant de sous la benne à ordures, elle aperçut un grand clochard, tout échevelé, une de ces personnes qu'elle avait d'emblée classée comme « méchante ». Il remontait l'allée. Après tous ces mois dans la rue, elle avait pris l'habitude de classer tout de suite les gens en « bons » ou « méchants ».

Il y avait aussi un type méchant sur le trottoir, là-bas, à l'endroit où l'allée croisait Wabash. Elle avait depuis longtemps dépassé le stade où l'on pense que tout individu qui sent mauvais et n'est pas rasé est quelqu'un de méchant. Mais ce type-là, elle l'avait déjà vu en train de pousser quelqu'un de plus petit que lui sur le passage d'une voiture quelques jours plus tôt, et elle ne voulait pas s'approcher de lui.

La solution consistait à revenir discrètement près de l'immeuble des flics. Là, elle pourrait dormir.

Mais, avant, elle devait boire quelque chose.

Figueroa conduisit Bennis jusqu'à sa voiture. En guise de « bonne nuit », il pointa l'index vers elle en un geste amical et moqueur. Suze l'imita :

— On remet ça demain !

— Tu l'as dit bouffie ! répliqua Bennis.

24

Suze s'écroula sur son lit avec délice. Elle avait mal aux genoux, mal aux yeux, mal aux pieds et mal à la tête. Elle dressa plutôt l'inventaire de ce qui allait encore et, comme la liste s'avéra plus longue – ses sourcils se portaient bien, de même que son nez, ses coudes, son cou, ses oreilles... –, elle se dit qu'elle ferait mieux d'arrêter de se plaindre, de s'estimer contente d'être encore entière, et dormir. Il était près de 2 heures du matin et elle devait se lever à 6 heures.

Elle n'allait pas supporter longtemps des journées aussi chargées. Si encore ils avaient progressé, elle se serait sentie moins fatiguée.

Le grenier ne comportait que deux fenêtres. Aucune des deux ne servait à grand-chose. Elles étaient très petites, l'une s'ouvrait vers le nord, juste sous la pointe du toit, et l'autre était une lucarne donnant au sud-ouest, l'une et l'autre placées là où normalement auraient dû se trouver des ouvertures de ventilation. Valentine soupçonnait qu'elles avaient autrefois en effet joué ce rôle, les persiennes ayant été remplacées par des fenêtres au début des années soixante-dix, à la suite de la crise du pétrole. Les armatures en aluminium brossé étaient typiques de ces années-là.

Mais, en voulant conserver la chaleur l'hiver, on laissait l'humidité s'accumuler et, un jour ou l'autre, le bois commencerait à pourrir. Les gens raisonnaient toujours à court terme, se dit Valentine, outré par le laisser-aller général qui régnait dans la société.

Comme aucune des deux fenêtres ne s'ouvrait, il recevait tout l'air vicié de la maison. Voilà bien le sens de l'hospitalité de ces gens-là ! Ne même pas laisser respirer les invités ! Bien sûr, il n'avait pas été invité, corrigea-t-il en étouffant un ricanement.

Une des fenêtres donnait sur la cime d'un énorme sycomore dont l'ampleur obstruait sa vision au nord, côté rue. L'autre fenêtre surplombait un jardin d'une banalité navrante. De plus, les carreaux étaient d'une saleté repoussante. Aux maux dont était affligée la société moderne, il pouvait ajouter la paresse !

Il ramassa le tournevis qu'il avait subtilisé dans la cave. La fenêtre d'aluminium était maintenue par huit vis, de chaque côté, près des coins. Il les avait toutes enlevées, avant de resserrer les deux vis du montant supérieur. Les autres étaient simplement replacées dans leurs trous et dépassaient un peu. Au cas où il serait, pour une raison ou pour une autre, obligé de prendre la fuite, il aurait la possibilité de sauter par la fenêtre dans l'arbre.

Il y avait un autre avantage à cet arrangement : il retira la fenêtre et la posa sur le plancher. Puis il pissa directement sur l'arbre.

Ainsi, plus besoin de prendre le risque de tirer la chasse. Et, à dire vrai, cette solution le faisait bien rigoler.

Il remit la fenêtre en place et enfonça les vis. Autant qu'il pût en juger, toutes les lumières étaient éteintes aux étages inférieurs. Pas de taches de lumière dans le jardin ni sur l'arbre. Sa montre, qui marchait encore, indiquait 2 h 30 du matin.

Il se faufila au deuxième. S'arrêtant à un de ses endroits favoris, sur le palier, il tendit l'oreille. Aucun bruit derrière la porte du fond, celle de la flic. Il passa la tête dans la chambre du gamin. Oui, il était là, le cher ange, enfermé dans sa bulle de sommeil.

Maintenant, le premier. Il y avait de la lumière dans le couloir, une veilleuse verte. Celle de la salle de bains.

Il arriva enfin au rez-de-chaussée. Entra dans la cuisine. Sur le comptoir trônait la moitié d'une miche de pain complet. Il en prit deux tranches, les tartina généreusement avec le beurre qu'il trouva aussi sur le comptoir. Bon, où planquent-ils la confiture ? Il ouvrit un placard et la trouva à la seconde inspection. Il étala une épaisse couche de confiture sur l'une des tranches de pain et rassembla les deux, les pressant bien ensemble car il aimait ses sandwiches bien compacts. Puis il s'assit sur la petite table de la cuisine et se mit à mastiquer avec délectation. Il s'ouvrit une cannette de Coca. Posa les pieds sur la chaise. Divin !

Enfin, il essuya les miettes de ses mains, nettoya le couteau, le rangea : et voilà, le tour était joué !

Sheryl était allongée sur le dos dans la pâle lumière bleutée de la nuit. La sonnette d'appel pendait au-dessus de la rambarde du lit, touchant presque les doigts de sa main droite. Valentine s'approcha et passa la sonnette de l'autre côté de la rambarde, la laissant tomber de toute la longueur du fil, presque au ras du sol. Hors d'atteinte. Il faudrait beaucoup de temps à l'infirme pour la récupérer, même une fois laissée à elle-même.

Puis, il lui chatouilla le pied.

Sheryl se réveilla lentement, ce qu'il trouva bizarre, estimant qu'à force de rester coucher comme ça toute la journée, on devait avoir le sommeil léger. Il l'observa reprendre peu à peu conscience et ouvrir les paupières. Elle concentra son regard sur lui. Valentine se pencha sur elle, de plus en plus proche. Elle mit encore plus de temps à comprendre qu'à se réveiller. Ses yeux s'écarquillèrent et se portèrent d'instinct sur l'endroit où se trouvait habituellement la sonnette. Là, il vit l'instant où elle allait se mettre à crier. En un éclair, il ramassa l'oreiller et l'appliqua sur le visage de sa victime.

Le corps de Sheryl s'arqua d'un coup et elle se débattit d'un côté à l'autre du lit pour essayer de se libérer. Sa main droite agrippa l'oreiller, mais sa main gauche n'y parvenait pas et tentait en vain de l'accrocher, comme si le tissu était glissant. Son bras droit était fort, plus fort qu'il ne l'avait imaginé, mais il le retenait contre l'oreiller.

Valentine se mit à rire sous cape, attentif à ne pas faire de bruit.

Quand Sheryl eut pratiquement cessé de lutter, il éloigna l'oreiller de son visage. Les yeux grands ouverts, Sheryl le fixa, aspirant une bouffée d'air. Elle était très pâle, mais pas encore bleue. Elle inspira fortement trois fois, mais le bruit était trop faible pour que les autres l'entendent. Fasciné, il regarda ses joues redevenir rose.

– Queuhh, émit-elle.

Il n'arrivait pas à comprendre, mais il savait qu'elle cherchait à dire « qui ? », ou « quoi ? ».

– Un cauchemar, répondit-il.

Et il reposa l'oreiller sur le visage de Sheryl.

25

Suze sauta du lit et se mit à courir avant même de se rappeler où elle se trouvait. Que se passait-il ? Était-elle de retour à l'École de police ? L'instructeur venait-il de siffler le départ de l'entraînement ?

Une sonnette, pas un sifflet. Oh, mon Dieu !

Sheryl !

Suze se rua sur la porte, sans avoir eu le temps d'enfiler sa robe de chambre. La respiration courte, elle répétait :

— Elle a sonné, ça doit aller. Ça doit aller, puisqu'elle a tiré la sonnette. Ça doit aller. Elle a sonné ! Ça va...

Dévalant quatre à quatre l'escalier de service, elle manqua de peu de rentrer dans Kat sur les dernières marches, tandis que Robert dévalait le grand escalier.

Ils pilèrent tous deux à la porte de la chambre de Sheryl.

— Ah ! Tu n'as rien ! s'écria Suze en découvrant sa sœur assise presque droite, à moitié ligotée par le fil de la sonnette qu'elle avait réussi à tirer à travers la rambarde du lit, alors qu'il aurait dû être retenu en boucle autour du dernier barreau.

Suze s'inquiéta de voir sa sœur aussi haletante, le visage marbré, mouillé de larmes, les cheveux en bataille. Elle ouvrait la bouche :

— Aah, gah, gah, ahhn ack !

Robert demanda :

— Qu'est-ce qui se passe, Sheryl ?

– Qu'est-il arrivé, maman ? renchérit Kat.

Maria arriva dans la chambre :

– Maman ! qu'est-ce qu'il y a ?

– Gah, gah, gah-monstr.

– Elle a eu un cauchemar, traduisit Robert.

– Guhh-det !

– Elle doit avoir laissé tomber la sonnette, continua à interpréter son mari.

Suze se mordit les lèvres pour ne pas s'exclamer : « Ne parle pas d'elle comme si elle n'était pas là ! » Mais elle avait toujours mis un point d'honneur à ne pas s'interposer entre Sheryl et Robert. L'inverse serait à terme une source de complications... Mais comment la pauvre avait-elle bien pu faire tomber la sonnette ? Le fil était toujours enroulé autour du barreau !

– Sheryl, ma chérie, qu'est-ce que tu as ? Tu es malade ? questionna Suze en prenant la main de sa sœur.

– Uh-uh-ug.

Quand Sheryl ne se sentait pas bien, elle avait toujours plus de mal à parler.

– Reprends ton souffle, ma chérie. Voilà. Encore. Tu as fait un mauvais rêve ?

Sheryl fit non de la tête, en roulant des yeux comme si cette idée lui paraissait aberrante. Quoique Suze crût deviner un vague doute dans son regard.

– Tu n'es pas sûre ?

– Gastrop.

Kat prit l'autre main de Sheryl.

– Maman, est-ce que je peux m'asseoir à côté de toi un petit moment ?

Comme Sheryl ne parvenait pas à se calmer, Suze se leva pour aller chercher le médicament prescrit par le neurologue en cas d'agitation.

– Sheryl ? Tu as besoin d'une pilule ? interrogea-t-elle à son retour de la salle de bains en agitant le flacon. Qu'en penses-tu ?

Mais à sa consternation, sa sœur se débattit de plus belle, de nouveau prise de panique.

— Bon, je n'ai pas l'impression.

— Que s'est-il passé, *dis-nous !* ordonna plus que ne demanda Robert.

Les yeux de Sheryl s'embuèrent.

— Chérie, il est 3 heures du matin. Si on allait recoucher les enfants et qu'ensuite Robert ou moi redescendions dormir dans le fauteuil, à côté de toi ?

Sheryl sourit. Enfin, ils avaient obtenu une réponse compréhensible.

Robert et Suze renvoyèrent les enfants au lit pour discuter discrètement dans la cuisine.

— Bon, que crois-tu qu'il s'est passé ? interrogea Suze.

— Comme je te l'ai dit, un mauvais rêve.

— Elle n'en a jamais eu d'aussi terrible !

— Depuis un mois, tu veux dire.

— Oui, c'est vrai, admit Suze.

— Écoute, ça ne peut être qu'un cauchemar. Ou alors tu crois qu'elle a eu une sorte d'attaque ?

— Peu probable.

— Non. Je ne pense pas non plus, opina Robert.

— Elle s'est calmée dès qu'elle a vu que nous étions là. C'était comme si un monstre était entré et l'avait effrayée.

— Un monstre dans un cauchemar, marmonna Robert.

— Je ne crois pas que c'était une attaque. Tu sais que le Dr Pettibaker est venue aujourd'hui ? Elle a dit qu'elle était *très contente* de l'évolution de Sheryl.

— Bien. Ça fait plaisir à entendre.

— Tu crois que c'est à cause des tests que lui a fait passer Pettibaker aujourd'hui ?

— Cette femme est très professionnelle et très douce.

— Je le sais bien, Robert. Mais Sheryl a conscience d'être

encore en observation, même si le médecin s'y prend bien. Dieu sait ce qui se passe dans sa tête ! Elle n'est jamais satisfaite de ses progrès.

– On ne saura sans doute jamais.

– Si, quand elle ira mieux. Elle nous dira tout ce qu'elle a ressenti. Robert, tu ne penses pas... Je sais que c'est idiot, mais si on avait eu la visite d'un cambrioleur, et qu'elle l'a *vu ?*

– Arrête ! Personne n'est entré dans cette maison.

Juste à cet instant, Kat entra dans la cuisine.

– Ma petite fille, tu devrais être au lit ! la gronda gentiment Suze.

– Je me demandais...

– Tu te demandais quoi, ma chérie ?

– Je me demandais si maman avait vu le fantôme.

– Le fantôme ? Quel fantôme ? s'exclama Figueroa, subitement inquiète.

– La nuit dernière. Un fantôme est venu me voir dans ma chambre.

– À quoi ressemblait-il ?

– On aurait dit un homme normal, sauf qu'il était très pâle.

– A-t-il fait quelque chose ?

– Non, il m'a juste regardée.

Robert s'impatienta :

– Kat, ça suffit avec tes âneries. On a d'autres chats à fouetter, figure-toi.

– Je te jure que c'est vrai ! protesta la fillette.

– Un vrai fantôme ? Tu es sûre ? fit Robert d'un ton sarcastique.

– Mais oui ! Je l'ai vu de mes yeux.

– Tu rêvais. Va te coucher !

Kat se mordit la lèvre inférieure. Suze lâcha alors la phrase que n'importe quel flic a envie de prononcer, à un moment ou à un autre :

– Ma chérie, nous sommes là. Ne t'inquiète pas.

– Bon, d'accord ! lança la fillette avant de remonter dans sa chambre la mort dans l'âme.

– Suze ! s'écria Robert d'un ton de reproche. Il faut me soutenir quand l'un des enfants fait l'idiot !

– Écoute, je ne sais pas ce qu'elle a vu, mais Kat est une enfant très sérieuse. Je ne peux pas te *soutenir* automatiquement avant de savoir ce qui s'est passé.

– Pourtant, il vaudrait mieux.

– Comment ? Mais pourquoi ?

– Nous t'hébergeons, toi et Jay-Jay, tu sais...

– Tu nous héberges ? Mais je paie ma part de loyer !

– Tu paies un loyer pour habiter dans cette grande maison, tu as l'usage d'une grande cuisine, d'une machine à laver, d'un sèche-linge, de deux télévisions, de tout un étage pour vous deux, d'une cave et d'un grand jardin avec des jeux pour les enfants. Si tu louais un appartement pour la même somme, tu aurais une salle de bains de la taille d'un mouchoir de poche, une kitchenette et deux chambres minuscules...

– Robert, c'est moi qui fais *toutes* les courses, *toute* la cuisine. Qu'est-ce que tu ferais si je n'étais pas là ? Tu commanderais des pizzas tous les soirs ? Qui te reviendraient cher, d'ailleurs... En plus, je fais *toute* la lessive, à part une petite partie dont Maria se charge. Et je m'occupe au moins à moitié de Sheryl. Cela te coûterait une fortune si tu devais me remplacer.

– Maria pourrait faire la cuisine...

– Non seulement Maria *ne sait pas* faire la cuisine, mais ce n'est pas son rôle. À quinze ans, elle doit se concentrer sur son travail scolaire.

– Sur les garçons, les fringues et le maquillage, oui !

– Et qui est-ce qui est sur son dos tous les jours pour vérifier si elle fait bien ses devoirs ? Hein ? Bon, en tout cas, ce n'est pas le moment de lui prendre son énergie pour la faire jouer à la « petite maman ».

– Alors, madame je-sais-tout, dis-moi donc pourquoi tu restes ici si tu es si surchargée de travail ?

– Pour Sheryl, lâcha-t-elle d'une voix calme et égale.

– Ah, oui, pour Sheryl, c'est vrai.

Quelque chose dans son intonation mit la puce à l'oreille de Suze. Oh, non ! *Non, non, non !* Robert... oui, Robert avait une copine ! C'était le pompon !

Ravalant sa colère, Suze rétorqua avec un sang-froid qui l'étonna elle-même :

– Quoi qu'ait vu Kat, il serait sage d'inspecter la maison.

– Tu lui passes tout, à cette gosse, soupira Robert en haussant les épaules.

– Je ne vois pas ce qu'il y a de mal à rassurer une petite fille. Je vais te dire, Robert... Va retrouver Sheryl et dors dans le fauteuil ; moi, je vais vérifier que toutes les portes et les fenêtres sont bien fermées.

– Je ne peux pas. J'ai une grosse journée demain. Il faut que je dorme dans mon lit. Toi, va la voir, dors avec elle et moi, j'inspecterai les portes et les fenêtres.

– Écoute, j'ai eu une sacrée journée aujourd'hui... Oh, et puis... Qu'est-ce que ça peut faire ? Vas-y ! Je reste avec elle.

VENDREDI

26

Extrait de *City Beat*, daté du 3 juin

Sandra Jordan se lève chaque matin tôt et prépare à sa fille Casey, onze ans, un petit déjeuner constitué de tartines de beurre de cacahouètes et de sa confiture préférée. Puis elle emmène à pied sa fille à l'école. Dans la matinée, Sandra se rend à la laverie et nettoie ses vêtements et ceux de Casey, en en laissant quelques-uns dans le sèche-linge pendant qu'elle assure le service du déjeuner dans un snack-bar du quartier.

Casey joue au basket après l'école. Sa mère vient la chercher à 16 h 30. Ensuite, elles rentrent à pied chez elles.

Casey aimerait bien inviter ses copines à la maison après l'école pour jouer, mais elle ne le fait pas, et elle ne va que très rarement chez les autres parce qu'elle ne peut pas leur rendre leurs invitations. En fait, elle n'est censée dire à personne où elle habite, y compris à ses camarades d'école. Depuis que le père de Casey les a quittées, elles reçoivent leur courrier à l'adresse d'une amie de Sandra.

Casey et sa mère vivent dans la voiture de Sandra.

Le sergent Touhy semblait à bout de nerfs. Elle fulminait :
– J'en ai assez qu'on réquisitionne la moitié de mes troupes pour jouer les enquêteurs ! Vous êtes tous à moitié endormis !

– Où est Bohannon ? s'enquit Bennis, jugeant plus prudent de changer de sujet. Et Moose Weatherspoon ?

– Vous ne me croirez jamais, articula le sergent entre ses dents.

Touhy avait commencé l'appel avec quelques minutes d'avance, comme toujours quand elle était de mauvais poil, initiative qui ne manquait jamais de jeter un vent de panique dans le service. Touhy était une adepte du stress en début de journée, comme d'autres du jogging. Dans son esprit, ça maintenait en forme.

Elle finit cependant par avouer :

– Les officiers Bohannon et Weatherspoon sont chez le commandant... sur la sellette.

– Mais pourquoi ? s'étonna Bennis.

– Je vais vous le dire, puisque de toute façon c'est désormais de notoriété publique, répliqua-t-elle en fronçant le nez. La semaine dernière, pendant que des inspecteurs interrogeaient des témoins après un meurtre dans un appartement qui se trouvait être le lieu du crime, les officiers Bohannon et Weatherspoon ont cru intelligent d'allumer la télévision de la victime sur une chaîne porno.

– Ah bon ? Et c'est si terrible ? ne put s'empêcher de s'exclamer Sainte-Nibois.

– C'était un canal payant, laissa tomber Touhy d'un ton sec. L'avocat de la famille a arrêté tous les comptes hier soir, le gaz, l'électricité, le téléphone, les cartes de crédit, pour s'assurer qu'il n'y aurait plus aucune dépense... Ces abrutis prétendent qu'ils ont allumé la télévision juste pour voir si elle fonctionnait. Quelle idée ! Je vous le demande ! Et miracle des miracles, comme par hasard, ils tombent sur une chaîne porno à péage.

– C'est possible, marmonna Bennis.

– Pendant six heures et demie ?

– Aïe !

– Que ce soit une leçon pour vous tous. On ne boit pas le Coca de la victime. On ne mange pas ses bonbons à la menthe, on ne finit pas les restes de sa pizza, on ne regarde pas sa télé.

À cet instant, le portable de Touhy sonna.

— Bennis ! glapit-elle une fois qu'elle eut raccroché.

— Oui, chef ?

— C'est à vous que je parle.

— Excusez-moi, chef.

— Vous et Figueroa, au boulot, et que ça saute !

— Où va-t-on, chef ?

— Ne m'énervez pas, Bennis. Sortez en vitesse. Sous le métro aérien !

Le sang de Bennis et de Figueroa ne fit qu'un tour. Ils s'écrièrent en même temps :

— Merde !

Voilà que tout recommençait. Comme la dernière fois, Mossbacher se tenait debout à côté de la voiture de patrouille. En revanche, un nouvel agent de la police scientifique était de service : une femme noire d'âge moyen. Elle faisait le tour du cadavre, photographiant absolument tout. Le corps était à moitié dissimulé derrière deux bennes à ordures, mais il avait l'allure d'un homme jeune. Il avait été trouvé un peu plus au sud que celui d'Abigail Ward, si bien que Figueroa se demandait si le tueur ne s'éloignait pas du quartier général de la police afin de prendre moins de risques.

Elle n'eut pas le temps de s'approcher du corps. Mossbacher les rattrapa tous deux alors qu'ils descendaient l'allée.

— Faites votre boulot, réglez tous les détails et revenez me voir ! ordonna-t-il.

— J'aimerais donner la priorité au Dr Percolin, qu'il se prépare tout de suite à pratiquer l'autopsie, annonça Bennis.

— Pas de problème en ce qui me concerne. S'il peut s'en charger tout de suite, parfait. Mais venez me voir juste après. Et surtout, pas un mot aux journalistes.

— Oui, patron.

Mossbacher s'éloigna. Un flic en tenue du premier service commença à dérouler de la bande jaune afin de délimiter le périmètre de sécurité. Un médecin légiste vint confirmer la mort. Figueroa sortit son portable.

– Bennis, tu veux que j'appelle Percolin ?

– Oui, bien sûr.

Pendant qu'elle parlait au téléphone, Bennis demanda qui était le flic ayant découvert le cadavre.

Suze lui donna un coup de coude :

– Percolin nous attend. Il est en train de finir une autopsie. À propos, il affirme que le taux d'alcool dans le sang d'Abigail Ward était suffisant pour la mettre KO.

– Pas étonnant. J'imagine qu'elle n'était pas en état de se défendre contre un jet d'extincteur. Figueroa, voici l'officier Meeks. Il va nous dire qui a trouvé le corps.

– C'est un secrétaire qui arrivait au boulot, articula Meeks comme à regret – manifestement pas du type bavard.

– Il venait travailler au quartier général de la police ? insista Figueroa.

– Ouais.

– Comment s'appelle-t-il ?

– Bill Marcantonio.

– Meeks, pourriez-vous vous montrer un peu plus descriptif sur cette affaire ? Pour quel service travaille-t-il ?

– Le chef des patrouilles, Archibald Davis.

Aïe ! se dit Figueroa. Mais Meeks poursuivit, imperturbable :

– Il a d'abord vu les chaussures, il s'est garé, il est revenu sur ses pas. Dès qu'il a aperçu le corps, il a couru nous prévenir.

– Ce sont les chaussures qui ont attiré son attention ?

– Oui, il a trouvé ça bizarre de voir une chaussure là, dressée les orteils en l'air. J'imagine qu'il pensait qu'une chaussure, ça doit tomber à plat.

– Il n'a pas tort... Poursuivez.

– J'avais terminé mon service. J'avais déjà un pied dans le vestiaire, quand le sergent m'a ordonné d'aller voir. Je suis sorti, et j'ai vu le corps. J'ai sécurisé le lieu du crime. Je n'ai laissé personne toucher à rien. J'ai appelé mes supérieurs. Ah ! J'aurais dû courir au vestiaire, je serais déjà dans mon lit !

— Je comprends votre douleur, acquiesça Bennis.

La technicienne de la police scientifique, Barbara Carter, s'approcha de Bennis et Figueroa.

— Avez-vous besoin de quelque chose de particulier ?

Bon Dieu ! pensa Figueroa. *Enfin quelqu'un qui nous traite comme si nous savions ce que nous sommes en train de faire.*

— Il faut ramasser toutes les ordures autour du corps, indiqua Bennis.

— Puis collecter les saletés sur le trottoir, sous le cadavre, ajouta Figueroa.

— Pas de problème. Autre chose ?

— Voyez en particulier s'il n'y a pas de lingettes de toilette pré-imprégnées, précisa Suze d'une voix qui tremblait légèrement.

Bennis la regarda d'un air peiné. Pauvre Figueroa, elle se reprochait sans doute de ne pas être restée postée dans le coin toute la nuit. Ils auraient pu empêcher ce nouveau meurtre ! Encore que ce n'était pas sûr...

— Allons jeter un œil, soupira Bennis.

Personne n'avait déplacé le corps. Figueroa et Bennis s'approchèrent de la chaussure. Elle tenait en effet à la verticale, rattachée à une jambe moulée dans un jean usé jusqu'à la trame.

L'autre jambe était repliée et s'appuyait sur l'une des bennes à ordures.

— C'est un gamin, un adolescent, constata Bennis.

— Non, c'est une fille, déclara le médecin.

Bennis émit un « Oh ! » de surprise, puis se ressaisissant, demanda d'un ton professionnel :

– Avons-nous toutes les photos nécessaires ?

– Je pense, répondit Figueroa.

– Alors, allons-y !

La technicienne portait déjà des gants. Elle étala un sac à glissière sur le sol, pendant que Figueroa et Bennis enfilaient leurs gants. Puis, tous les trois se faufilèrent entre les deux bennes.

La rigidité cadavérique avait commencé à gagner les mâchoires, le cou et la plus grande partie du torse ; seules les jambes étaient encore un peu souples. Ils transportèrent la jeune femme jusqu'au sac en plastique, à croire qu'ils portaient une grosse bûche. Elle était vêtue d'une chemise à carreaux en flanelle par-dessus un T-shirt, l'un et l'autre crasseux et déchirés. Un sac en plastique était étalé sur le sol à l'emplacement du corps.

Figueroa regarda le sac : il était aplati. Un bout de tissu jaune brillant sortait de l'ouverture. Ils allaient vérifier tout cela dans une minute, mais son petit doigt lui soufflait que ce sac contenait les fringues que la fille portait pour tapiner.

Lorsqu'ils déposèrent avec délicatesse le corps de la jeune fille sur le grand sac, sa longue chevelure noire s'étala autour de son visage.

– Bon Dieu ! s'écria Figueroa.

– Quoi ? grommela Bennis.

– À ton avis, quelle est la longueur de ses cheveux ?

– Oh là là ! Oh là là ! À peu près quarante centimètres.

27

– Si on l'avait accostée hier soir, Bennis, elle serait toujours en vie.

– Ne remue pas le couteau dans la plaie !

– Je ne me le pardonnerai jamais.

– Écoute, Figueroa, elle s'est enfuie. Ce n'est pas comme si nous l'avions forcée à traîner dans l'allée.

Mais Suze était inconsolable.

– C'est nous qui lui avons fait peur en lui courant après comme des fous. Nous qui étions convaincus de poursuivre un meurtrier !

– Nous ne lui avons pas fait assez peur, justement, sinon elle aurait déguerpi d'ici sans demander son reste, et elle serait encore en vie...

À la morgue, les deux flics rattrapèrent le Dr Percolin dans le couloir au moment où il entrait dans la salle d'autopsie.

– J'ai une mauvaise nouvelle à vous annoncer, leur lança-t-il de loin en écartant les bras. L'administration refuse d'autoriser l'analyse des prélèvements effectués sur la peau du visage.

– Quoi ? s'écria Bennis.

– Ne hurlez pas comme ça ! Je suis tout aussi outré que vous, leur assura le légiste. Vous savez, ces analyses sont très onéreuses, et l'administration a un budget à respecter. C'est toujours pareil avec eux... Dommage, j'aurais bien voulu savoir quel type de lingette a utilisé le tueur, c'est tout.

241

– Et si nous arrêtons un suspect en possession de lingettes, qu'est-ce qu'on fait ? s'enquit Figueroa.

– Vous les enregistrez au titre d'indice, j'imagine. Je les confronterai aux prélèvements. Ça au moins, ce ne sera pas cher...

– C'est une honte ! fulmina Bennis. On ne peut pas bosser dans ces conditions !

– Je partage votre indignation, opina Percolin. Tout ce que je sais pour l'instant, c'est qu'on retrouve des traces de propylène glycol sur tous les visages. Ce qui ne nous apprend pas grand-chose, pour la bonne raison que les trois quarts des lingettes en contiennent.

Tout en parlant, ils se dirigèrent vers les tables d'autopsie.

Le cadavre qui les intéressait reposait sur un bac d'acier froid, recouvert jusqu'au menton par un drap qui se dressait au niveau du genou, là où la jambe était repliée, dans la même position que sur le trottoir, sous le métro. De longs cheveux noirs s'étalaient autour de sa tête et retombaient sur les bords de la table. Une très belle jeune femme, en dépit de sa maigreur et de son teint gris.

– Sous-alimentée. Eurasienne, égrena Percolin dans son micro. Visage nettoyé. Comme les autres. Mais là, nous remarquons que ses mains aussi sont assez propres. (Il se pencha pour sentir le visage.) Allez-y, demanda-t-il à Bennis.

Norm se pencha à son tour.

– Citron. (Il sentit les mains.) Savon.

Le légiste préleva un peu d'humeur vitrée pour vérifier la présence d'éthanol et autres drogues. Figueroa ferma les yeux dès que l'imposante aiguille s'approcha de l'œil de la morte. Après quoi, l'assistant et Percolin retournèrent le corps. La rigidité était maintenant complète, et la jeune femme fut déplacée comme un morceau de bois, la jambe pliée gardant sa position.

– Des griffures, énonça Percolin en montrant des marques rouges sur la cage thoracique.

– Il l'a griffée ? Alors, ce n'est pas tout à fait comme les autres ? avança Bennis.

– C'était une prostituée, à mon avis, soupira le légiste. Elle a été blessée il y a un ou deux jours. Regardez, les égratignures sont sèches.

L'assistant et Bennis retournèrent à nouveau le cadavre, pendant que Percolin dictait son rapport au micro.

La jeune femme était maintenant exposée en pleine lumière, le visage impassible. Quelques mèches de ses longs cheveux reposaient sur son front et une autre passait sur son cou, comme une coupure.

– Pourquoi tant de mucus dans son nez et sa bouche ? questionna Figueroa.

Après une légère hésitation, le Dr Percolin déclara :

– Ce n'est pas du mucus.

– Qu'est-ce que c'est, alors ?

Il prit une pipette et toucha la matière. C'était résistant, comme du caoutchouc.

– Translucide, légèrement blanc, caoutchouteux, énonça-t-il dans l'enregistreur. Je pense que c'est du mastic au silicone.

Suze quitta la salle précipitamment. C'en était trop. Au bout de dix minutes, elle revint un peu penaude. Percolin s'exclama :

– Figueroa, regardez ça !

Il avait sorti le mastic de la gorge de la jeune femme. Deux petits bouchons, issus de ses narines, reposaient déjà dans le plateau en acier inoxydable.

– Je crois que nous tenons quelque chose !

Figueroa s'approcha du plateau, le cœur au bord des lèvres.

– Il semble que notre homme ait commis sa première erreur, déclara le légiste. (Il désigna ce qui ressemblait à un court morceau de fibre englué dans le mastic :) Un poil !

Il l'examina à la loupe.

– Comment savez-vous qu'il n'appartient pas à la victime ? s'enquit Figueroa.

– Il est plus clair que ses cheveux, et un peu frisé. Vous voyez ?

Bennis avait attrapé une autre loupe sur le comptoir à instruments, le long du mur.

— Je vois, acquiesça-t-il.

— La chance nous a enfin souri ! Ce n'est pas un cheveu coupé comme on aurait pu en récupérer sur un col, après une visite chez le coiffeur. Vous voyez le bout ? Je vous parie que notre homme a pressé le mastic dans le nez de la victime d'abord. Et je parierais que l'orifice du tube était collant après cela. Il a frôlé son bras et en a arraché un poil. Ce qui veut dire...

— Je sais ce que ça veut dire ! La racine est encore au bout du poil, s'écria Bennis d'un ton de triomphe.

— Ce qui signifie que quand vous attraperez le gars, nous pourrons comparer son ADN à celui-ci et le coincer. On peut extraire de l'ADN d'un cheveu coupé sans racine, mais ça, *c'est beaucoup mieux !*

— Donc tout ce qui nous reste à faire, c'est de le coincer ! conclut Figueroa.

— Je crois me souvenir que tu as sauté quelques repas ces deux derniers jours, lança Bennis à sa comparse. On a bien mérité d'aller manger un morceau ! Ça nous remontera le moral.

— Euh... J'ai mal au cœur.

— Tu te couches trop tard. Tu es épuisée. Moi, je dis toujours, si tu ne peux pas dormir, au moins, mange !

— Tu as honte de moi ?

— Moi ? Pas du tout. Tu es l'une des personnes les plus fortes que je connaisse, tu sais.

— Je te rappelle que j'ai dû sortir pendant l'autopsie.

— Mais tu es revenue. Suze, voyons, si je te méprisais parce que t'as eu un coup de blues pour une morte, quel genre de type serais-je ?

28

Sheryl était allongée sur son lit, épuisée par ses exercices matinaux. Elle laissa son esprit vagabonder pendant qu'Alma lui parlait des varices de sa sœur.

– ... Et son mari lui a dit, vous ne le croirez jamais, il lui a dit que ses jambes ressemblaient à des cartes routières ! Vous vous rendez compte ? Quel manque de tact ! Elle qui lui a donné quatre enfants !...

Mais Sheryl n'écoutait que d'une oreille. Elle ne pouvait s'empêcher de s'interroger sur le fantôme ou le démon contre lequel elle s'était battue pendant la nuit. Avait-elle vraiment été le jouet de son imagination ? Le monde, depuis son accident, ne lui semblait pas toujours réel. Le Dr Pettibaker l'avait avertie qu'elle aurait ce genre de sensations pendant encore quelque temps. Et il était peu probable qu'un véritable intrus ait pu pénétrer dans la maison. Il y avait toujours du monde...

Pourtant, il fallait qu'elle réussisse à le dire à quelqu'un ! Elle sentait encore la pression de l'oreiller sur son visage. Elle avait cru mourir. Si seulement elle pouvait formuler clairement une phrase complète, elle aurait demandé à Suze d'inspecter l'oreiller : elle l'avait mordu, peut-être même déchiré en se débattant contre son agresseur. D'un autre côté, ce n'était peut-être qu'un rêve ou une hallucination. Oh, mon Dieu ! De toute façon, elle était incapable d'aligner trois mots.

Bennis tenait à éloigner Figueroa le plus possible de l'autopsie. L'examen du corps avait confirmé ce qu'ils savaient déjà. La jeune femme, Mary Lynne Lee, avait vingt-trois ans. Elle avait grandi dans une banlieue cossue. Que s'était-il passé dans sa famille pour qu'elle échoue sur les trottoirs les plus infâmes de Chicago ? Il aurait fallu une enquête plus approfondie pour le découvrir.

Ses bras portaient des traces – anciennes – d'injections intra-veineuses de drogue. À l'instar des trois autres SDF assassinés, elle était alcoolique. Même ses fringues de tapineuse ressem-blaient à des hardes. Elle avait des parasites, et l'on pouvait soup-çonner une MST due à la prostitution, mais Bennis n'était pas sûr que ces découvertes les mèneraient droit à l'assassin. Le Dr Percolin non plus, d'ailleurs.

Elle avait l'estomac plein de whisky.

– Assez pour l'assommer et lui remplir de mastic le nez et la bouche ? demanda Bennis.

– Assez pour provoquer un coma éthylique avancé, oui. Mais on ne l'a pas forcée à boire. Je n'ai trouvé aucune trace d'agres-sion sur sa personne, c'est-à-dire qu'on ne lui a pas fait ingurgiter cet alcool de force. Peut-être, la pauvre, était-elle toute contente de goûter à ce qu'il y a de meilleur, pour une fois. En tout cas, notre homme semble avoir une cave à sa disposition.

– Suze, j'ai les horaires d'aujourd'hui pour les démonstrations dans les grands magasins, annonça Bennis.

– Parfait. D'ailleurs, j'ai une excellente idée à ce sujet.

– Ah ! Une première !

– Bennis, tu sais bien que toutes mes idées sont excellentes.

– Je veux pas jouer les rabat-joie. Disons que certaines n'étaient pas bêtes. Alors, celle-là ? Envoie !

– Tu verras bien sur place...

À 11 h 30, Figueroa et Bennis commencèrent leur tournée dans quatre établissements, les responsables de la sécurité ayant été prévenus de leur intervention. Cette fois, ils n'avaient rien laissé au hasard. Figueroa avait même apporté des vêtements de rechange et une paire de lunettes, au cas où les pickpockets de la veille l'auraient repérée. En chemin, elle ramassa ses cheveux en un chignon bien serré et se maquilla un peu plus que d'habitude. Le chef de la sécurité du premier magasin, M. Lermontov, lui fournit également des boucles d'oreille en améthyste et un foulard lavande qu'elle noua, avec l'aide d'une vendeuse, sur sa tête.

Suze s'étudia dans le miroir. Les accessoires ne correspondaient pas à ce qu'elle aurait elle-même acheté, mais elle les trouva finalement très jolis. Pas trop voyants. Mais bon, elle n'était pas très branchée sur la mode. Le tissu du foulard était strié d'argent. Désormais sûre d'être méconnaissable, elle se mêla aux badauds et avança jusqu'au rayon maquillage.

La promotion du jour portait sur une nouvelle marque de mascara. La représentante d'une compagnie de cosmétiques, une femme mince à l'allure d'oiseau, perchée sur une petite plateforme, était encadrée de deux superbes filles, enveloppées dans des blouses bleu vif, assises sur des tabourets argentés. L'une d'elles, une blonde, avait des yeux clairs dont l'éclat, jugea Figueroa, avait en effet besoin d'être rehaussé par un brin de maquillage. L'autre, tout aussi belle, était noire, avec de grands yeux sombres mis en valeur par de long cils foncés.

L'hôtesse prit la parole, d'un ton enthousiaste et convaincant :
– Nous allons faire des photos de mes deux superbes assistantes avant de commencer, pour pouvoir comparer plus tard. Je vous présente Margo et Elaine, dit-elle en désignant tour à tour la brune et la blonde.

Postée au dernier rang, Figueroa feignit de se passionner pour le spectacle tout en scrutant l'attroupement. Il n'y avait qu'un seul bébé, profondément endormi dans un grand landau bleu et blanc beaucoup plus imposant que les poussettes-cannes de la veille.

La démonstration se termina vite sans incident : personne n'avait crié au voleur. Figueroa n'avait d'ailleurs remarqué aucun mouvement suspect de la part de la femme à la poussette. Les Polaroïd des deux mannequins « avant » et « après » la pose du mascara miracle avaient fait le tour des clientes potentielles. Après quoi, les curieuses s'étaient dispersées tandis qu'un petit nombre s'attardait pour acheter des produits.

Désappointée, Figueroa alla retrouver Lermontov près des ascenseurs.

– Il faut que nous filions chez Cadbury & Mason. Ils ont une présentation de parfum à midi.

– Vous voulez garder les boucles d'oreille et le foulard pour la journée ? proposa Lermontov.

– Vous me faites confiance ?

– Vous êtes de la police, non ?

En arrivant chez Cadbury & Mason, Brandon Ely leur confia :

– Je ne crois pas que la voleuse reviendra. Après tout, elle a déjà opéré deux fois ici. Ce serait prendre trop de risques.

– Justement, ça leur monte à la tête, marmonna Figueroa.

– Oui, appuya Bennis. Elle a raison, monsieur Ely. C'est pour ça que les voleurs se font prendre. Ils ne savent pas où s'arrêter.

– À mon avis, la femme au bébé ne me reconnaîtra pas, dit Suze. En revanche, Bennis, tu l'as fouillée, alors...

– Bon, bon, je resterai en arrière-plan... près du rayon des chocolats suisses, bougonna Bennis avec une moue gourmande.

Figueroa haussa les épaules en riant.

Le rayon parfumerie de Cadbury & Mason était somptueux. Appuyée sur douze mètres de panneaux en miroir, une suite de comptoirs en verre formaient une vitrine scintillante. Devant les miroirs s'alignaient des centaines de ravissants flacons, disposés sur des étagères d'or et de verre : cristal taillé, fioles d'un bleu intense ou couleur rubis, flacons transparents ornés de filaments doré et argent, petites flasques en argent, gros brumisateurs pour eau de toilette. La démonstratrice scintillait elle aussi dans son sarong lamé or.

– Aujourd'hui, nous allons parler des senteurs d'herbes. Elles sont récemment devenues très à la mode. Comme vous le savez, j'en suis certaine, les senteurs florales avaient un grand succès dans les années vingt et trente. On imagine facilement Coco Chanel flottant dans une odeur de camélia. Pendant la Seconde Guerre mondiale, alors que les femmes travaillaient dans les usines d'armement, les senteurs étaient simples. Puis les parfums fruités sont arrivés. Mais récemment, les senteurs d'herbes, plus naturelles, ont fait beaucoup de progrès, surtout parmi les jeunes, qui n'aiment pas les artifices...

Une trentaine de clientes étaient suspendues à ses lèvres. Plusieurs d'entre elles ressemblaient vaguement à celles de la veille. Figueroa se fraya un chemin de manière à garder trois femmes et leur poussette dans son champ de vision. Il ne lui restait qu'à espérer que son intuition était la bonne. En leur jetant un regard en coin, elle pouvait discerner le moindre mouvement de ces trois-là sans bouger ni la tête ni les yeux.

Le bébé de gauche se mit à pleurer. La mère se pencha et sortit un biberon de son sac. Elle le tendit au petit, bousculant légèrement le bras de sa voisine. La femme qui se trouvait à droite de Suze sursauta quand son gamin jeta sa tétine en l'air. Ce faisant, elle attrapa la manche d'une cliente qui se trouvait devant elle et lâcha un « Oh, excusez-moi ! » piteux.

– Il n'y a pas de mal, répliqua l'autre aimablement.

La femme qui se trouvait juste devant Figueroa sortit son enfant de sa poussette, un petit garçon de huit mois, vêtu d'une combinaison à carreaux écossais. Juste à ce moment, le bambin donna un coup de pied à la dame devant lui. Suze ne s'était jamais figuré qu'une telle activité pouvait régner dans un groupe de personnes regardant une présentation.

Au même instant, une vieille femme qui se trouvait dans les premiers rangs se fraya péniblement un chemin dans la foule, passant juste sous le nez de Suze. Elle portait des escarpins pointus à talons que la policière estimait inventés par les chirurgiens orthopédiques pour s'assurer une clientèle éternelle. Soudain, elle se tordit la cheville et tomba lourdement sur deux autres spectatrices, la femme avec le bébé, à la gauche de Figueroa, et une jeune fille juste à côté.

La dame âgée poussa une exclamation :

– Oh !

– Ça va ? s'enquit poliment la jeune fille.

– Oui, je crois, répondit l'autre en rougissant.

Elle tapota le bras de l'adolescente avec un sourire, comme pour la rassurer, et s'éloigna en boitant.

Figueroa ne savait plus où donner de la tête. Deux des bambins se mirent à pleurer. La démonstration touchait à sa fin. Le groupe se sépara comme une bulle qui éclate, les gens s'égaillant aux quatre coins du magasin. Puis, brusquement, elle entendit un cri : une petite femme de forte constitution hurlait :

– Où est mon portefeuille ?

Figueroa se dirigea discrètement vers Bennis et Ely, près des ascenseurs.

– Il faut que j'aille m'occuper de cette pauvre femme, leur déclara Ely en jetant un regard de reproche à Suze.

– Bennis, reste ici. Ne t'approche pas ; il ne faudrait pas que la voleuse te repère. Mais suis-moi des yeux ; regarde où je vais.

Figueroa gagna innocemment les toilettes. Une jeune femme s'y lavait les mains. Elle avait de long cheveux bruns, des boucles d'oreilles pendantes et portait une jupe de soie rouge. Un grand sac noir reposait à ses pieds. Figueroa ne se souvenait pas de l'avoir vue dans la foule pendant la démonstration. Toujours est-il qu'il n'y avait personne d'autre. Figueroa s'approcha d'un lavabo, se pencha vers le miroir, fit mine de rajuster ses lentilles de contact, se rinça le visage à l'eau et, après s'être séché les mains, sortit des toilettes.

Elle fila aussitôt vers une rangée de vestes d'été pastel et se cacha derrière le portant, les yeux braqués sur la porte des toilettes. Plusieurs minutes s'écoulèrent. Une dame d'âge mûr y entra et en ressortit deux minutes plus tard. La jeune femme à la jupe rouge était toujours à l'intérieur. Soudain la porte s'ouvrit et quelqu'un jeta un regard vers l'extérieur.

Suze attendit en retenant son souffle.

Un adolescent sortit, portant un sac de sport avec un gant de base-ball accroché à la sangle. Il avait une queue-de-cheval, un T-shirt de base-ball, et un jean.

Figueroa bondit sur lui :

— Je t'ai eu !

— Le sac était réversible, énonça Brandon Ely.

— Les boucles d'oreilles ont disparu. Les cheveux se sont transformés en catogan de garçon. Le maquillage s'est effacé. Et le jean est unisexe, bien sûr. Mais notre adolescent était en fait une jeune femme. Or pour rien au monde un garçon ne daignerait assister à une présentation de parfum, ajouta Figueroa. Elle a passé la poussette et le bébé à un complice. Elle a gardé le portefeuille volé parce qu'une personne avec une poussette était susceptible d'être fouillée, puis elle a filé jusqu'aux toilettes, partant du principe que si quelqu'un se faisait suivre, ce serait la femme avec le bébé.

— Flûte ! s'exclama Bennis. On a laissé la complice détaler.

— Oui, mais on tient notre voleuse. On va bientôt savoir où elle habite, on peut trouver la famille. Quelqu'un parlera.

— Ce que je ne comprends pas, c'est comment vous saviez qu'elle serait dans les toilettes des femmes ? demanda Ely.

— Elle devait assister à la présentation habillée en femme, autrement, ça aurait paru louche. Donc, à un moment donné, elle devait se changer. Elle ne pouvait le faire que juste après la démonstration ; elle n'avait pas le choix. Ce ne pouvait donc pas être celles des hommes, évidemment. Une fois changée, elle attendait que les toilettes soient vides.

De retour dans le premier magasin pour restituer le foulard et les boucles d'oreilles, Figueroa se rendit compte qu'elle en avait perdu une au cours du bref corps à corps.

— Laissez tomber, lui dit Lermontov. Ce n'est pas cher payé. Félicitations !

29

— Je suis dans un état ! soupira Figueroa.

— C'était du bon boulot, mais enfin ce n'est pas la peine d'en faire toute une histoire, commenta Bennis.

Même le sergent Touhy était contente de les voir débarquer en compagnie du pickpocket menotté. Sauf que Touhy n'était pas du genre à se répandre en compliments :

— J'ai de nouvelles tâches à vous confier, se contenta-t-elle de lâcher.

— On a des meurtres sur les bras, sergent, lui rappela Bennis.

— Bon, d'accord. Je vous fiche la paix. Pour l'instant...

Mais alors qu'ils étaient sur le point de repartir, elle leur lança en leur adressant un clin d'œil :

— Ah, j'oubliais ! Mossbacher vous attend dans son bureau.

— Asseyez-vous.

Mossbacher était plus morose que d'habitude. *Il ne peut plus nier que nous ayons affaire à un tueur en série, maintenant*, pensa Figueroa.

— Je voudrais savoir ce que vous avez.

Figueroa échangea un regard avec Bennis, qui s'exécuta :

— Une série, patron. À coup sûr. La cause de la mort, dans les quatre cas, est une variante de l'étouffement – étranglement, étouffement avec du tissu, puis avec un jet d'extincteur à gaz, et maintenant obstruction de la bouche et des narines avec du mastic au silicone. Nous tenons là un schéma récurrent.

— Pas vraiment solide.

— Il y a aussi une similitude dans le choix des victimes. Toutes des SDF. Toutes vêtues de haillons ou dépenaillées. Toutes alcooliques.

— Mais d'âge et de sexe différents, fit remarquer Mossbacher.

— Et toutes le visage lavé, ajouta Bennis.

— Toutes ?

— Y compris la dernière, Mary Lynne Lee.

Le sergent joignit ses mains d'un air embêté.

— Un tueur en série ne s'arrêtera pas là, continua Bennis. Il faut qu'on bouge. Il faut qu'on pose des leurres. Il faut que les gens du quartier sachent qu'il rôde dans les parages. Nous devons absolument prévenir les SDF...

— Non, décréta Mossbacher. Je ne veux pas que les médias s'en mêlent.

— Pourquoi ? La presse pourrait alerter le quartier. Pour une fois qu'elle se rendrait utile...

— Pas question, Bennis. On ne peut pas donner cette image de Chicago. La saison touristique vient juste de démarrer. La fête de l'Air et de l'Eau va bientôt avoir lieu. Puis le « Taste of Chicago ». Ensuite, le 4 Juillet. Une chose après l'autre. Les meurtres ont beau ne toucher que des SDF, ils ne sont pas une bonne publicité. Il faut régler ça discrètement.

— Mais il frappe de plus en plus vite !

— En plus, vous ne savez pas qui est cette Mary Lynne Lee, argua Mossbacher.

— Nous avons une adresse. Nous allons interroger sa famille.

— J'ai déjà envoyé quelqu'un.

— Quoi ? s'écria Bennis.

Figueroa était hors d'elle. Pourquoi ne les laissait-il pas mener l'enquête à leur façon ? Pendant ce temps, son coéquipier, qui ne s'était interrompu qu'un quart de seconde, s'enquit :

— Qui est-ce, alors ?

253

– Eh bien, en fait, elle, pas grand-chose. Mais ses parents et ses grands-parents sont des gens « bien ». Des médecins, des ingénieurs et des cadres supérieurs. Ils vivent à Winnetka. Une de nos banlieues les plus huppées... Et ils sont furibards. Nous n'avons *pas besoin* qu'ils sachent qu'elle est tombée sur un tueur en série que nous n'avons pas encore été fichus d'arrêter !

Figueroa n'en pouvait plus.

– Patron, si on nous soutient, nous pourrons peut-être résoudre le cas rapidement. Le Dr Percolin n'est pas autorisé à procéder aux analyses dont il a besoin ! Ni le contenu stomacal, ni les prélèvements sur les visages. Contraintes budgétaires, paraît-il... Les indices autour des cadavres n'ont pas été... Bref, nous n'avons pu en analyser qu'un dixième.

Mossbacher eut un sourire froid :

– Ça sera fait, Figueroa. Vous aurez vos analyses. Je me charge de débloquer les fonds...

– Merci, monsieur. Ça va nous aider.

– Oui, peut-être, Figueroa, sauf que ce n'est pas vous que ça aidera.

– Comment ?

– Demain, à moins d'une rechute due aux suites de l'infection par la bactérie *E. coli,* je mettrai deux *vrais* enquêteurs sur l'affaire.

Un frisson courut le long de la colonne vertébrale de Suze : c'était bien ce qu'elle craignait !

– Patron, nous avons passé beaucoup de temps sur cette affaire. Nous avons des pistes, lui assura-t-elle.

– Alors, je vous suggère de les exploiter. Vous avez vingt-quatre heures. Étonnez-moi !

Sans dissimuler leur surprise, les deux coéquipiers se levèrent et prirent congé. Alors qu'ils passaient la porte, Mossbacher les rappela :

– Et n'oubliez pas de faire votre rapport par écrit, pour que vos remplaçants puissent s'y mettre dare-dare !

Quand ils furent hors de portée de voix, Figueroa dit :

– C'est ça, sa technique ? Un dernier boulet à la sortie ?
– Tu tiens toujours à devenir enquêteuse ?

À 15 h 30, chargés de sacs en papier pleins de sandwiches salami-oignon-moutarde, Figueroa et Bennis arrivèrent au Furlough.

– Ouf ! Je suis morte de fatigue, avoua Suze.
– C'est pourtant pas le moment de flancher, commenta son acolyte.

Morty, derrière le comptoir, toujours laconique, s'enquit :
– Bière ?
– Une seule. Il faut qu'on reparte dans pas longtemps.

Morty sortit les bouteilles et s'adossa à la porte du lave-vaisselle, les yeux au plafond. Corky, lui, leur adressa un grand sourire.

– Alors, où en êtes-vous de votre enquête pour homicide ?
– On piétine, soupira Bennis.

Kim Duk O'Hara entra, suivi de Mileski et de Sainte-Nibois.
– Oh là là ! Les prostituées, j'en ai eu ma dose pour aujourd'hui ! s'exclama Kim Duk.

S'ensuivit un éclat de rire général.
– J'ai bien interrogé vingt de ces dames et elles n'ont fait que se foutre de moi.

– Oh ! s'écrièrent les autres comme un seul homme.
– Qu'elles essaient un peu de se foutre de moi, observa Mileski en prenant un air de dur à cuire.

– Tu peux toujours te marrer, mais quand l'une d'elles se fait trucider, on pourrait s'attendre à ce que ses copines se montrent un peu plus coopératives.

– Comme quoi on a des a priori, répliqua Mileski.
– Rien vu, rien entendu.
– Tu leur as parlé poliment, au moins ? demanda Sainte-Nibois.

– Moi, j'ai résolu mes deux affaires, laissa tomber Mileski.

255

— Nos deux affaires, corrigea Sainte-Nibois.

— On nous envoie répondre à l'appel d'une femme qui hurle ; quand on arrive, on trouve son mari sur le sol, mort, et elle debout au-dessus de lui avec un couteau. On lui demande : « Qui l'a poignardé ? » Elle répond : « Moi. » Ce boulot d'enquêteur n'est pas si difficile... Corky, tu peux me filer un Maiden's Blush ?

— On ne plaisante pas, s'il vous plaît, grommela Figueroa.

Mileski se tourna alors vers elle :

— J'ai entendu dire que tu bossais avec le procureur Malley ?

— Et alors ?

— Il travaillait autrefois pour un cabinet d'avocats. Un jour, un type lui demande de le défendre dans une affaire de harcèlement sexuel. Il faisait des remarques obscènes à une collègue. Ils passent en justice. Daley Center, la correctionnelle, tu vois ? En arrivant, ils talonnent une superbe nana et Malley demande à son client : « Elle était comme ça ? Regardez-moi le cul de cette gonzesse ! » Puis, au moment où la femme tourne dans le couloir, il ajoute : « Sans parler de ses nibards ! »

— Et alors ?

— La gonzesse en question était le juge !

— C'est du Malley tout craché, approuva Suze.

— Bennis et Figueroa vont nous raconter où ils en sont, dans leur affaire de meurtre, intervint Corky.

— Tu parles ! On a quatre cadavres de SDF. Et personne n'a rien vu. Le dernier, hier soir.

— Nous avons écumé tout le quartier, soupira Figueroa.

— Eh bien, vous n'avez plus qu'à recommencer, railla Mileski. C'est vrai, ce n'est pas parce que personne n'a rien vu les trois premières fois que ce sera la même chose la quatrième.

— Facile à dire, pour toi.

— Tu sais ce que tu devrais faire aussi ? ajouta Mileski. Interroger les gens qui ont trouvé le corps. Souvent, la personne qui signale le meurtre est le tueur.

— À chaque fois, c'était quelqu'un de différent.

— Oui, et en plus, c'étaient tous des flics, observa Bennis.

PAS UN PASSANT EN VUE

Comme Harry Pressfield, le gars en tenue qui a trouvé le corps d'Abby Ward, par exemple.

— À part le secrétaire qui a découvert Mary Lynne Lee, objecta Figueroa.

— C'est vrai... admit Bennis.

— Écoute, reprit Mileski, je retire ce que je viens de dire. Je n'imagine pas qu'un flic puisse se balader dans le coin et commettre ces meurtres.

Ce à quoi Bennis ajouta, à titre d'information :

— Le Dr Ho, notre sympathique expert sur les tueurs en série, affirme que les assassins exercent souvent là où ils se sentent à l'aise. Les flics se sentent bien autour du bâtiment de la police. Les tueurs en série sont des maniaques qui veulent tout régenter. Les flics sont souvent pareils. Hé, mais ne me regardez pas comme ça ! Vous n'avez jamais vu un flic qui veut tout régenter ?

— Oh, bon ! Peut-être...

— Ce genre de tueur tient à tout régenter, c'est sûr. Il immobilise ses victimes avant de les achever. Le contrôle parfait. Certains entrent dans la police pour nettoyer leur ville ? Eh bien, ce gars-là fait du nettoyage en se débarrassant des clochards.

Et en leur débarbouillant le visage, pensa Figueroa, qui se garda néanmoins bien de le dire tout haut.

— Je n'aime pas du tout l'idée d'un flic assassin, avança Mileski.

— Mais tu avais raison, opina Bennis. Il va falloir qu'on sache où se trouvaient les flics qui ont découvert les corps au moment des meurtres.

— Et inspecter le périmètre, une fois de plus, précisa sa collègue en se levant.

Bennis l'imita.

— Bon, il s'agit d'être efficaces, maintenant, camarade ! lui lança-t-il. On se sépare. Chacun mène son enquête. Qui veux-tu interroger ?

— Je préférerais refaire le tour de tous ces appartements et des

257

bureaux du QG plutôt que de demander à un flic où il se trouvait au moment du meurtre, répliqua Suze d'un air las.

— Parfait. On se retrouve au bureau à... au fait, quand ?

— Dix-sept heures ? Maria prépare le dîner ce soir, je n'ai pas besoin de rentrer avant 18 heures.

30

Avec sa bouille ronde et son air rieur, Henry Lumpkin ne paraissait pas ses cinquante-neuf ans. Depuis Saint Louis, il ne s'était pas départi de son sourire. À présent, sur la célèbre Route 66, ils approchaient de Chicago.

Au début, Jon Smigla, le chauffeur du poids lourd s'était méfié de ce Noir trop souriant. Mais il aimait bien emmener des auto-stoppeurs, ça l'aidait à passer le temps. De toute façon, si le gars se révélait dangereux, il gardait une batte de base-ball sciée sur le plancher, dissimulée sous son siège.

Smigla n'avait pas tardé à constater que son passager était accro à la bouteille et avait consenti que Lumpkin boive un coup de temps à autre, mais seulement au moment des haltes. Il ne voulait pas que la police de la route, qui grouillait partout en Illinois, lui fasse passer un alcootest.

C'est ainsi que, profitant que Smigla faisait le plein et s'achetait un hamburger à Springfield, Lumpkin s'enfila deux bières. Plus tard, lorsque le routier s'arrêta pour un café, il en descendit deux autres.

Lumpkin était pourtant à court d'argent. Et la seule pensée de devoir faire la manche à Chicago le dégoûtait.

— Qu'est-ce que tu vas faire, à Chicago ? lui demanda le camionneur.

— C'est là que je suis né. Autrefois, j'y conduisais la balayeuse de rue. J'adorais ce boulot. On se promène la nuit, dans les rues désertes. Je m'amusais à faire des cercles sur la chaussée, comme si je valsais sur l'autoroute...

Licencié pour abus d'alcool, il avait suivi sa femme dans sa ville natale, Saint Louis. Et puis elle était morte. Aujourd'hui, vingt-cinq ans après, il voulait retourner chez lui.

Lorsqu'ils arrivèrent dans la grande banlieue de Chicago, Smigla se passa la main dans son épaisse tignasse de cheveux roux frisés et déclara gentiment :

— Dommage qu'on doive se séparer, Henry. On a bien rigolé tous les deux.

— Ouais. Moi aussi, je regrette.

— Ça va aller ? demanda le camionneur, conscient de l'ébriété de son passager.

— Pas de problème.

— Bon. Où tu veux que je te dépose ?

— Je veux pas te faire faire un détour

— Je vais droit dans le centre-ville. Congress Street.

— C'est parfait pour moi. Tu peux me laisser au coin de Congress et de State Street.

À 17 heures, Figueroa entra dans la cantine du 1er District où Bennis était en train de boire un café.

— Tu as trouvé quelque chose ? demanda-t-elle.

— La plupart peuvent prouver où ils étaient pendant la quasi-intégralité du service, mais pas tout le temps entre 23 heures et 3 heures du matin. Pas étonnant... C'est vrai, même quand on travaille, il y a toujours une demi-heure par-ci, par-là où personne ne vous voit.

— Je suppose que si un type a un alibi solide pour l'un des meurtres, il est éliminé des suspects ? avança Figueroa.

— Dans ce cas, on en a deux totalement clairs et deux qui ne le sont pas. Et toi, tu as glané des infos ?

— En sortant à minuit, une des gardiennes du dépôt des femmes a vu quelqu'un qui essayait de se dissimuler. Elle n'a pas pu le décrire. Autrement, rien. À part ceci !

Figueroa vida un sac rempli de petites boîtes sur la table.

– Des Wallgreen pré-imprégnées ?

– Des Lunchkins antibactéries.

– Des Baby Wipes.

– Des Moist Towelettes à l'aloe.

– Miam, miam !

Figueroa exhiba un second sac et aligna quatre autres marques de lingettes sur la table de la cantine. Puis, elle alluma son ordinateur portable pour prendre des notes.

– Chlorhydrate de benzalkonium.

– Comment fais-tu pour prononcer un mot pareil ? s'étonna Figueroa.

– Je croyais que tu avais remarqué que je sais tout sur tout.

– Ah, c'est vrai. Continue.

– Eau, alcool, PEG 75, lanoline, arômes, propylparabène.

– Appétissant, non ?

– Celui-ci comprend de l'eau, de l'alcool, du propylène glycol, du gel d'aloe vera, du monoxyde de sodium, un arôme, de la lanoline, de l'acide citrique.

– Suivant.

– Eau, propylène glycol, lanoline, gel d'aloe.

– C'est le même. Tu viens de le faire.

– Non, c'est dans un ordre différent.

– Bon, comment les analystes feront-ils pour les distinguer ?

– Certains comportent plus de lanoline, d'autre plus de produit antibactérien...

– C'est sûr. Mais sur la peau d'un cadavre abandonné dans la rue toute une nuit, est-ce que tous ces produits ne s'évaporent pas ?

– J'en sais rien. Je ne suis pas chimiste. Faisons ce qu'on a décidé. Sentons-les tous.

– Les Lunchkins sont à éliminer. Ils ne sont pas au citron. Ils sont aux baies.

— Pas de préjugés. Ferme les yeux. Je te passe les lingettes.

Bennis ferma les yeux et Figueroa ouvrit le premier paquet.

— Parfum fruité. Mais pas au citron, décréta Bennis.

— Exact. Des Lunchkins à la pastèque...

Deux des marques sentaient l'hôpital, autrement dit l'antiseptique. Une autre ne sentait quasiment rien. Les Baby Wipes exhalaient une odeur de talc pour bébé. Figueroa en approcha une de son nez, et dans un flash, revit Jay-Jay au retour de la maternité.

— Étonnant, fit Bennis. J'aurais pensé qu'il y en avait un plus grand nombre parfumées au citron.

— Moi aussi, acquiesça Suze, les sourcils froncés. Je ne sais pas pourquoi... Je n'y comprends rien.

Ils avaient humé sept marques sur huit quand Bennis s'écria :

— Citron !

Figueroa lut l'emballage :

— Best-Wipes.

— Où les as-tu achetées ?

— À la parapharmacie, sur State Street. On les vend en petits paquets et en grands emballages économiques.

— Très bien. Ils sentent le citron. Mais sont-ils vraiment les seuls du marché parfumés au citron ?

— Qui sait ? En tout cas, ce sont les seuls de notre échantillonnage. On fait ce qu'on peut, pas vrai ?

— Et cette odeur, est-ce qu'elle s'évapore ?

— Facile, Bennis. Tu t'en passes une sur le bras ou le visage, je fais la même chose, et on verra demain matin.

— Elle va disparaître quand je prendrai ma douche.

— Bennis, je ne voudrais pas te choquer, mais, pour une fois, au nom de la science, laisse tomber ta douche !

31

Comme prévu, Robert n'était pas rentré ce soir-là, puisqu'il dînait avec son nouveau gérant. Jay-Jay accueillit Suze à la porte du jardin, dans un état de folle excitation : son meilleur ami, Doug, l'avait invité à dormir chez lui. Amusée par l'enthousiasme de son fils, Suze appela tout de même la mère de son camarade pour la remercier. L'idée de contrarier les projets de sa nièce la rongeait d'autant plus que Maria avait fait la cuisine – steaks, pommes au four et salade verte – et pouvait être fière du résultat.

– C'est un succulent repas, lança Suze entre deux bouchées. Encore merci Maria ! Je sais que tu avais prévu de dormir chez ta copine, mais il faut absolument que je reparte au boulot. Désolée, mais je compte sur toi pour veiller sur tout le monde.

L'adolescente ne dit rien, mais Suze ne lisait que trop bien dans ses pensées. Kat, et même le petit Jay-Jay, conscients de la déception de Maria, restèrent muets. Sheryl aussi, ce qui attrista encore plus sa sœur. Finalement, Maria rompit le silence :

– Tu dois absolument y aller ? Et les autres flics, ils ne peuvent pas prendre un peu la relève ?

– Seuls Bennis et moi sommes chargés de cette affaire. Je t'ai expliqué que tous les enquêteurs étaient malades.

– Je sais, je sais.

– Je ne prétends pas que c'est une question de vie ou de mort, mais nous essayons tout de même d'empêcher un autre meurtre.

Sheryl émit un bruit. Elle s'était toujours inquiétée pour sa sœur.

– Ton père ne rentrera pas avant 23 heures, au plus tôt, poursuivit Suze. Et moi, je risque de bosser bien plus tard que ça.

Elle n'avait pas besoin d'ajouter que Kat était trop jeune pour avoir la responsabilité d'une handicapée. Il suffisait d'un aléa – incendie, cambriolage...

– Je te le revaudrai, Maria. D'ailleurs, tiens, mon prochain jour de libre, je crois, c'est après-demain. Je t'emmènerai au centre commercial et je t'achèterai – voyons un peu – deux pulls. (S'adressant à Sheryl, elle ajouta :) Certains appellent ça de la corruption. Moi, je préfère me caler sur l'expression des étudiants en psycho et dire que je fais du renforcement positif.

– Merci, tante Suze, répondit Maria un peu moins déçue de sa soirée gâchée.

– Bon, il faut que j'y aille. Jay-Jay, prends tes affaires de nuit et je te dépose chez Doug. Maria et Kat, c'est vous les patronnes. Et Sheryl, courage !

Sheryl sourit du côté gauche.

L'homme terré dans l'escalier, lui, sourit à pleines dents.

Sur le chemin, Figueroa alluma l'autoradio. Aux informations, la mère de Mary Lynne Lee déclarait à un journaliste :

– *La police savait qu'il y avait un tueur en liberté. Elle le savait et elle n'a rien fait !*

Le reporter commentait :

– *Vous pensez qu'ils ont négligé ces affaires parce qu'il s'agissait de SDF ?*

Figueroa sentit ses cheveux se hérisser sur sa tête. Quel toupet, ces gens de la presse !

Mais la mère n'abonda pas dans son sens, rétorquant :

– *Ma fille n'était pas une SDF ! Elle traversait une mauvaise passe, mais tout à fait classique pour une jeune femme de son âge.*

Et le journaliste de conclure :

– *Le département de la police de Chicago, pour faire face à une récente épidémie au sein du service des enquêtes criminelles, semble avoir assigné deux officiers en tenue inexpérimentés sur cette série de meurtres de sans-abri. Quelle ironie, quand on songe que tous ont eu lieu à quelques pas du quartier général de la police. Nous ne saurons jamais si des inspecteurs plus chevronnés auraient permis de clore plus tôt cette série d'assassinats. Quant à savoir si l'on a négligé ces affaires à cause du statut social des victimes, le conseil municipal a l'intention de faire le point dans les jours qui viennent. C'était Dave Hodges, qui vous parlait du QG de la police de Chicago, au coin de la 11ᵉ et de State Street.*

Figueroa, bouillant de rage, s'efforça de garder les yeux rivés sur la route.

32

La maison ressemblait à une boîte de chocolats fourrés. Il y avait une femme ou une fille dans chaque pièce, et toutes différentes. Il pouvait essayer celle-ci, ou celle-là. Comme des chocolats au nougat, au caramel, ou à la crème de framboises. Miam, ses préférés... Bien mous au milieu.

Valentine gloussa.

Harry Lumpkin était heureux. N'osant pas avoir l'air hilare en permanence, de peur d'être pris pour un fou et embarqué par les flics, il n'octroyait son sourire éblouissant qu'aux passants qui lui donnaient la pièce. Il y avait de temps en temps des gens désagréables, comme partout ailleurs, mais, dans l'ensemble, Chicago lui semblait une ville merveilleuse.

Il stationna longtemps sur les marches de l'Art Institute, récoltant plusieurs dollars en petite monnaie. Un flot de souvenirs affluait à sa mémoire. Il se rappelait les bâtiments du conservatoire de musique, de l'autre côté de la rue, et des bons moments passés avec sa famille, pendant les festivals, à Grant Park.

Ensuite, à la tombée du jour, le musée fermant, il se dirigea vers l'ouest, sur Congress Street.

Depuis que le camionneur l'avait déposé dans State Street, il avait fait une boucle en commençant par le nord, le long de Michigan Avenue, puis au sud, sur La Salle, et maintenant, il était de retour sur State. Il cherchait un magasin de vins et spiritueux, ou à la rigueur un bar. Comme il avait accumulé un joli pécule, il passait mentalement en revue ce qu'il pourrait bien s'offrir.

Sur Wabash, dans un secteur populaire, apercevant un magasin d'alcools, il y entra sans hésiter en dépit du fait que, mal habillé comme il était, il était sûr d'être mal reçu. Il se trompait. Le commerçant, un Grec au visage buriné, le laissa gentiment étaler toute la monnaie qu'il avait dans les poches, et calcula avec lui qu'il avait de quoi s'acheter deux bouteilles de vin ordinaire.

– Un paquet de biscuits pour l'apéritif ? Offert par la maison, précisa le vendeur une fois qu'Henry eut payé.

Le gars essayait de le faire manger ! Henry eut la nette impression qu'il ne devait pas avoir l'air en forme. Mais tomber sur quelqu'un d'aimable, c'était si rare.

Henry se balada sur State Street, cherchant à s'asseoir quelque part, pour picoler un peu, et voir passer le métro aérien.

Bennis et Figueroa se retrouvèrent dans le parking de l'immeuble de la police et inspectèrent ensemble l'allée sous le métro. Le soleil se couchait quelque part derrière l'aéroport d'O'Hare, dans un ciel de pourpre et d'or.

– Tu sais, je croyais qu'on allait voir une patrouille dans les parages, dit Bennis.

– En voilà une, justement !

Un véhicule s'avançait lentement le long de l'allée, sous le « El », évitant soigneusement les nids-de-poule. Lorsqu'il arriva au bout, au-delà du parking, il tourna vers l'est et prit la direction de Michigan Avenue.

– Formidable ! C'est ça leur surveillance ? pesta Bennis. Il faudrait des gars grimés en clodos et cachés dans l'allée. Le moindre tueur ayant un pois chiche dans le crâne irait se planquer pendant que la voiture passe.

– Je m'y attendais.

– Et même s'ils font peur au type pour quelques nuits, on sera bien avancés.

– Avant de râler, allons y voir de plus près, suggéra Suze.

Ils marchèrent sous le métro depuis Roosevelt Road en direction du nord jusqu'à Balbo sans apercevoir le moindre flic. Il y avait bien un vieux Noir qui aurait pu être un flic déguisé en clochard. Mais dès qu'il aperçut le tandem, il s'empressa de déguerpir.

– Hé, monsieur ! lui cria Figueroa. Restez pas là ! Ça craint pour les sans-abri !

– Il va penser que tu voulais juste qu'il dégage, parce que tous les poulets font toujours dégager les SDF.

– En ce moment, je me fiche de ce qu'il pense de nos motivations. Je ne veux pas d'un autre crime.

– Le problème, c'est qu'il va certainement revenir.

Il n'était que 20 h 15, trop tôt pour que le tueur ne se montre. Norm et Suze retournèrent au Furlough pour réfléchir.

Le bar était désert. Bennis et Figueroa saluèrent Corky d'un air préoccupé. Celui-ci tenta de les dérider :

– Vous savez que trois des enquêteurs malades, trois de ceux qui étaient sous dialyse, ont l'intention de prendre leur retraite ?

– Pourquoi ? demanda Suze d'une voix morne.

– Pour jamais plus se farcir les banquets de la police !

Ce n'était pas très drôle, et ni Figueroa ni Bennis n'étaient d'humeur à plaisanter.

– Ils ont les reins esquintés, reprit Corky sur un mode plus grave. Ils doivent passer en dialyse trois fois par semaine.

– C'est horrible ! La semaine dernière, ils étaient en pleine forme, ils étaient actifs, et aujourd'hui ils ont une invalidité permanente, gémit presque Figueroa.

– Oui, mais au moins, c'est une invalidité du travail. Retraite à cent pour cent !

Là-dessus, Corky s'absorba dans l'astiquage du comptoir.

— Bon, Bennis, souffla Figueroa en se tournant vers son équipier, concentrons-nous un peu. Notre tueur vit ou travaille dans ce secteur, n'est-ce pas ?

— Peut-être qu'il travaillait ou vivait dans le coin.

— Ou il jouait ici quand il était môme ?

— Comme ce cas que nous a rapporté le Dr Ho ? Je doute que des enfants aient joué dans les parages depuis de nombreuses années. Il n'y a plus aucun immeuble d'habitation depuis longtemps, à part peut-être ce bâtiment derrière le QG. Et les enfants qui vivent là ne jouent pas dans ces rues. C'est trop dangereux. Si c'était quelqu'un qui jouait ici il y a quarante ans, il ne serait pas dans la fourchette d'âge correspondant au profil.

— Exact. Donc, notre homme vit ou travaille dans le coin, ou le faisait il n'y a pas si longtemps.

— Je sors fumer une cigarette, annonça Corky.

— Traîne pas trop, grommela Morty de derrière le bar.

— Je ne savais pas que tu fumais, lança Figueroa à Corky.

— Figure-toi que je m'abstiens devant vous autres. Avec les flics, on sait jamais quand on « contrevient » !

Après le départ de Corky, Bennis se tourna vers son collègue :

— Hé, Morty ! Est-ce qu'il y a une loi qui interdit de fumer dans les bars ?

— Je ne crois pas. Une réglementation de plus et je pète les plombs !

— Bennis, tu savais que Corky fumait, toi ? demanda Figueroa.

— Pas du tout. Mais tout le monde a ses petits secrets.

Corky traversa la rue et dirigea ses pas vers le building de la police. Il ne fallait pas se laisser aller, prendre trop de risques. Mais, voilà, parfois, l'excitation le gagnait... Il décida de tourner vers le parking, tenant sa cigarette entre pouce et index, une cigarette dont il n'avait aucune envie.

Les voitures étaient toutes alignées comme des vaches crevées, ou plutôt, corrigea-t-il, comme des hippopotames à l'agonie. Le monde entier lui paraissait ainsi, mort, éteint.

20 h 30. Il ne faisait qu'évaluer la situation. Il voulait voir quels pékins minables traînaient dans les parages. Et quels membres de la communauté des flics, encore plus minables, essayaient de jouer les Sherlock Holmes...

Il resta là debout, faisant semblant de fumer cette cigarette dont la seule existence justifiait sa présence en ces lieux, et remerciant intérieurement l'ostracisme de l'administration contre les fumeurs qui chassait ces derniers de ses bureaux quand ils voulaient s'en griller une. C'est ainsi qu'on voyait sur le trottoir tous ces hors-la-loi de la nicotine s'adonnant à leur vice. Personne ne leur demandait rien.

Cigarette à la main, il traversa le parking, puis passa sous le métro aérien. Il se dirigea vers le nord, derrière le bâtiment de la police. Ayant dépassé l'annexe, il tira une autre bouffée et s'appuya d'une épaule contre le mur. À environ cent mètres de là, dans la zone en chantier, un vieux clochard noir s'adossait contre l'énorme pneu d'un gros camion à benne.

Corky observa le vieux bonhomme qui s'ouvrait une bouteille de vin, la portait à ses lèvres. Sa gorge tressauta pendant qu'il buvait. Corky esquissa une grimace de dégoût.

33

À 20 h 30, Kat et Maria décidèrent de rafraîchir la coupe de cheveux de leur mère. Comme il fallait, bien sûr, obtenir son accord, elles entrèrent ensemble dans sa chambre. Alma Sturdley avait lavé les cheveux de Sheryl dans la journée, pendant qu'elle prenait son bain.

— Oh, comme tes cheveux sont beaux et brillants, maman ! s'exclama Maria.

— Et bien bouffants, ajouta Kat.

— Et bien ringards, soupira Maria.

— Oui, vraiment, ils font tellement XXe siècle !

Elles attendirent sa réaction. Elles ne pouvaient pas toujours savoir si Sheryl essayait de dire oui ou non, si elle était contente ou mécontente. Mais, là, oui, leur mère leur sourit, juste du côté droit de son visage, mais c'était bel et bien un sourire.

— Alors on a pensé qu'il était temps de changer, avança Kat, les ciseaux à la main.

Une partie de la chevelure de Sheryl avait été rasée à l'hôpital après l'accident et le traumatisme crânien. Le reste avait été coupé court. Mais maintenant, les longueurs étaient inégales.

Elles transportèrent Sheryl sur la chaise droite, un mouvement qu'elle pouvait presque faire d'elle-même tant qu'on prenait garde à ce qu'elle ne tombe pas. Ensuite, elles l'entourèrent d'un drap pour recueillir les mèches coupées et Maria se mit au travail, dirigée par Kat qui pouffait de rire.

N'était-ce pas attendrissant ? pensa Valentine, de sa position dominante, sur l'escalier. Elles allaient être occupées pendant un bon moment, ce qui n'était pas pour lui déplaire. Il grimpa jusqu'au grenier et prépara son matériel, qui comprenait un rouleau d'adhésif, une chemise propre, une taie d'oreiller, des ciseaux, un tournevis et quelques babioles supplémentaires. Puis il descendit au deuxième, et entra dans la chambre de la fliquette. En fait, il était plutôt content que le gamin ne soit pas là ce soir. Il n'aimait pas les petits garçons, des sales créatures méchantes, bruyantes. Il ne voulait pas avoir affaire à une de ces saloperies.

Il prit la photo du lac Mono à l'aube, accrochée au mur, et retira la clé cachée derrière. Par mesure de prudence, il remit la photo en place et s'assura qu'elle était bien droite.

Le pistolet était rangé comme prévu sur l'étagère du placard. La clé était la bonne, comme il s'en était douté. Il défit les protections de la détente, replaça les deux pièces en forme de cache-oreille dans le tiroir, s'assura que l'arme était chargée, ouvrit la fenêtre et, juste pour s'amuser, jeta la clé dans le jardin. Plus tard, peut-être, quelqu'un reprocherait-il à cette salope de fliquette de n'avoir pas planqué son arme correctement.

34

Corky jeta son mégot dans le caniveau et retourna au Furlough. Morty était au bar, les bras croisés, ignorant visiblement un amas de verres à bière sales sur l'évier.

– Allez ! Ça va ! dit Corky.

Il ouvrit le lave-vaisselle et chargea les verres dans la machine. Au moment où il claquait la porte de la machine, celle du Furlough s'ouvrit. Un vieil homme noir entra. Figueroa trouva qu'il ressemblait au type qu'ils avaient essayé de faire bouger.

– Est-ce que je peux acheter une bouteille de vin, ici ? demanda le clochard qui, sans être complètement saoul, ne marchait pas très droit.

– Non ! aboya Morty.

– Désolés, mais nous n'avons pas la licence pour la vente à emporter, précisa aimablement Corky.

Henry Lumpkin s'efforçait de ne pas trop tanguer :

– Savez-vous où se trouve le magasin le plus proche ?

– Tire-toi ! glapit Morty.

– Attendez, attendez ! s'exclama Figueroa en sautant de son tabouret.

Elle reconduisit le vieux à la porte. Il avait l'air tellement gentil, avec son grand sourire ; elle n'avait pas envie de le retrouver allongé sur un bac d'acier inoxydable dans une salle d'autopsie, le lendemain matin. Devait-elle l'arrêter pour lui sauver la vie ? Sauf qu'elle n'avait aucun motif.

– Je vais vous dire où vous pouvez vous procurer de l'alcool, proposa-t-elle. Un peu plus haut, sur Congress Street, il y a un magasin de vins et spiritueux. Mais, je vous en prie, monsieur, ne revenez pas par ici.

– Pourquoi donc, madame ?

– Il y a un tueur dans les parages, la nuit... Vraiment. Je suis sérieuse ! Ne revenez pas dans le coin.

En guise de réponse, il lui adressa un grand sourire. Elle le vit ensuite filer tranquillement vers le nord. Il haussa les épaules quand il s'estima assez loin : il n'avait pas cru un mot de ce qu'elle lui avait raconté.

Bennis laissa choir sa tête entre ses mains. Accablé. Terrassé par la fatigue et le découragement. Pas par l'alcool : il n'avait bu qu'une bière.

– Il faut faire quelque chose, souffla Figueroa, soulagée qu'il n'y ait qu'eux dans le bar.

– Mais quoi ?

– À rester assis en se triturant les méninges, on perd du temps. On pourrait aller une fois de plus faire un tour dans l'allée. On pourrait même se cacher et attendre.

– Je suis bien d'accord. Mais il n'est que 21 heures. Nous avons au moins deux heures à poireauter avant que ça ne serve à quelque chose.

– Exact. Où allons-nous nous planquer ?

– Si je me faisais passer pour un clochard ? J'ai un paquet de vieilles frusques dans la voiture, dit Bennis.

– Et si tu picoles d'abord quelques bières, tu ne feras même pas semblant !

– Verse-m'en sur mes vêtements, plutôt. J'aurai besoin de toute ma tête...

Corky s'approcha d'une démarche nonchalante tout en essuyant un verre.

– Tu vas te déguiser ?

– Bon Dieu, j'en sais rien, répondit Bennis, se demandant pourquoi Corky était soudain si intéressé par leurs activités.

À cet instant, Morty souleva le battant du bar et sortit, le laissant retomber avec un bruit sec, comme d'habitude.

– C'est quoi son problème ? demanda Figueroa.

Morty se dirigea vers les toilettes.

– Rien, probablement. Il est toujours comme ça, dit Corky avec un haussement d'épaules.

Figueroa et Bennis restèrent assis sans échanger un mot pendant une minute et Corky se rapprocha du bar pour ranger les verres qu'il venait d'essuyer.

– À ce tarif-là, on ferait aussi bien de rentrer chez nous, soupira Figueroa.

– Ah non, on ne peut pas faire ça ! Demain, on nous remplace. On va sortir, se planquer et attendre. On va se le farcir, tu vas voir.

– D'accord.

– Tu sais, quand on a enquêté dans l'immeuble de la police, on aurait aussi dû interroger Mileski, Didrickson, Kim Duk, et tous les autres.

– Pourquoi ? demanda Figueroa.

– Parce qu'ils sont là tous les soirs, après le boulot. Ils ont peut-être vu quelque chose.

– Non. Ils partent presque tous avant 17 heures, 18 heures au plus tard. Hé, tu ne vas suggérer que l'un d'eux serait peut-être notre... type ? Non !

– Je ne suggère rien.

Morty revint et claqua de nouveau le battant du bar.

– Alors, les gars, vous allez rester sur une bière toute la soirée ?

– Ouais, dit Bennis.

– Ouais, confirma Figueroa.

– Ils en ont tout à fait le droit, observa Corky.

Avisant les toilettes des femmes, de l'autre côté de celles des hommes, Figueroa lança :

275

– Je reviens tout de suite !

Il valait mieux prendre ses précautions ! Ils allaient passer des heures planqués dans l'allée. Elle devait aussi téléphoner chez elle, car cette affaire risquait de se prolonger bien au-delà de minuit. *Et pour quel résultat ?* se demanda-t-elle, écœurée. Mais enfin, Maria était aux commandes, aidée par Kat, et Robert rentrerait vers minuit ; elle ne devait pas s'inquiéter. N'empêche, elle allait appeler.

Elle s'essuya les mains avec une serviette en papier brun et prit à l'autre distributeur une des lingettes qui avaient fait leur apparition dans les toilettes environ un an auparavant.

Elle se passa la serviette sur le visage. Une agréable odeur de citron.

Figueroa rejoignit Bennis au bar.

– Morty, mets-nous une autre bière, mais on va s'asseoir à une table.

– Ça va ? Tu as l'air toute chose, marmonna Morty.

– Ouais, tu te sens bien ? ajouta Corky.

– Pas trop. Je me suis fait un tour de reins. J'ai besoin de m'asseoir sur une vraie chaise.

Bennis prit les deux bières et suivit Figueroa vers une des quatre tables de l'endroit. Elle s'assit le dos raide, et tourné au bar. Bennis était donc forcé de regarder vers le comptoir.

– Qu'est-ce qui se passe ? Tu as besoin d'un médecin ? s'inquiéta-t-il.

– Fixe-moi bien droit dans les yeux, Bennis.

– Suze, tu es bizarre. Tu as le tour des lèvres tout blanc et tu trembles.

– Oublie ma tronche ! susurra-t-elle. Ouvre bien tes oreilles. On cherche quelqu'un qui traîne dans les parages. À l'aise avec les flics. Un type désinvolte. Un type qui a souvent changé de boulot. Un type superficiel. Quelqu'un qui est libre après minuit.

– Suze, merde ! Tu me fiches la trouille. D'accord, je vois le tableau. Mais Morty ne correspond pas au profil. Il est flemmard, il n'a aucun charme.

– Pas Morty. Corky !

– Quoi ?

– Ne lève pas les yeux. Regarde-moi, pas lui !

Bennis était prostré, fixant la table.

– Qui peut disposer facilement des meilleures marques d'alcool sans avoir à les payer ? articula-t-il enfin.

Quand Bennis eut l'air d'avoir digéré l'information, elle mit la main à sa poche et en sortit une lingette Best-Wipes, qu'elle posa sur la table. Elle sentait le citron.

– D'où vient-elle ? s'enquit son partenaire.

– Des toilettes des dames.

– Et merde !

– Alors, qu'est-ce qu'on fait maintenant ?

– Corky, j'aimerais que tu nous accompagnes au 1er District, lança Bennis.

– Pourquoi ?

Corky se tenait debout à côté de Morty, derrière le bar. Il avait l'air, pensa Figueroa, aussi innocent qu'un enfant de chœur.

– Passe de l'autre côté du bar, s'il te plaît, insista Bennis.

– Qu'est-ce que ça signifie ?

Corky souleva le battant et le laissa ouvert, passant devant le bar.

– On aimerait te poser quelques questions sur les SDF assassinés récemment.

– Moi ? Mais je ne sais rien !

– Écoute, suis-nous simplement jusqu'au poste. Si tu peux tout expliquer, il n'y a pas de lézard.

– Mais je n'ai pas à m'expliquer ! Qu'est-ce que j'aurais à vous dire ?

Il avait l'air si sympa, si innocent, vraiment, si charmant, que Figueroa perdit son sang-froid.

— Eh bien en fait, on a des prélèvements d'ADN et on pensait que tu nous autoriserais à te faire une prise de sang, pour t'éliminer de la liste des suspects.

Corky se mit à hurler, un cri violent, qui n'était qu'une diversion. Au même moment, il s'empara de l'arme de Bennis, défaisant la lanière de retenue et tirant le pistolet de son étui. Le policier se retourna en rugissant, attrapa le canon et le leva en direction du plafond. Corky réussit à le dégager et le pointa sur la poitrine de Bennis, au moment où Figueroa dégainait son propre revolver.

Bennis se trouvait entre Corky et elle, mais elle plongea sur eux, coinça son arme sous le bras de son équipier et essaya de pousser le canon au-delà de sa chair, pour pouvoir tirer sur le barman.

Celui-ci approchait la pointe du canon du crâne de Bennis. Si elle tirait maintenant, elle risquait de toucher le flanc de son camarade. Ils roulèrent tous trois contre le bar, se cognant contre la paroi en bois, mais leurs positions relatives n'avaient pas changé. Corky avait une emprise mortelle sur l'arme de Bennis. Encore quelques centimètres, et il pointait dans l'oreille de Norm et, là, il faudrait que Suze prenne le risque de tirer. Cinq, quatre, trois, deux...

Un bruit mat. Corky roula des yeux. Il s'effondra comme un sac de pierres et lâcha le pistolet qui tomba sur le sol.

Morty se tenait au-dessus de Corky, une grande bouteille d'aquavit à la main.

— J'ai toujours su qu'il ne valait pas tripette, marmonna-t-il.

35

À 21 heures, Valentine décida que la maison était juste à point pour lui. Kat écoutait de la musique dans sa chambre, porte close. Maria bavardait au téléphone. Ses parents lui permettaient d'avoir sa propre ligne ; les imbéciles, ils la gâtaient trop. C'était si facile de laisser un môme aller à la dérive ; après ça, ils sont fichus à jamais. Mais ensuite, il se rendit compte qu'elle avait juste pris le téléphone sans fil du salon pour préserver son intimité.

Il descendit sur la pointe des pieds et attendit devant la porte de Maria. Elle était assise sur le bord du lit.

– Oui, *j'aimerais bien !* dit l'adolescente.

Silence.

– Oh, c'est génial ! Ça irait avec tes couleurs. Pas les miennes. J'ai du rose pêche. Comment ils appellent ça ?... Ah, voilà : « Rose mordoré »... Il y a des paillettes dedans.

Silence.

– La semaine prochaine. Elle va m'acheter quelque chose. Un pull, je crois. Oui, je sais, je sais. Elle fait de son mieux ! Elle essaie... D'accord. Vas-y. Mais je te rappelle dans une heure, d'accord ?

Dès qu'elle eut raccroché, Valentine plongea sur elle par derrière. Elle poussa un petit « Ouf ! », mais il avait déjà la main sur sa bouche et il pressa son visage contre l'oreiller. Il lui murmura dans l'oreille :

– Bouge pas ou je te tue.

Il lui piqua le dos avec la pointe de son tournevis. Suffisant pour qu'elle arrête de se débattre, mais elle tremblait de tout ses membres et lâcha un flacon de vernis à ongles. Le liquide s'étala sur le tapis.

Il lui appliqua un petit morceau de bande adhésive sur la bouche. Puis, il lui passa la bande autour de la tête, la tira par les cheveux pour obstruer la bouche plus efficacement. Elle recommença à s'agiter, mais il n'avait plus à s'inquiéter de ses cris ; il la retourna sur le lit, s'agenouilla sur son estomac et lui attrapa les mains. Il lui passa la bande autour des poignets trois ou quatre fois, avant de répéter l'opération avec les chevilles.

Il la ramassa comme un paquet et la redressa. D'un geste habile il lui sangla les pieds aux barreaux du lit. Pour plus de sécurité, il lui entoura le coude avec un long morceau d'adhésif et le colla à la tête de lit.

— Si tu restes tranquille, je ne te ferai aucun mal. Tu m'as bien compris ?

Après que Figueroa eut lu ses droits à Corky en présence de deux policiers du troisième service, il fallut remplir toute la paperasserie administrative. Mandat d'arrêt, rapport aux enquêteurs, minutes du procès-verbal, note au procureur, papiers d'incarcération, enregistrement des charges retenues, tout devait être impeccable : Suze ne voulait pas commettre la moindre erreur de procédure.

La prise des empreintes digitales était une opération d'une simplicité enfantine. Il suffisait de faire rouler les doigts sur une plaque de verre et la machine faisait le reste. La fiche était automatiquement enregistrée dans l'ordinateur de l'AFIS. Les empreintes de Corky étaient là depuis son passage dans la police. Peut-être découvriraient-ils grâce à elles qu'il avait commis d'autres crimes ailleurs dans le pays ? Si elles étaient dans la base de données, le système automatique d'identification des empreintes digitales les ferait certainement ressortir.

À 21 h 30, Mossbacher arriva, accompagné du représentant du bureau du procureur. Heureusement, pas Malley. C'était un jeune type du nom de Fritz Haber, aux cheveux blonds coiffés en brosse. Sa tâche consistait à vérifier qu'il y avait assez de preuves pour une mise en examen.

Figueroa passa une demi-heure à remplir les formulaires administratifs d'arrestation, plus le procès verbal d'accusation, tandis que Bennis se chargeait des autres procédures. Le procureur Haber s'adressa à Bennis et Mossbacher en ces termes :

— Les preuves sont minces. Vous ne pouvez pas le garder à l'ombre plus de vingt-quatre heures.

— Et l'agression sur un fonctionnaire de police ? lança Figueroa, à demi ulcérée.

— Oui, je suppose que ça apporterait de l'eau à votre moulin.

— Pourquoi pas ? Sinon, on risque d'être ici toute la nuit. Il ne veut rien dire.

— En plus, il a appelé son avocat, ajouta Mossbacher.

— Ça vaut mieux pour lui. Je suis prête à parier qu'on va mettre la main sur une seringue à mastic dans la remise du Furlough. Le légiste a trouvé un poil dans le mastic. Ils vont faire des rapprochements d'ADN.

— Trouvé ? s'étonna Haber.

— Dans la bouche de la dernière victime. Collé là, avec l'arme du crime.

— Qui est ?

— Du mastic au silicone translucide.

Il la fixait d'un air incrédule, comme si elle avait tout inventé. Figueroa s'énerva :

— Vous savez, ce truc qui ressemble à de la morve. Il a un bon sens de l'humour, notre ami Corky !

Derrière la porte de Kat, Valentine dut s'arrêter et respirer méthodiquement pendant une bonne minute – inspirer, expirer, inspirer, expirer. C'était tellement excitant qu'il en perdait presque ses moyens. Autant il haïssait Suze, autant il adorait Kat. Kat était celle qu'il voulait pour lui.

Il estimait que la fliquette ne serait pas de retour avant minuit. Et Robert avait affirmé qu'il serait là aussi à minuit, mais Valentine pariait qu'il ne rentrerait pas avant 1 heure du matin. Les gens disent toujours minuit, alors qu'en fait, ils savent qu'ils vont rentrer tard ; ce type était un connard d'égoïste de toute façon.

Il avait tout son temps. Une bonne inspiration. Tirer un petit morceau d'adhésif. Vingt centimètres, une longueur suffisante. Couper avec les ciseaux. Ouvrir la porte lentement.

Il se précipita dans la chambre de Kat encore plus vite que dans celle de Maria. Elle était assise à son bureau en pin, à dessiner avec des feutres. La chaîne hi-fi marchait à plein volume. Tournant le dos à la porte et distraite par la musique, elle ne l'entendit pas. Jusqu'au moment où il la saisit et lui passa l'adhésif sur la bouche. Sa petite bouche, à moitié ouverte émit un léger : « Oh ! » avant qu'il ne la scelle. Des grands yeux marron, si beaux, avec des cils souples, le fixaient d'un air terrifié au-dessus de la bande adhésive.

Elle essaya de le frapper et de se délivrer de son étreinte, mais il l'avait attrapée par derrière et la maintenait fermement sur sa chaise. Elle n'avait donc aucune prise et, quand il la pressa fortement contre lui, elle ne put même pas lui envoyer un coup de pied.

Elle portait une petite robe bleu clair qui s'ouvrait sur le devant.

Il laissa tomber Kat sur le lit et lui enroula de l'adhésif sur les poignets, prenant soin de serrer la bande pour l'immobiliser, sans toutefois lui couper la circulation.

Elle battait des pieds, mais ne pouvait rien faire. Il prit un ou deux coups à l'avant-bras, puis attrapa ses chevilles et les ligota. Il lui attacha même les genoux pour lui river les jambes.

La petite fille était maintenant allongée sur un grand lit double, et il lui vint une nouvelle idée, excellente. Il lui enroula de l'adhésif autour de la taille, puis autour du matelas et sur les côtés, jusqu'au sol. Là, il dévida encore de la bande et jeta le rouleau, assez loin pour pouvoir l'attraper de l'autre côté du lit. Encore deux tours et elle fut ligotée sur le lit. Beaucoup plus élégant que ce qu'il avait fait à Maria.

Rien de tel que la pratique pour s'améliorer.

Puis il s'assit sur le lit.

Il caressa les jolies petites jambes. Elles étaient moelleuses et douces. C'est ce qu'il appréciait tant chez les petites filles. Elles étaient tendres à caresser. Pas de poils horribles sur les jambes, le pubis, les aisselles, juste cette douceur crémeuse.

Il lui effleura les chevilles, puis les genoux. Les genoux n'étaient jamais aussi beaux que chez les très jeunes filles. Quand elles devenaient femmes, ils devenaient osseux, grossiers, laids.

Doux, si doux et si moelleux.

Il se pencha sur la cuisse. Plus près encore, il posa ses lèvres sur la peau tellement douce. Elle sentait le frais et le propre. Puis, comme un baiser, il la mordit.

Il mordit jusqu'à sentir la chair dans sa bouche, et il commença à sucer. La chair et la peau douce et moelleuse pénétraient dans sa bouche.

Corky Corcoran entra dans la salle d'interrogatoire, encadré de Mossbacher et de l'enquêteur.

– Salut, Corky ! railla Suze. Alors, on t'a eu...

Corky, bien que menotté, s'arrêta ; il semblait aussi peu ébranlé que s'il eut été le pape.

– Tu crois ça ? rétorqua-t-il, l'air insolent.

– Toi, tu vas en tôle et moi, je rentre chez moi, répliqua-t-elle.

– Personne n'attrape Corky, tu le sais. Corky est bien trop malin. Tu ne m'as pas trouvé. J'ai laissé tomber. Corky en a décidé ainsi.

Mossbacher entra dans la danse :

– Monsieur Corcoran, vous savez qu'on vous a lu vos droits. Tout ce que vous dites...

Mais Corky lui coupa la parole.

283

— Corky aurait pu se montrer plus insaisissable. Plus manipulateur. Vous le savez. Corky aurait pu encore nettoyer un clochard par-ci, un clochard par-là. Sur Lake Shore, sur Michigan Avenue, vers la 63e Rue, ou sur Belmont. Corky aurait pu en nettoyer un tous les soirs. Et vous n'en auriez rien su. Ou vous n'auriez rien fait, non ?

— Je m'en serais occupé si j'avais su.

— Non. Les gens disent ça, c'est tout. Qui débarrasse l'aéroport des clochards ? Hein, Figueroa ? Les « méchants » ?

— Non, les flics.

— Exactement, les flics. Personne ne veut des clochards. Mauvais pour le tourisme. Mauvais pour tout le monde. Ils sont moches, sales, ils puent et ils pourrissent. Corky a rendu service, il a nettoyé la ville. La municipalité s'en rendra compte. Et ça ne va pas tarder. En fait, au plus profond d'eux-mêmes, les gens sont d'accord avec Corky. Tout le monde. Tout le monde déteste les pochards. Tous les gens décents, propres, comme toi et moi, et le sergent, ici, et tous les gens qui ne sont pas des alcoolos qui se vautrent dans les rues.

36

– Il faut vraiment que je rentre, déclara Suze.

Comme ils avaient terminé la paperasserie, Bennis pensait plutôt qu'il fallait fêter ça.

– Je croyais que Maria avait tout pris en charge, geignit-il.

– Justement. Elle est très responsable, mais tout de même, je me sentirai plus tranquille. Robert n'est pas là. En plus, je suis complètement épuisée.

Elle saisit l'expression de doute sur le visage de Bennis.

– Bon, d'accord, admit-elle. Je suis gonflée à bloc par cette arrestation, mais il faut que je dorme.

– On s'est bien débrouillés !

– On a été géniaux !

– Tu peux le dire !

– Ça va figurer dans nos dossiers, tu ne crois pas ? C'est vrai, non ? On est les héros du jour ! s'exclama Suze.

– Ça ne peut pas faire de mal. Tu veux vraiment passer au service des enquêtes ?

– Oui. Pas toi ? Il faut qu'on reste à deux. On est plutôt bons à ce petit jeu, non ?

– On a loupé Corky pendant un bon bout de temps, pourtant, fit remarquer Bennis.

– C'est bizarre comme parfois, on ne voit pas ce qu'on a sous le nez.

– Comme quand je vais chercher un vieux bout de pizza dans

le frigo. Je sais qu'il est là, parce que je l'y ai déposé la veille. Mais je cherche sur tous les rayons, je déplace des trucs et je ne peux pas le trouver. Pourquoi ? Parce qu'il est juste devant mes yeux, voilà pourquoi. C'est ce qui paraît le plus évident qui vous échappe.

Maintenant qu'il avait immobilisé Maria et Kat, il avait le temps de se préparer. Il se rendit dans la salle de bains principale, au premier, et fit couler l'eau de la douche. Sur ce, il pénétra dans la grande chambre, celle de Robert en fait, puisque madame le légume était en bas.

Le placard de la chambre de Robert contenait un tas de vêtements superbes. Valentine choisit une chemise souple en coton, d'un beau bleu. *Assortie à la robe de Kat.* Il pensa qu'un pantalon marine s'accorderait parfaitement avec le haut. Et, bien sûr, un caleçon de qualité. Des chaussettes propres. Bleu marine, pour aller avec le pantalon.

Il emporta les vêtements dans la salle de bains, les plaça avec soin sur le dessus du panier à linge, à bonne distance de toute projection d'eau. Il fit de même avec le revolver, le tournevis, les ciseaux et le rouleau d'adhésif.

Les fringues de Robert. Tout le monde l'appelait Robert. Un gars qui ne se prenait pas pour une merde. Il ne les laissait jamais l'appeler Bob, ni même Rob. *Je l'appellerai peut-être mon petit Bébert quand il rentrera, ce soir. Je vais bien m'amuser avec lui.*

La température de l'eau de la douche était idéale, idéale après toutes ces journées passées dans le grenier. Ces jours de purgatoire, par la faute de la fliquette, de Suze la fliquette. Suze la salope. Dans la douche, il avait l'impression que tout s'en allait avec l'eau de rinçage. C'était merveilleux, génial, de l'eau chaude, chaude, lui glissant le long de tout le corps. Et sur l'étagère, il avait du savon ivoire, du savon à la menthe, du savon à la noix de coco, et même du savon à la farine d'avoine, plus trois sortes différentes de gel. Trois !

Il huma les trois flacons avec soin et choisit la cannelle. On ne vit qu'une fois !

Puis, il se lava le corps, passant très vite, comme toujours, sur les « parties ». Une fois propre, il se remit sous le jet d'eau chaude et tourna le robinet pour la refroidir. Il rigola un peu, pensant qu'il pouvait faire exactement ce qu'il voulait.

Quand il sortit de la douche, il se rendit compte qu'il n'avait pas apporté de serviette. Il ne voulait pas utiliser celles qui étaient pendues, car elles avaient servi à essuyer le corps de quelqu'un d'autre. Celui de Robert, sans doute. Et cette idée ne lui plaisait pas. Il ouvrit le placard, sous le lavabo, et trouva toute une pile de draps de bain. Il en prit deux, tous deux bleu foncé.

37

– Vous avez fait du bon boulot, dit Mossbacher. Vraiment remarquable.

– Merci, patron, rétorqua Suze.

– Je suis fier de vous, déclara-t-il en leur adressant un signe de la main.

Bennis et Figueroa se dirigèrent sans mot dire vers le parking. Norm tripotait ses clés. Avec une légère hésitation, il essaya de rompre le silence :

– Je crois qu'on a gagné notre nuit de sommeil ?

– Oui. À demain.

– Suze, qu'est-ce qui ne va pas ?

– Moi ? Rien du tout. Je suis juste fatiguée.

– Tu n'es pas toi-même. Toute la semaine, je t'ai sentie mal à l'aise. Un problème chez toi ?

– Pas vraiment. Enfin, toujours la même chose. Sheryl se rétablit très lentement. En plus, nous ne savons pas si elle va se remettre complètement. Quant à Robert... Tu connais Robert.

– Ouais, mais tout ça n'est pas nouveau. J'ai l'impression qu'il y a autre chose. Les enfants, ça va ?

– Oui, ils vont bien. Ne t'inquiète pas pour moi. Tout va bien. Je rentre à la maison. Il est grand temps d'aller dormir.

Elle entra dans son véhicule, démarra en trombe, accéléra et prit la direction du nord, sur State Street. Il était 22 h 30. Dans vingt minutes, elle serait chez elle, dans son lit...

Valentine avait tout prévu. Il avait calculé que Suze et Robert ne rentreraient pas avant minuit, mais comme on ne pouvait jamais savoir, il avait sorti les sacs-poubelle des deux boîtes à ordures, celle de la cuisine et celle de l'escalier de la cave. Il posa un sac près la porte du jardin, à la limite de l'encadrement pour que la porte le frôle en s'ouvrant. Puis il entrouvrit le deuxième sac, et le jucha sur le premier. Fouillant à l'intérieur, il trouva deux boîtes de conserve vides et une bouteille de verre qu'il posa en équilibre précaire au-dessus de l'ensemble. Si le sac du dessous était déplacé, même très légèrement, les détritus tomberaient avec fracas. Robert ou Suze croiraient qu'un des enfants, ayant commencé à sortir les poubelles, avait oublié de terminer le travail. Si c'était Robert, il se mettrait à pester bruyamment contre les mômes, ce qui alerterait Valentine. Et alors, il lui tirerait dessus et le blesserait. Il pourrait ensuite faire un peu joujou avec lui. Robert était une brute et ce genre de type geignait toujours comme un bébé dès qu'on les touchait.

Il se dirigea vers la porte principale et la verrouilla de l'intérieur : il valait mieux prendre toutes les précautions. Si la fliquette ou le gros connard essayaient cette entrée d'abord, ils trouveraient normal que les filles s'enferment seules la nuit dans la maison.

Seules. N'était-ce pas la meilleure ? La famille n'avait pas été seule une fois depuis lundi.

En ce qui concernait Maria et le légume, en bas, il pensait qu'il allait s'amuser un peu avec elles et s'en débarrasser. Il ne s'intéressait à elles qu'accessoirement. En revanche, Robert, il prendrait son temps pour le liquider, morceau par morceau, tout simplement parce que c'était un vrai connard. Mais Robert, c'était juste un divertissement.

La cerise sur le gâteau, c'était Kat.

S'il respectait son emploi du temps, à environ 2 heures du matin, une fois que tous les autres seraient morts, il serait enfin seul avec Kat. Et là, il aurait la nuit devant lui. Peut-être une partie du lendemain matin. Le petit Jay-Jay jouerait sans doute un bout de temps chez son copain avant de demander à rentrer chez lui. Kat et lui pourraient passer de longues heures très excitantes ensemble.

Excellent. Il ne pouvait pas imaginer mieux.

Valentine avança d'un pas décidé dans l'entrée vers la chambre de Sheryl. Qui prétendait qu'il n'avait pas le sens de l'humour ? se dit-il en entrant, très sûr de lui.

– Coucou ! Me revoilà !

38

Suze Figueroa était contente d'elle-même. Après tout, Bennis et elle avaient réussi une arrestation de la plus grande importance. Malgré sa satisfaction légitime, elle éprouvait une sensation d'angoisse. Ce que Bennis lui avait dit au moment de partir lui trottait dans la tête.

Y avait-il quelque chose d'anormal chez l'un des enfants, quelque chose qu'elle pressentait inconsciemment ? Une fois, en fac, elle avait été saisie par un pressentiment. Deux jours plus tard, on opérait sa mère d'urgence pour une péritonite. En y repensant par la suite, elle s'était aperçue que sa mère avait grimacé plusieurs fois les quelques jours précédant la crise. Mais elle n'avait jamais mentionné de douleur et personne ne s'était rendu compte de rien.

Jay-Jay avait l'air en forme. Kat et Maria aussi. Et Robert... peut-être était-ce lui le problème.

Elle aurait voulu téléphoner. Leur faire savoir qu'elle rentrait. Mais il était un peu tard pour appeler. Pourtant, Maria ne serait pas couchée. Les ados avaient une règle d'or : toujours se coucher après minuit les vendredis et samedis soir.

Suze composa le numéro sur son téléphone de voiture et attendit qu'ils décrochent.

Huit coups, pas de réponse. Dix coups.

J'ai dû faire un faux numéro. Ils sont là. Ils ne peuvent pas aller ailleurs.

Voilà ce qui se passait quand on faisait le numéro d'une main. Elle recommença, avec plus de précautions, et la sonnerie retentit de nouveau.

Toujours pas de réponse.

Valentine arracha le bouton de la sonnette d'appel de la main de Sheryl.

— Même si tu appuyais sur ce truc, il ne te servirait à rien.

Sheryl émit des sons incompréhensibles, mais Valentine lui répondait comme si c'était une question.

— Parce que les filles sont ligotées.

En entendant cela, Sheryl se figea. Plus aucun bruit dans la pièce, même pas celui de sa respiration. Valentine éclata de rire.

— Toi, tu ne pourrais pas m'identifier. C'est vrai, je pourrais te laisser vivre sans problème.

Il la regarda droit dans les yeux pour voir si elle était soulagée, mais il ne vit rien.

— D'un autre côté, je suis sûr que tu ne voudrais pas continuer à vivre sans ton mari et ta fille. Tu remarques que j'ai dit ta fille. Je veux dire, bien sûr, ta fille aînée. Je n'ai encore rien décidé à propos de la petite. Je vais peut-être l'emmener avec moi.

Les yeux de Sheryl étaient écarquillés, mais elle ne fit aucun effort pour parler.

— Je pourrais rester ici un jour ou deux, j'imagine. Je ne crois pas qu'on viendrait vous rendre visite un dimanche. Oh, mais qu'est-ce que je raconte ? Jay-Jay va rentrer à la maison. Hé oui, il va falloir régler tout ça cette nuit. Je pourrai emmener Kat dans la voiture... La voiture de Robert. Celle de Suze est trop vieille et inconfortable.

Il souleva la barre de sécurité du lit, la laissant retomber sur le côté. Cela lui facilitait l'accès à Sheryl.

— Je n'ai jamais été le genre de pervers à m'intéresser à une handicapée. En plus, tout ça n'est pas des plus gai. Je dois me débarrasser du problème tout de suite.

Il s'empara d'un des trois oreillers posés sur le lit et l'approcha du visage de la jeune femme.

39

Suze se dit que le volume de la musique de Maria et Kat devait couvrir la sonnerie du téléphone. Il était sur son socle chargeur, dans l'entrée, trop loin des chambres. À un kilomètre de la maison, elle se ravisa. Un sombre pressentiment lui oppressait la poitrine. Bennis avait raison. Il y avait quelque chose d'anormal, d'étrange, dans cette bâtisse.

Si ce n'était pas Robert, antipathique mais égal à lui-même, Maria, alors ? Aurait-elle des relations sexuelles avec un garçon ? Serait-elle enceinte ? Est-ce qu'elle serait sortie avec son copain en laissant Kat toute seule pour s'occuper de Sheryl ?

Et si le gamin était dans la chambre de Maria et que c'était la raison pour laquelle elle ne répondait pas au téléphone ? Kat n'avait pas de combiné dans sa chambre et elle écoutait toujours sa musique très fort.

Et si Maria était finalement allée chez sa copine ? Si elle avait désobéi ?

Non, elle était trop sérieuse pour faire un coup pareil. Et trop gentille. Quoique... C'était une ado, et parfois, les ados font n'importe quoi. Mais Maria n'était pas de ce genre...

Suze avait du mal à respirer et, en arrivant dans sa rue, elle frissonnait. Elle ne trouva de place de stationnement qu'à quatre rues de la maison. C'était de mauvais augure. *Ne sois pas idiote. La maison a l'air normal.*

293

Elle courut jusqu'à l'allée et poussa la porte côté jardin. Il y eut un bruit de verre brisé, de boîtes qui tombaient. Affolée, elle poussa rapidement la porte.

Ce n'étaient qu'un sac-poubelle. Deux en fait, que les mômes avaient oublié de sortir.

Sheryl sentit l'oreiller s'appliquer sur son visage pour la troisième fois. Pourquoi s'était-il donné la peine de lui dire qu'il ne torturait pas les handicapés ? Juste pour être plus sadique, sans doute.

Elle cherchait de l'air. Elle étouffait, elle allait mourir. Puis, au-delà du bourdonnement de ses oreilles, elle entendit un bruit.

L'oreiller se souleva.

L'homme se retourna. D'un bond, il alla se cacher derrière la porte. Dans la cuisine, elle entendit la voix de Suze s'écriant :

– Salut tout le monde, je suis rentrée plus tôt que prévu !

L'homme tira un revolver de sa ceinture. Les pas de Suze s'approchaient, dans l'entrée. Sheryl cria :

– *Awka ! Daddnot !*

L'homme chuchota :

– Ta gueule !

Suze entra dans la chambre de Sheryl.

– Salut, frangine. Comment va ? J'ai appelé, mais...

Valentine se redressa. Il tira sur la fliquette, la manquant de peu. En un éclair, Figueroa dégaina. Valentine redressa Sheryl en position assise, entre eux deux, la tenant de son bras gauche. Il tira de nouveau, sachant que Suze ne pouvait répliquer sans risquer d'atteindre sa sœur.

Mais Sheryl attrapa son poignet avec son bras droit, qui était très musclé. Hélas, elle n'arrivait pas à s'emparer du revolver. Il tira encore et manqua son coup, Suze ayant esquivé. De son côté, elle ne pouvait toujours pas tirer, parce qu'il tenait fermement Sheryl contre lui.

Sheryl tourna la tête vers le cou du bonhomme et mordit à

pleines dents dans la masse de muscle. Elle serra les mâchoires et tint bon. Le sang qui lui dégoulinait dans la bouche et le long du menton la galvanisa. Elle mordit plus fort. Elle le tenait par les dents, prête à tuer. Elle le haïssait de tout son cœur.

Rugissant, le type pressa la détente, et une balle se ficha dans le plancher. Alors Suze fonça sur lui et lui asséna un violent coup sur la tête avec son pistolet. Sheryl lâcha prise. Il tomba sur la rambarde du lit, puis glissa sur le sol.

Il y avait du sang partout. Sheryl tremblait.

— Tout va bien ? hurla sa sœur en se penchant sur Valentine. Il est assommé.

Elle le tira vers le radiateur, près de la fenêtre et lui attacha un poignet au tuyau à l'aide de ses menottes.

Secouée de tremblements Sheryl ouvrait la bouche, mais aucun son n'en sortait. Elle voulait hurler que les filles n'étaient pas venues, malgré les cris et les coups de feu.

— Oh, bon Dieu ! Les filles ! s'écria soudain Suze.

Sheryl pensa : *Mon Dieu, elles sont mortes. Et je ne peux rien faire. Mes propres enfants, je n'ai pas pu les sauver !*

Suze sortit de la pièce en courant.

Elle était de retour trois minutes plus tard.

— Tout va bien ! Pas de problème ! annonça-t-elle d'une voix soulagée.

Sheryl se laissa aller contre ses oreillers, terrassée par la fatigue.

— Elles vont bien. Elles sont ligotées à l'adhésif, mais elles sont en vie. Il me faut des ciseaux...

Elle regarda le type menotté au radiateur. Du sang lui coulait du cou et formait une petite mare sur le plancher. Se demandant combien de temps il lui faudrait pour être saigné à mort, Suze annonça :

— Artère jugulaire. J'appelle le 911 ? Non. Je m'occupe d'abord des filles. Laissons-le suinter.

— Salopard, articula Sheryl.

Elles éclatèrent de rire, puis fondirent en larmes.

40

Le samedi matin, après le tourbillon de l'enquête de police sur Valentine, et bien après que le criminel eut été acheminé en prison via l'hôpital de Cook County, Robert s'adressa à Suze dans la cuisine d'un ton accusateur :

– Tout ça, c'est ta faute !

– Si seulement je m'en étais doutée, Robert, se défendit-elle. J'aurais préféré que ça ne se produise pas.

– Il t'a suivie jusqu'ici.

– Je sais.

Mais en son for intérieur, Suze pestait contre Robert. Que faisait-il, où était-il donc, la nuit dernière, quand les filles et Sheryl avait besoin de lui ? Personne n'avait pu le trouver. Il n'était rentré qu'à 2 heures du matin, dans une maison remplie de flics. Suze le soupçonnait d'avoir passé la soirée avec une femme, sans doute une de ses employées. Ce n'était pas ses affaires, mais cela l'attristait.

– Eh bien voilà ce qui arrive quand on essaie de jouer les flics, laissa tomber Robert d'un ton revêche.

– Quand on essaie ?

– Oui, quand on essaie. C'est mauvais pour nous tous.

Suze garda son sang-froid. Après mûre réflexion, elle répliqua :

– Bon, très bien, Robert. Il vaut mieux que Jay-Jay et moi déménagions. Je sais que tu penses que nous sommes un fardeau pour toi.

Robert affecta la plus grande concentration. Elle pouvait presque voir ses pensées en ébullition. Si elle s'en allait, c'est lui qui devrait s'arrêter pour faire les courses en revenant de son travail. Il devrait payer une garde-malade supplémentaire pour Sheryl lorsque les filles seraient à l'école. Il faudrait quelqu'un à la maison toute la journée du samedi et du dimanche, quelqu'un pour faire la cuisine, le ménage et la lessive...

— Ne va pas si vite en besogne, Suzie, dit-il enfin. Tu sais bien qu'on t'apprécie...

Par bonheur, Suze ne travaillait pas le samedi. Elle passa toute la journée à surveiller les filles. Maria avait tremblé et crié presque toute la nuit, et gardé sa lumière allumée, ce qui paraissait normal après le choc qu'elle avait reçu. Quant à Suze, elle avait dormi dans la chambre de Maria, Kat ayant laissé sa porte ouverte.

Maria resta très nerveuse toute la journée du samedi, sursautant au moindre bruit et refusant de parler de ce qui s'était passé. Au moment du déjeuner, Suze dit à Robert qu'il fallait l'adresser à un spécialiste pour l'aider à surmonter ce traumatisme.

— Elle s'en remettra, allez, bougonna son beau-frère.

— Non. Bien sûr que non. Je vais appeler Pettibaker et lui demander si elle a un psy à nous recommander.

Robert ouvrit la bouche pour la contredire, mais comme Sheryl le fusillait du regard, il s'arrêta net. Kat, contrairement à sa sœur, rebondissait comme du caoutchouc.

— Quel tordu minable, dégueulasse ! fulminait-elle.

— N'en parle pas ! s'écria Maria, furieuse.

— J'en parle si je veux ! Quel pauvre crétin ! Un vrai débile mental.

Suze s'adressa à Kat un peu plus tard dans la cuisine :

— Tu veux aller parler de ce qui est arrivé cette nuit ? De toute façon, je vais contacter une psy pour Maria. C'est horrible, tout ça.

– Le pire, c'était la tronche qu'il faisait quand il dévidait son ruban adhésif. Il avait l'air d'un vrai maniaque !

Bon, se dit Suze, *peut-être qu'après tout, Kat n'a pas besoin d'un psy...*

Sheryl avait accompli en peu de temps des progrès notables. Suze et Kat la surnommèrent « la Vamp », ce qui la fit beaucoup rire. Son humeur s'améliorait. Suze la trouvait moins triste, moins tendue aussi. Lorsqu'elle attaqua ses exercices, l'après-midi, sous la direction de sa sœur, ses pas étaient à la fois plus légers et plus sûrs.

Le samedi soir, Jay-Jay manifestait bruyamment sa déception de ne pas avoir été là pour « désintégrer » l'intrus.

– Je l'aurais écrabouillé ! J'aurais protégé tout le monde ! pérora-t-il.

Sur quoi, Maria éclata en sanglots et fila dans sa chambre tandis que Kat pouffait de rire.

– Maria n'est pas encore remise, leur dit Suze. Mais je sais que tu aurais été le plus fort, Jay-Jay.

Sheryl le contempla avec attendrissement : la Vamp reprenait du poil de la bête.

LUNDI

41

Extrait d'un article du *Inside Chicago*,
daté du lundi 6 juin

Revirement surprenant : une sous-commission du conseil municipal de Chicago a décidé de réexaminer la proposition visant à mettre en place des refuges permanents pour les sans-abri. La proposition a été évoquée à nouveau par le comité ce matin, peut-être en réaction aux propos du magistrat Paul Desario, dans notre journal, dimanche, après l'arrestation d'un homme qui a assassiné cinq SDF ou plus dans le quartier sud du Loop. Desario, contacté par notre correspondant à midi, a dit : « Même si ces fameux foyers étaient construits demain, ils ne pourraient abriter qu'un tiers des SDF. Mais c'est un commencement. »

Le lundi, tout était redevenu à peu près normal au Furlough. Bennis et Figueroa avaient effectué une tournée tranquille, leur première après leurs quatre jours dans la peau d'enquêteurs. Ils avaient patrouillé en voiture, et en tenue. Quelques-uns des inspecteurs malades étaient de nouveau à pied d'œuvre. Les habitués du Furlough essayaient de ne pas mentionner l'ex-associé de Morty, désormais derrière les barreaux. Lors de la première

301

audience, ce lundi, le juge avait refusé de libérer Corky sous caution. Bennis ne put cependant pas résister à la tentation de lâcher :

— Eh, Morty, tu disais toujours que Corky n'était bon à rien. Comment le savais-tu ?

— Parce que c'était un trou-du-cul sur pattes ! bougonna le patron.

— Non, sérieusement, pourquoi ?

— Si t'es un barman flic et que t'essaies de mixer des cocktails fantaisie, ça veut dire que tu fais semblant d'être ce que t'es pas.

— C'est une bonne explication, concéda Bennis.

— Peut-être la meilleure, opina Figueroa.

— Dis donc, Morty, intervint Sainte-Nibois, ma tante a un peu d'argent qu'elle veut investir. Comme tu n'as plus Corky, ma tante et moi pourrions racheter ses parts...

— Plutôt crever ! râla Morty.

— Je pourrais apprendre à préparer des cocktails. Je sais même faire le Whisky Swizzle.

Morty sortit de derrière le bar et claqua le battant. Ils regardèrent son dos déformé disparaître alors qu'il allait aux toilettes.

— Il a besoin d'aide, souffla Sainte-Nibois.

Bennis et Figueroa quittèrent le Furlough à 16 h 30, comme à leur habitude. Dans le parking, Figueroa attrapa Bennis par le bras.

— Regarde !

— C'est le vieux bonhomme qui est venu l'autre jour au Furlough !

— Exact.

Ils se dirigèrent vers Henry Lumpkin qui était assis sous le métro, une cannette de bière à la main.

— Salut, mon gars ! lui lança Bennis.

— Je me souviens de vous ! Vous avez voulu me virer ! grommela Lumpkin d'un ton revêche.

— Il y avait de bonnes raisons. Un type tuait les gens, par ici.

— J'ai lu ça dans les journaux.

— Vous l'avez échappé belle ! lui dit Figueroa.

— Eh, ça se fête tout ça, hein ? Vous me payez un coup ?

Bennis et Figueroa éclatèrent de rire. Un court instant, Suze pensa qu'il avait déjà trop bu, avant de céder :

— Allez, pourquoi pas ?

Retour au Furlough. Bennis commanda trois demis. Ils étaient sûrs que Morty allait encore râler, mais Henry lui adressa un grand sourire et le barman sembla sur le point de le lui rendre. C'était un si beau sourire. En tout cas, il tira les bières sans se plaindre.

— Vous n'auriez pas besoin d'un barman ? demanda soudain Henry.

— Non, pas besoin d'un barman qui boit tous les bénéfices.

— Je ne ferais pas ça.

— Qu'est-ce que j'en sais ?

— Prenez-moi à l'essai.

Une semaine plus tard, Bennis et Figueroa entrèrent au Furlough après le service et ne furent pas surpris de voir Henry derrière le bar. Ils commandèrent leur verre.

— Dépêchez-vous ! les pressa Morty. On doit fermer à 17 heures.

— Pour une heure seulement. Vous pourrez revenir après, leur indiqua Henry, sourire aux lèvres.

— Non, pas une fois rentrée chez moi, merci. Vous allez où ? demanda Figueroa.

— Ne leur dis pas, souffla Morty.

— Réunion des Alcooliques anonymes, susurra Henry.

Sidérée, Figueroa se rendit compte que, depuis qu'elle venait au Furlough, elle n'avait jamais vu Morty toucher une goutte d'alcool. Après quelques secondes, Mileski annonça :

— J'ai appris que Corky n'a pas donné sa démission de la

police, comme il nous le disait. Il a été viré. Retards à répétition, absentéisme.

Et il avait commis son premier meurtre une semaine après son renvoi. Figueroa le savait, mais n'en parla pas.

Kim Duk ajouta :

– J'ai entendu dire que ses parents étaient tous deux alcooliques. C'est pourquoi il haïssait les ivrognes.

– Ils travaillaient dans un bar, ses parents ? s'enquit Sainte-Nibois.

– C'est souvent comme ça, soupira Morty.

Figueroa et Bennis en avaient aussi entendu parler. Ils avaient appris que sa mère avait mis les voiles quand Corky était encore petit garçon. Ils savaient aussi qu'un jour, en rentrant du lycée, il avait retrouvé son père mort, étouffé dans son propre vomi. Figueroa et Bennis en avaient discuté.

– Tous les points de vue sont défendables, dit Figueroa. Corky semble être resté à la maison pour s'occuper de son père quand sa mère est partie. Les assistantes sociales affirment qu'il faisait probablement toute la cuisine et les tâches ménagères, même la lessive. Mais aucun des deux ne voulait l'admettre. Le père n'était apparemment pas la personne la plus soignée, question hygiène.

– D'un autre côté, on dit que les parents étaient tous les deux assez gentils. Qu'ils étaient juste « faibles », alors qui sait ? argua Bennis.

– Peut-être que l'élément déclencheur a été son éviction de la police. Avec nos services qui vont bientôt être transférés ailleurs, toute cette activité qui va cesser dans ce quartier, le Furlough devra lui aussi déménager...

– Peut-être.

– Bon, laissons tout ça aux profondeurs mystérieuses de l'animal humain, conclut Mileski.

Note de l'auteur

Les psychopathes sont parmi nous

La question « Qu'est-ce qu'un psychopathe ? » – que l'on emploie ce terme ou non –, fascine l'humanité depuis des siècles. Qui sont ces gens à qui manque tout sens moral, qui ne semblent nourrir aucune compassion envers leurs semblables ?

The Mask of Sanity – Le Masque de la normalité – de Hervey Cleckley, est sur ce thème un des ouvrages classiques et néanmoins toujours d'actualité.

Parmi les nombreuses œuvres de fiction relatives aux psychopathes, on notera celui de Mary Astor, la vedette du *Faucon maltais* aux côtés de Humphrey Bogart, qui écrivit un livre fascinant intitulé *The Incredible Charlie Carewe*.

Autre question restant à débattre : naît-on psychopathe ou le devient-on ? Il existe là-dessus une intéressante étude du Dr Antonio R. Damasio, de l'École de médecine de l'université de l'Iowa, intitulée *Descartes' Error : Emotion, Reason and the Human Brain* – L'Erreur de Descartes : émotion, raison et le cerveau humain. On peut lire aussi *Without Conscience : The Disturbing World of the Psychopaths among Us* – Sans conscience, le monde dérangeant des psychopathes parmi nous – de Robert D. Hare, qui estime à deux ou trois millions le nombre de psychopathes en Amérique du Nord.

À l'IRM, on constate que les psychopathes ont une circulation sanguine cérébrale hors norme en réaction à des mots exprimant l'émotion.

Qu'ils soient nés ainsi ou qu'ils le soient devenus, les psychopathes vivent parmi nous ; ils représentent jusqu'à cinq pour cent de la population – mais ils n'ont pas tous, loin de là, des pulsions meurtrières. Toujours est-il que les tueurs ont des dehors séduisants, charmants, d'une douceur parfois désarmante alors que ce sont des individus très dangereux.

Méfiez-vous : tout tueur en série a des voisins !

Composé par P.C.A.
44400 – Rezé

Impression réalisée sur CAMERON par

BRODARD & TAUPIN

GROUPE CPI

La Flèche

pour le compte des Éditions Michel Lafon
en mai 2002

Imprimé en France
Dépôt légal : juin 2002
N° d'impression : 13263
ISBN : 2-84098-821-6
LAF 290